광해경

解光

이훈영 신무협 장편 소설

광해경

5

뿔미디어

| 목차 |

第一章

흑면수라

상선(商船) 한 척이 삼협의 포구에 도착했다.

　배가 정박하고도 그 위에서 내린 이는 검은색 피풍의를 두른 사내 한 명이 유일했다.

　사내가 내린 배 위에는 죽은 시신들이 가득했고, 그 후미 쪽에는 두려워 떠는 이들이 한데 모여 있었다. 그들은 부들부들 떨며 감히 선착장으로 발을 디딜 생각조차 못하고 있었다.

　그저 지옥의 악귀 같은 사내가 어서 빨리 시야에서 사라져 주기만을 바라는 눈빛이었다.

　하지만 선착장에 내린 사내는 당분간 움직일 생각이 없어 보였다. 그의 시선은 저 멀리 강물 위에 떠 있는 또 다른 배를 향해 고정되어 있었다.

포구와 오십 장 정도의 거리를 유지하고 있는 배는 군선과도 같은 위용을 뽐내고 있었지만 더 이상 접근해 오지 않았다.

"역시 그 녀석 때문인가?"

사내의 음성이 나직하게 흘러나왔다.

근자에 흑면수라라는 이름으로 강호에 파란을 일으키고 있는 것이 사내의 정체였다.

강물 위에 떠 있는 배는 당연히 오수련의 것이었다. 그리고 그 위에는 유독 사다인의 신경을 거슬리게 만드는 이가 있었다.

단목세가의 폐허에서 만난 사내.

'남궁인이라고 했던가……'

그는 수호령의 뇌신지기를 피해 낸 인물이었다.

물론 과거 유가장에서 만난 복면 괴인도 자신의 공격을 피해 내긴 했으나 그 때와 지금은 엄청난 차이가 있었다.

성체가 된 뇌룡의 힘을 완벽히 자신의 것으로 만든 지금의 힘은 과거에 비할 바가 못 되는 것이다.

그런 수호령의 힘을 피해 낸 것이 남궁인이란 사내였다.

그러면서 자신의 이름을 밝혔다.

그 모습에 겹쳐지는 이가 있어 더 이상 손을 쓰고 싶지 않았다. 꼭 무엇이라고 하지는 못하겠지만 남궁인이란 사내에게선 단목강과 흡사한 분위가 느껴졌던 것이다.

꼭 그것 때문이 아니라 해도 싸울 의지가 없는 이를 핍박하는 것은 사다인의 성미와는 맞지 않았다.

더구나 상대조차 안 되는 이를 향해 더 이상의 공격을 펼칠 이유가 없었다. 그를 죽이고자 한다면 언제든지 그럴 수 있는 힘을 감추고 있다 자신했기 때문이었다.

그렇기에 남궁인이 뒤를 밟는 것을 알면서도 신경 쓰지 않았다. 그저 제갈소소라는 계집을 걱정하는 것이라 치부하고 넘겨 버린 것이다.

"괜한 짓을 했어."

사다인의 음성은 씁쓸했다.

후회라고까지 할 수는 없지만 느낌이 좋지 않은 것만은 틀림없었다.

저들의 배가 오십 장 거리 안쪽으로 접근하지 않는다는 것은 뇌신의 힘이 미치는 거리를 어느 정도 가늠하고 있음을 의미하는 것이었다.

그리고 그것이 남궁인이란 사내 때문이라는 것을 어렴풋이 짐작할 수가 있었다.

"이대로 뒤를 밟히고 싶진 않은데……."

사다인의 눈빛에 일순간 갈등의 빛이 머물렀다.

오수련이란 곳과는 이미 건너지 말아야 할 선을 넘어 버렸다.

그들은 자신의 경고를 무시했고, 그 결과가 바로 옆 뱃전 위에 죽어 있는 시신들이었다.

그들 중에 황보세가의 가주와 진주언가의 전대 가주가 있다는 것조차 사다인에겐 의미가 없었다.

그들이 적으로 정해진 것이 확실하다면 추호의 망설임도 없어야 한다는 것을 알고 있기 때문이었다.

이젠 돌이킬 수 없다. 또한 그 일에 대해 전혀 후회하지 않았다.

어차피 죽고 죽여야 할 사이로 결론지어졌다면 하나라도 적의 전력을 줄이는 것이 현명한 길이다.

특히나 저들이 걸치고 있는 대나무 갑옷과 그들이 지닌 무기가 신경을 거슬렀다.

처음 죽갑을 보았을 땐 자칫 당황하는 기색을 내비칠 뻔했다. 남들이 보기엔 어떨지 모르겠지만 자신에게는 충분히 위협이 될 수도 있었기 때문이었다.

그렇다고 두려운 것은 아니었다.

고작 청죽을 이어 만든 갑옷 따위로 뇌신지기를 막아낼 수 있다고 생각했다면 참으로 멍청한 생각이다.

하지만 평소보다 몇 배의 힘을 소모해야 한다는 것만은 틀림없었다.

그것은 매우 귀찮은 일이 될 소지가 다분했다.

적의 숨통을 끊는 데 주저하지 말아야 할 이유로 충분

했다. 거기다 놈들은 검이나 도와 같은 쇠붙이를 전혀 지니고 있지 않았다.

이 또한 번잡스러운 일이 아닐 수 없었다.

수호령의 힘 뇌신지기는 벼락의 힘이다. 또한 그 힘은 스스로 쇠붙이를 향해 뻗어 나가는 성질을 지니고 있었다.

이는 굳이 뇌신지기를 힘들게 제어할 필요가 없음을 뜻하는 것이었다.

적이라면 당연히 쇠붙이로 든 무기를 빼 들 것이고 그런 이들은 결코 뇌신지기를 피할 수 없기 때문이었다.

한데 놈들이 한 점의 쇠붙이도 지니지 않은 것을 알게 되었다. 이는 일일이 적들을 향해 뇌신지기를 겨누어야 한다는 말이다.

평소보다 몇 배의 힘이 들 수밖에 없도록 죽갑까지 걸친 이들을 일일이 무력화시켜야 하는 일은 무척이나 수고롭고 지난한 일이 될 것이 뻔했다.

스스로의 힘을 자신하지만 일말의 방심이 어떠한 결과로 이어질지는 아무도 모르는 일이었다.

그 때문에 쉽게 포구를 떠날 수가 없었다.

일정 범위 안에서 물을 이용한다면 뇌신지기를 퍼트리는 것이 훨씬 쉬웠다. 허공을 통해 격발하는 것보다 소모되는 힘이 절반도 되지 않는 것이다.

물론 일정 범위를 넘으면 오히려 급속도로 뇌신지기를

소모시키는 것이 물이라는 매개체지만 그 범위는 상당하기에 큰 걱정은 없었다.

수심을 비롯한 강폭을 감안한다 해도 눈앞에 보이는 강물 속 물고기 전부를 단번에 죽일 수도 있는 것이 사다인의 힘이었다.

저들이 배를 타고 있지 않다면 충분히 몰살시킬 수도 있는 것이다.

하니 이 좋은 이점을 두고 다른 곳에서 저들을 상대할 이유가 없었다.

그렇다고 마냥 이렇게 시간을 허비하고 있을 수도 없는 입장이었다.

악록산과 형산 주변을 샅샅이 뒤졌지만 단목강의 흔적을 찾지 못했다.

그렇다면 뻔했다.

자신이 단목강이라면 당연히 부친의 행적을 찾기 위해 움직일 것이다. 그렇다면 그의 부친인 검륜쌍절의 행적이 사라진 자금성 주변을 탐문하는 것이 가장 효율적인 일이라 판단했다.

물론 이것은 단목강이 멀쩡하다는 전제하에서 이루어진 생각이었고 어느 정도 확신을 가진 상태였다.

사다인이 강을 건너 북으로 향하는 이유는 모두 그 때문이었다.

단목강의 생사가 불투명하기에 당연히 서두르고 싶었다. 언제까지 이곳에서 접근하지 않는 오수련의 배를 기다릴 수는 없는 노릇이었다.

그러던 어느 순간 사다인의 눈빛이 일변했다.

'승부를 봐야 하나!'

오수련의 군선을 바라보는 사다인의 눈빛이 매섭게 변했다.

하나 이내 그 생각을 고쳐먹을 수밖에 없었다.

저들은 안전하다고 믿고 있는 듯하지만 오십 장이라면 충분히 일격이 가능한 거리였다.

수호령의 힘의 끝인 뇌령마저 끌어올린다면 저들이 탄 배를 산산조각 낼 자신은 충분했다.

하지만 그것이 한계였다.

말했듯이 저 거대한 배를 침몰시킬 정도의 힘을 쓰려면 뇌신지기를 송두리째 끌어내야 하는 것이다.

물을 매개체로 한 공격이 아니라 허공을 격하는 일격.

그 일격으로 저들을 전멸시키지 못한다면 그 후 위험에 처하는 것은 자신이 될 것이 틀림없었다.

뇌신지기는 분명 파괴적이지만 그렇다고 무한한 것은 아니었다.

또한 뇌령마저 소모하고 나면 다시 그 힘을 회복하는

데 상당한 시일이 걸렸다.

더구나 뇌령을 복구하자면 거의 무방비 상태나 다름없는 지경에 처해야 하며 부족의 투술만 가지고 혹시 남을지도 모르는 이들을 상대해야만 하는 것이다.

물론 투술 또한 과거와는 또 다른 경지에 이르렀지만 그것만으로 남은 적들과 그 후에 또다시 이어질지 모르는 추적자들을 물리칠 수 있다고 확신할 수 없었다.

하니 그것은 모험이었다.

또한 그 모험의 대가로 자신의 목숨을 걸어야만 했다.

'그럴 수야 없지. 고작 네놈들 따위를 상대하자고 얻은 힘이 아니다. 귀찮지만 하나씩 죽이는 수밖에……'

결국 사다인은 결정했다.

이대로 저들과 대치하며 시간을 허비하는 것보단 차라리 저들의 의도대로 하리라 마음먹은 것이다.

굳이 무리수를 두지 않더라도 저들 정도를 상대할 자신은 차고도 넘쳤다.

물론 일일이 죽여야 한다는 것과 그 과정이 어쩌면 생각보다 길고 힘들 수도 있다는 것을 모르진 않았지만 쓸데없는 모험을 하고 싶진 않았다.

뇌령만 온전하다면 소모된 뇌신지기가 채워지는 시간은 극히 짧기 때문이었다.

또한 이는 전투 중이라도 얼마든지 가능한 일이었다.

천지간 어디에나 가득한 것이 뇌력이며 그 뇌력을 지배하는 것이 바로 수호령의 공능이니, 뭍에서 싸운다 해도 저들에게 목숨을 잃을 일 따위는 없을 것이라 자신했다.

"뒤따라 와 봐라. 하나하나 통구이를 만들어 주지."

사다인이 나직한 음성을 내뱉으며 신형을 돌렸다.

그러고는 망설임 없이 걸어 나갔다.

그는 곧바로 포구를 벗어나 그 앞을 막고 있는 구릉을 넘어 버렸다.

그제야 오수련의 군선도 움직이기 시작했다.

하나 그들은 결코 서두르지 않았다.

선착장과 이십 장 거리 안쪽으로 다가오는 동안에도 조심스러웠으며 그러면서도 그곳에 잠시 멈춰 한동안 상황을 살폈다.

그런 뒤 갑작스레 뱃전에서 몇 개의 나무판자가 허공으로 치솟아 강물 위에 떨어졌다.

마치 선착장과 배 사이에 징검다리처럼 떨어져 내린 나무판자들은 어느새 물살을 타고 하류로 흘러가기 시작했다.

이를 놓칠세라 다섯 명의 무인들이 뱃전 위로 날아올랐다.

타타타타탓!

그들은 놀라운 움직임을 선보이며 나무판자와 나무판자

사이를 밟으며 선착장에 도달했다.

그러곤 일말의 주저함도 없이 흑면수라가 사라진 구릉을 향해 몸을 날렸다.

그렇게 구릉 위에 멈춘 이들이 멈칫하더니 그중 한 명이 재빠르게 폭죽을 터트렸다.

퍼펑!

푸른 연기가 청명한 하늘 위에 선명한 모습을 드러냈다가 이내 바람을 타고 흩어지기 시작했다.

그제야 오수련의 배가 엄청난 속도로 포구를 향해 달려들었다. 그대로 돌진하여 선착장을 부수어 버리기라도 할 정도의 기세.

하나 배가 선착장에 도착하기도 전 수많은 이들이 일제히 허공으로 치솟았다.

슈슈슈슈슈슛!

한 무리의 메뚜기 떼가 휩쓸고 지나가듯 일백에 가까운 오수련의 고수들이 선착장을 지나쳐 가는 모습은 그야말로 장관이라 할 수 있었다.

그들은 내려서자마자 전방에 보이는 구릉을 향해 전속력으로 내달렸다.

푸른 대나무 갑옷을 온몸에 두른 무인들의 눈빛은 살기로 가득했고 그들의 선두에 선 이는 당연히 남궁인과 암왕 당이종이었다.

　사다인은 구릉을 넘은 뒤 멀리 이동하지 않았다.

　구릉의 아래쪽으로 이어진 널따란 길 한가운데서 오수련의 추살대를 기다리고 있을 뿐이었다.

　퍼펑!

　때마침 폭죽과 함께 푸른 연기가 구릉 위 허공으로 흩어졌지만 다른 움직임을 보이진 않았다.

　다만 두 눈을 움직이며 꼼꼼히 주변을 살피는 듯 보였다.

　때마침 살랑이는 바람이 사다인의 짙은 흑발을 스치고 지나갔다.

　'바람을 등졌다. 이 정도면 나쁘지 않아.'

　사다인의 눈에 전에 없는 일렁임이 있었다.

　적의(敵意)라고는 할 수 없으나 전의(戰意)라고 부르기엔 충분한 눈빛이었다.

　폭죽이 터지고 얼마 후 구릉 위편으로 오수련의 무인들이 속속들이 모습을 드러냈다.

　죽갑을 입은 그들이 구릉 위로 나타나는 모습이 꼭 죽창이 땅에서 치솟는 것처럼 보였다.

　그렇게 나타난 이들의 수가 어림잡아 백 명에 달했다.

　과거의 자신이라면 서넛을 상대하기도 버거울 만큼의

투기가 느껴지는 이들.

그들은 역시나 오십 장 남짓의 거리를 유지했다.

순간 사다인의 입가가 살짝 비틀렸다.

'후훗. 이 거리라면 안전할 것이라 철썩같이 믿고 있군.'

사다인이 미소 지을 수 있는 이유였다.

당연히 이제까지 본신의 실력을 감추어 두고 있던 사다인이었다. 아니, 감추고 말고 할 이유도 없었다.

토끼 같은 것들이 아무리 모여 이빨을 들이민다고 해도 두려워할 맹수가 어디 있겠는가?

물론 수천, 수만 마리가 합심으로 덤벼든다면 두려울 수도 있을 것이다.

하나 눈앞의 토끼들은 고작 백 마리뿐이다.

그리고 의심할 필요도 없이 자신은 이 자리에 있는 유일한 맹수였다.

"죽여 주지."

사다인의 입에서 더없이 싸늘한 음성이 흘러나왔고 그 순간 그의 양 손끝이 구릉을 향했다.

파지지직!

기괴한 소리가 흘러나오며 뇌력이 거미줄처럼 치솟았다.

너무나 예기치 못한 상황에 이어진 사다인의 출수.

싸우기 전에 나누어야 할 겉치레조차 필요 없다는 듯 일말의 주저함도 없는 공격이었다.

흑면수라의 그 예기치 못한 공격에 오수련의 무인들은 긴장할 수밖에 없었다.

그는 두말할 필요가 없는 강자였다.

용무단을 비롯해 천의대와 원로원의 고수들이 그의 공격에 반병신이나 다름없이 변했으며, 창왕을 비롯한 언가의 무창단과 황보세가의 사자대가 일 수에 몰살당했다.

이 땅에 그러한 일을 가능한 고수가 또 있을 것이라 믿을 수가 없을 정도의 강자.

그런 흑면수라가 시작한 공격이니 긴장하지 않을 수 없는 것이다.

특히나 그들을 이끄는 남궁인과 암왕 당이종은 더욱 긴장한 눈이었다.

하나 그 이유는 조금씩 달랐다.

'최대로 삼십 장이라 여겼는데 이 정도까지 미치는가?'

남궁인은 지금의 공격을 보며 그런 생각을 할 수밖에 없었다.

하나 더 이상 피하고 있을 수는 없는 상황이었다.

또한 위협은 있을지언정 피하지 못할 것이란 생각은 들지 않았다.

위기가 닥치면 본능이 먼저 이를 인지해 주는 무공을 익힌 덕이었다.

제왕검형이라 불리는 무공, 하나 정확히는 초연검결이

라 불리는 검공이 바로 남궁인이 익힌 무공이었다.

딱히 뭐라 표현할 수는 없지만 본능과도 같은 어떤 감각이 검을 인도하여 주는 것이 바로 초연검결이었다.

또한 지금의 초연검결은 흑면수라의 손끝에 어린 기운을 느끼며 미세하게 떨릴 뿐이었다.

이 정도의 떨림은 충분히 싸워 볼 만하다는 의미였다.

남궁인이 긴장을 하면서도 전의를 불태울 수 있는 이유였다.

그 순간 암왕 당이종은 또 다른 이유로 놀라고 있었다.

'바람이 좋지 않아. 독공을 염두에 둔 것인가? 게다가 바위 능선을 넘지 않으면 포위조차 할 수 없는 지형. 이것마저 우연이랄 수는 없겠지.'

흑면수라를 살피는 당이종은 더없이 진중했다.

그가 만일 이 모든 상황들을 감안하여 지금의 지형을 택했다면 이 싸움이 쉽지 않을 것임을 직감한 것이다.

그가 포구를 떠나 이곳에 도착한 것은 고작 일 다경 전.

구릉 하나를 넘은 것이 전부인 짧은 시간에 이곳을 전장으로 택하였다는 것은 의미하는 바가 한두 가지가 아니었다.

그는 강할 뿐 아니라 전투나 전략에도 부족함이 없음을 말하는 것이며, 그 무엇보다도 짧은 시간에 전장을 선별할 정도로 과감한 결단력을 지녔다는 의미였다.

'위험해!'

많게 보아야 서른 정도나 되었을 법한 이족 사내, 그는 결코 자만심에 취해 눈앞을 가로막고 선 것이 아니었다.

필승을 자신하는 듯한 눈이 그것을 말하고 있었다.

특히나 이미 그의 면전에서 일격을 허용한 경험이 있는 당이종이기에 결코 상대를 경시할 수 없었다.

'나와 암전대의 모든 것을 쏟아 붓는다!'

당이종의 눈에 형용할 수 없는 기세가 넘실거렸다.

일말의 방심도 허용할 수 없는 적, 아니 모든 것을 다 해도 이기기 쉽지 않은 적이 흑면수라라는 판단이었다.

그렇게 선두에 선 남궁인과 당이종이 기세를 일으키는 순간 사다인의 공격이 시작되었다.

파지지직!

사다인의 손끝을 타고 뻗은 두 줄기 뇌전이 구릉을 향해 치솟았다.

어찌나 빠른지 번쩍이는 순간 뇌전은 구릉의 양 끝으로 이어진 바위 더미들을 격타했다.

그 무시무시한 속도에 눈이 돌아가지 않은 이가 없을 정도였다.

하나 별다른 일은 벌어지진 않았다.

파지직거리는 소리가 애꿎은 바위들을 때리고 있을 뿐이었다.

추살대 중 누구도 몸을 상한 이가 없었다.

그것이 죽갑의 효용 때문인지 아니면 오십 장이라는 거리 때문인지 확신할 수는 없었다.

하나 지금의 상황이 전과는 다르다는 것을 인지하며 새로운 전의를 끌어올릴 수 있었다.

그런 추살대의 표정이 바뀐 것은 그야말로 삽시간이었다.

우르르릉!

너무도 갑작스레 마른하늘에서 천둥치는 소리가 터져 나온 것이다.

그 기이한 현상에 추살대의 시선이 멀쩡했던 허공으로 향할 수밖에 없었다.

파직!

그리고 그 순간 그들은 천신의 분노처럼 떨어져 내리는 두 줄기 거대한 벼락을 볼 수 있었다.

때마침 터져 나온 남궁인의 대성이 없었다면 그 한 번의 공격으로 추살대는 크나큰 타격을 입었을 것이다.

"피해!"

어디로 향한다고 할 것 없이 추살대가 여기저기로 몸을 날렸고 그들이 서 있던 구릉 위로 두 줄기 거대한 낙뢰가 이어졌다.

정확히 그 벼락은 흑면수라의 손끝에서 뻗어 나간 뇌전의 기운이 부딪히고 있던 바위를 향해 떨어졌다.

콰콰콰콰쾅!

그 한 번의 공격으로 구릉 옆의 바위들이 산산조각 났다. 또한 그 파편이 무시무시한 속도로 사방을 휩쓸었다.

"크헉!"

"컥!"

사방에서 비명이 터져 나왔고 단 한 번의 공격으로 구릉 쪽은 흙먼지로 뒤덮였다.

하지만 사다인의 표정은 좋지 못했다.

"삼뢰인(三雷印)으로 고작 열뿐이 못 잡아?"

때마침 흙먼지를 뚫고 구릉 아래를 향해 신형을 날리는 이들이 있었다.

흑의 무복을 입은 이들로 당가가 자랑하는 암전대였다.

그들은 이미 당이종의 명에 따라 이 상황을 대비하고 있었기에 거의 피해를 입지 않았다.

암전대는 순식간에 전방으로 신형을 뽑아내며 품 안에서 무언가를 꺼내 허공으로 흩뿌렸다.

족히 수십 개는 넘어 보이는 자그맣고 시커먼 구슬들이 전방으로 일제히 쏘아졌는데 순간 사다인의 눈빛이 굳어질 수밖에 없었다.

시커먼 구슬들이 자신을 노린 것이 아니라 그의 키를 훌쩍 넘어 후방으로 향했기 때문이었다.

그럼에도 사다인의 눈이 굳어진 이유는 구슬 안에 무엇

이 들어 있을지 충분히 짐작했기 때문이었다.

'독(毒)!'

사다인의 추측은 틀리지 않았다.

퍼퍼퍼퍼퍼펑!

사다인의 후방으로 쏘아졌던 구슬들이 일제히 자그마한 폭음을 터트렸다.

일순간 지독한 독무가 역풍을 타고 사다인을 휩쓸기 시작했다.

비릿한 향이 바람결을 타고 밀려드는 것을 확인한 사다인이 황급히 두 주먹을 움직였다.

자신의 가슴 앞쪽에서 왼 주먹과 오른 주먹이 서로를 향해 부딪힌 것이다.

콰쾅!

폭음이 터지고 그 자리에서 믿을 수 없을 정도로 강한 섬광이 뻗어 나왔다.

파지지직!

대낮인데도 쉽게 눈을 뜨지 못할 정도의 강렬한 섬광이 순식간에 사다인의 전신을 휘감았고, 그 순간 암전대의 무인들은 어안이 벙벙한 표정을 지을 수밖에 없었다.

마치 호신강기와도 같을 강렬한 빛의 반구가 흑면수라를 휘감는 것을 똑똑히 볼 수 있었기 때문이었다.

하나 그것은 도저히 호신강기라고 부를 수 없었다.

섬광을 발하는 반구에서 실타래처럼 뇌전의 줄기들을 뿜어냈고 그 거미줄 같은 기운들이 주변 가득한 독무를 순식간에 태워 버리고 있었기 때문이었다.

당황한 것이 분명한 암전대!

"투척!"

암전대를 이끌고 있던 당이종의 대성이 터져 나온 것도 그 순간이었다.

암전대는 정신을 번뜩 차렸다. 그리고 주저하지 않고 들고 있던 죽창을 세웠다.

전신의 공력에다 내달리던 힘까지 실어 혼신을 다해 죽창을 뿌렸다.

이십여 개에 달하는 죽창이 공기를 찢는 강렬한 소리를 토해 내며 사다인을 향해 날아들었다.

슉! 슉! 슉! 슉! 숫!

삼십 장이 넘는 거리를 순식간에 가르며 날아드는 죽창은 능히 암전대의 무인들이 지닌 공력을 짐작할 수 있게 했다.

하나 죽창 따위가 사다인을 위협할 순 없었다.

사다인이 두 눈을 부릅뜨자 반구 위로 넘실거리던 뇌전의 기운이 순식간에 죽장들을 향해 쏟아진 것이다.

콰지직! 콰지직! 콰직! 콰지직!

강맹한 섬전이 폭발하듯 뻗어 나가 죽창들을 삼켜 버린

것은 그야말로 번쩍 하는 순간의 일이었다.

그 광경을 목도한 암전대는 더 이상 공격을 할 수 없었다.

산공독을 포함한 독탄에 공력을 실은 죽창까지 너무도 쉽게 막혀 버렸다.

아직까지도 제법 많은 암기를 감추고 있었지만 더 이상의 공격은 무의미함을 깨달았다.

삼십 장이 넘는 거리를 뚫고 저 기괴한 호신강기를 뚫을 수 있을 만한 암기가 없음을 인정한 것이다.

상황을 냉정히 파악한 암왕 당이종의 음성이 다시 한 번 울렸다.

"이십 장 거리를 확보하고 이후부터 선풍대를 지원한다!"

당이종은 무리를 하지 않았다.

또한 그는 단 한 번의 출수도 없이 암전대를 이끄는 일에만 몰두했다.

하지만 그 눈빛에 서린 강렬한 기세는 사다인 역시나 똑똑히 느낄 수 있는 것이었다.

이미 마주쳤던 상대를 잊을 사다인이 아니었다.

또한 그는 분명 긴장해야만 하는 상대였다.

뇌공벽(雷空壁)을 펼치고 있으면서도 사다인의 눈빛은 당이종을 주시했다.

다수의 적을 괴멸시키기 위해 장수를 먼저 쓰러뜨려야

함은 병법의 기본 중에 기본이었다.

하니 당이종은 당연히 먼저 죽여야 할 상대인 것이다.

그와 더불어 후미에 떨어져 있는 남궁인이란 사내 역시 결코 소홀히 여길 수 없었다.

하나 아직은 여유로웠다.

삼뢰인과 뇌공벽은 시작일 뿐이다.

더구나 고맙게도 적들은 온전히 자신이 지배할 수 있는 영역 안으로 들어서고 있는 중이었다.

"오너라! 오늘 이 자리를 통해 중원인들 모두에게 뇌신의 두려움을 심어 주리라."

사다인의 입에서 흘러나온 서늘한 음성은 거칠게 요동치고 있는 뇌공벽을 타고 전방으로 거침없이 쏘아졌다.

그와 함께 오히려 전방을 향해 나아가기 시작하는 사다인.

파지지직!

그의 걸음을 따라 이제껏 전신을 휘감았던 뇌공벽의 기운이 지면으로 빨려들 듯 사라져 갔다.

한 걸음 한 걸음을 나아갈 때마다 쑥쑥 줄어드는 뇌공벽의 기운.

십여 걸음 만에 사다인을 둘러싸고 있던 섬전은 흔적도 없이 사라졌다.

하나 그것은 새로운 공격의 시작일 뿐이었다.

사다인의 마지막 걸음이 멈춘 곳, 그가 밟고 선 바로 그 자리로부터 거대한 공진이 퍼져 나갔다.

구구구구구궁!

마치 지진이라도 일어나는 듯 떨리기 시작하는 땅거죽.

그 떨림은 지면을 타고 순식간에 전방으로 뻗어 나갔다.

구릉 아래쪽을 향해 내달리던 이들이 흠칫하며 멈춰 설 수밖에 없는 순간.

사다인이 있는 힘껏 주먹으로 땅바닥을 후려쳤다.

지뢰진(地雷振)!

그 가공할 힘이 모습을 드러냈다.

눈으로 보고도 또한 목숨으로 그 기운을 감내하면서도 믿을 수 없는 일이었다.

콰콰콰콰쾅!

삼십 장 거리 앞 구릉의 중턱에서 어마어마한 폭발이 터져 나온 것이다.

폭발과 함께 지면을 뚫고 치솟아오른 강렬한 섬광들이 선두를 이루던 암전대를 휩쓸어 간 것도 바로 그 순간이 었다.

"피해!"

"피해라!"

남궁인과 당이종이 동시에 발악하듯 소리쳤으나 폭발과 함께 치솟은 섬광들은 암전대를 일거에 휩쓸어 버렸다.

그 믿을 수 없는 힘 앞에 누구도 움직일 수 없었다.

두려워 떨지 않는 이를 찾기 힘든 실정.

순간 구릉 아래쪽에 선 흑면수라의 음성이 그들의 귓가로 또렷이 전해졌다.

"한꺼번에 와. 시간이 없으니."

손끝을 까딱이며 구릉의 중턱을 향하는 사다인.

하나 추살대의 누구도 감히 그의 말에 대꾸하지 못했다.

압도적인 강함.

뇌령마군이 어찌하여 뇌제라 불리는지.

또한 뇌제가 어째서 환우오천존이라는 경외할 수밖에 없는 존재들 중 하나인지를 여실히 느낄 수밖에 없었다.

하나 그들은 알지 못했다.

오연한 눈빛으로 전방을 바라보고 있는 사다인은 아직도 본신의 능력을 전부 펼쳐 내고 있지 않았다는 사실을 말이다.

第二章

초현

구릉의 중턱이 폭발하며 암전대가 괴멸되자 추살대는 더 이상 나아가지 않았다.

흑면수라로부터 두 번의 공격을 당했고, 그사이 암전대가 한 번의 반격을 가한 것이 전부였다.

그 결과 절반에 가까운 이들이 죽거나 전투 불능 상태에 빠져 버렸다.

이제 남은 전력이라면 남궁세가의 수호검대 삼십과 제갈세가의 선풍대 열여덟, 그리고 간신히 살아남은 당가의 암전대 서너 명이 전부였다.

그나마 다행이라면 수뇌부라 할 수 있는 암왕과 제갈소소, 그리고 남궁인이 멀쩡하다는 사실 정도였다.

하나 그것을 다행이라고 할 수는 없었다.

선풍대의 호위를 받고 있는 제갈소소는 이 참혹한 상황을 믿기가 힘들었다.

'아버지! 아버진 큰 착각을 하셨어요. 결코 이런 것들로 저 사람을 막을 순 없어요.'

그녀는 절망에 가까운 눈빛이었지만 그렇다고 해서 사태를 되돌릴 순 없음을 알고 있었다.

그녀가 후미에 선 남궁인을 향해 입을 열었다.

"이길 수 있을까요?"

그녀의 음성과 눈빛은 간절했다.

그가 이길 수 있다고 말해 주길 너무나도 바라는 눈빛이었다.

"글쎄. 죽거나, 죽이거나. 둘 중 하나겠지."

"……."

"어쩔까? 지금이라도 돌아가면 남은 이들은 살 수 있을지 몰라. 뒤쫓아 올 것 같진 않으니까……."

남궁인은 특유의 감정을 알 수 없는 음성이었다.

하나 그런 결정을 내릴 순 없었다.

함께 온 세 가문의 무력단체가 전멸한 것이나 다름없는 상황에 선풍대와 수호검대만이 멀쩡히 회군한다면 벌어질 일은 뻔했다.

극심한 내분은 물론 모멸에 가까운 질책들을 평생 감내

하고 살아야 할 것이다.

남은 선풍대나 수호검대 중 누구도 그런 삶을 바라는
이는 없을 것이다.

"차라리 죽죠. 오늘 여기서."

제살소소의 음성은 나직했으나 그 음성을 듣지 못한 이
들은 없었다.

또한 그 음성엔 묘한 힘이 실려 있었다.

조금 전까지 두려움을 떨쳐 내지 못했던 선풍대와 수호
검대 무인들의 분위기가 전혀 달라지게 된 것이다.

어차피 죽는다는 말, 어찌해도 죽는다는 그녀의 말은
차라리 후련하게 이곳에서 자신의 모든 걸 쏟아 붓자는
생각을 공유하게 만들었다.

그들의 결의가 느껴지자 제갈소소도 눈을 빛냈다.

"남궁 대주! 군사로서 명하겠어요. 제가 신호하면 수호
검대를 이끌고 저자의 십 장 거리 안쪽을 확보해 주세요."

전에 없이 위엄이 가득한 음성이었고 그 음성에 남궁인
이 피식하고 웃었다.

"그 명령, 목숨을 걸고 완수하지."

참으로 대견하다는 듯 제갈소소를 바라보는 남궁인, 제
갈소소도 그를 향해 살짝 미소를 지었다.

그러나 그것도 잠시뿐이었다.

그녀의 시선이 암왕 당이종을 향했다.

"당 백부님!"

그녀의 말에 당이종은 잠시 놀란 눈빛이었다.

어렸을 적엔 그렇게 불렀으나 열둘을 넘긴 후부터 언제나 당 가주님이라 불러 왔기 때문이었다.

"군사가 아닌 조카로 부탁해요. 다섯 호흡 동안만 흑면수라를 막아 주세요. 남은 당가의 암전대와 함께."

그녀의 뜻하지 않은 말에 당이종의 눈빛이 굳어졌다.

그러고는 이내 나직하게 물었다.

"승산이 있겠느냐?"

"그가 가진 능력이 지금 내보인 것이 전부라면요."

"아니라면?"

"모두가 죽겠지요."

"부끄럽구나. 명색이 암왕이라 불리면서 그조차 자신할 수 없으니. 하나 최선을 다해 보마. 적어도 너희들이 나보다 먼저 죽는 일은 없게 될 것이다."

당이종의 음성은 나직했고 그 시선은 전에 없이 맑았다.

그 뒤편에 선 암전대의 무인들 역시 전의가 넘실거렸다.

동료들이 몰살에 가까운 일을 당한 상황이니 그 누구보다도 강렬한 적의를 뿜어내고 있었다.

그런 당이종과 당가 무인들의 모습에 한 가닥 희망을

걸고 있었다.

"선풍대는 잘 들으세요. 암왕 어르신과 수호검대가 십
장 거리를 확보하면 천류암환진(天流暗幻陳)을 준비하세
요. 천중(天中)의 자리엔 제가 섭니다."

그녀의 말에 주변을 둘러싼 이들의 낯빛이 하얗게 질렸
다.

"어찌 그런 말씀을!"

"아니 됩니다."

선풍대원들이 당황하여 입을 열었으나 제갈소소는 추호
도 망설이지 않았다.

"시간이 없어요. 어차피 구궁변환진으론 저자를 막을
수 없어요."

그녀의 단호한 말에 선풍대의 무인들이 꿈틀하려 했다.

미리 준비한 것을 쓰지 않고 미완의 진을 사용하려는
그녀의 의도를 알지만 이는 허용할 수 있는 것이 아니었
다.

개진의 성공 여부를 떠나 천류암환진은 천중의 방위를
점한 이의 목숨이 너무나 위태롭기 때문이었다. 또한 그
방위에 설 수 있는 이는 이 진법을 만든 일군 제갈공후와
그녀의 딸인 제갈소소뿐이 없는 실정이었다.

하니 당연히 따를 수 없는 일이었다. 선풍대가 집단으
로 반발하려 하자 재빠르게 남궁인이 나섰다.

"그거 위험한 것이오?"

"위력은 불가해할 정도이나 미완입니다. 특히나 천중의 방위에 선 이는 생명을 걸어야 합니다."

선풍대의 무인이 답하자 남궁인이 피식 웃었다.

"그럼 하시죠. 그냥 죽는 것보단 낫잖아요."

"……"

"걱정 마십시오. 적어도 저나 수호검대가 소소보다는 먼저 죽을 테니까요."

아무렇지도 않게 흘러나온 남궁인의 말에 제갈소소는 저도 모르게 미소를 지어 버렸다.

오늘 살아남는다면 절대로 그를 놓치지 않겠다는 다짐을 하며.

"그럼 결정된 것이로군요. 시작할까요."

제갈소소의 음성을 기점으로 추살대의 분위기가 일변했다.

어차피 더 이상 왈가왈부할 수 있는 상황도 아니었다.

제갈세가가 진법으로 유명한 곳임은 누구라도 아는 일, 그녀가 지금 상황에서 목숨을 버려 가며 시도하려는 진법이 결코 평범한 것이 아니라는 것은 선풍대가 아니라도 충분히 짐작할 수 있는 일이었다.

그것을 알기에 모든 것을 걸었다.

상대는 오직 흑면수라라는 존재 하나뿐.

건곤일척의 승부를 결하는 그들의 비장함이 강렬한 기세로 변해 갔다.

그때서야 제갈소소의 눈가에 한 줄기 아쉬움이 스쳐 갔다.

애초부터 이런 마음으로 싸웠다면 결과가 달라졌을 수도 있을 것이란 생각 때문이었다.

언가의 무창단이나 황보세가의 사자대가 있다면 지금처럼 절망적이지만은 않았을 것이란 생각.

사자대는 권장에 능하니 선두에 서기에 최적의 무인들이었고, 무창단은 원거리 공격이 가능한 이들이었다.

지금 무창단이 있어 죽창을 궁처럼 활용할 수만 있다면 십 장 거리를 확보하는 것도 불가능해 보이진 않았다.

하나 솔직히 지금 전력으로 그 간격 안으로 들어서긴 힘들어 보였다.

암왕과 남궁인이 대단한 활약을 펼친다 해도 그 간격에 들어서는 동안 선풍대가 온전할 수 없을 것이 틀림없었다.

이 숫자에서 한 명이라도 부족하다면 제대로 된 진법을 펼칠 수가 없으니, 결국 마지막 승부수도 절망적이라고밖에 말할 수 없었다.

배 위에서 사자대와 무창단을 막지 못한 책임을 통감했다.

부친은 이런 상황까지 예견하여 자신을 군사로 내정했

을 터, 하나 지금에 와서 후회나 자책 같은 것에 메일 수도 없는 입장이었다.

"그럼 부탁합니다. 단 한 번의 기회, 천운이 함께한다면 저자의 목을 취할 수도 있을 것입니다."

그녀의 비장한 음성과 함께 당이종과 당가의 무인들이 구릉 아래로 쏘아졌다.

또한 그 뒤를 따라 남궁인을 비롯한 수호검대의 무인들이 비호처럼 내달렸다.

마지막으로 선풍대가 몸을 움직이기 시작했으며 그 중심을 이끄는 제갈소소가 소리쳤다.

"천류암환진, 개진 준비!"

그녀의 음성에 따라 선풍대의 무인들이 일제히 죽창을 세웠다.

처처처처척!

순간 죽창에 말려 있느라 보이지 않았던 깃발이 바람을 타고 펼쳐졌다.

군진을 통솔할 때나 사용되는 깃발이 드러나며 바람을 먹었다.

퍼러러럭!

사다인 또한 그런 상대의 모습을 똑똑히 지켜보았다.

순간 그 눈가가 비틀렸다.

'뭐지?'

처음 보는 형태의 병기였다.

창대 같은 것에 깃발이 달린 무기를 번이라 부른다는 사실조차 알지 못했다.

그렇기에 잠시간 고개를 갸웃거릴 수밖에 없었다.

한눈에도 참으로 비효율적으로 보이는 무기가 틀림없었기 때문이었다.

펄럭이는 깃발 때문에 창대의 속도가 확연히 줄어들 것이 뻔한데 어찌 저런 무기를 만들었는지 이해하기 힘들었다.

하나 그런 고민을 하고 있을 때가 아니었다.

저들을 둘러싸고 있던 투기가 일변했음을 느끼고 있었기 때문이었다.

특히나 선두에 선 흑발 노인은 절대로 경시할 수 없는 적이었다.

파지지직!

사다인의 손끝이 흑발 노인을 향했다.

대략 이십오 장 정도의 거리였지만 한 사람을 겨눈 뇌신지기가 빗나갈 가능성은 전혀 없었다.

아니나 다를까 흑발 노인이 걸치고 있던 죽갑이 요란하게 터졌다.

콰쾅!

산산조각 나 흩어지는 청죽들의 모습, 하나 사다인의

눈이 부릅떠졌다.

흑발 노인은 그 찰나의 순간 죽갑을 벗어 던지고 허공으로 몸을 띄워 버린 것이다.

매미가 껍질을 벗는다는 금선탈각(金蟬脫殼)의 수법이 있음을 들어는 보았지만 지금처럼 맞는 상황이 없을 것 같았다.

하나 놀라고만 있을 수 없었다.

허공으로 날아오른 흑발 노인의 손끝에서 이전까지 단한 번도 느껴 보지 못했던 강렬한 기운이 쏘아졌기 때문이었다.

슛!

한 줄기 빛이 공간을 투과하며 날아들었다.

뇌전의 빠름에 익숙한 사다인이 아니었다면 파악하는 것마저 불가능할 정도의 속도였다.

이십 장이 넘는 거리를 뚫고 날아드는 자그마한 빛, 하나 그 빛에 서린 위력이 이제껏 겪어 보지 못한 무시무시한 것이라는 것을 감지할 수 있었다.

황급히 두 주먹을 부딪쳐 뇌공벽을 일으켰다.

파지지직!

반구 위로 거미줄 같은 뇌전의 기운이 치솟았고 당이종이 날린 자그마한 빛을 휘감았다.

퉁!

빛과 뇌공벽이 부딪힌 곳에 맑은 금속음이 터져 나왔다.

순간 사다인의 눈이 한차례 파르르 떨렸다.

찰나의 망설임만 더해졌어도 저 자그마한 빛에 이마가 관통했을 것이 틀림없다는 것을 인지한 것이다.

'역시!'

자신의 짐작이 맞았음을 반추할 시간조차 없었다.

뇌공벽을 펼치고도 고작 엄지손가락 크기의 빛을 완전히 무력화시키지 못했기 때문이었다.

하나 사다인은 알지 못했다.

그가 막아 낸 암왕의 암기 사혼추(死魂錐)가 이제껏 단한 번도 적의 목숨을 끊지 못한 적이 없음을.

기다란 은사 끝에서 매달린 채 빛을 내고 있는 암기는 금강석(金剛石)이었다.

그것이 바로 사혼추라 불리는 강호 최강의 암기이며 이는 오직 당가의 가주에게만 용법이 전해져 왔다.

그렇게 뇌공벽에 막힌 사혼추는 한순간 힘을 잃고 튕겨지는 듯 보였다.

하나 그것도 잠시, 사다인을 향해 내달리던 암왕의 손끝이 허공에서 휘돌자 그의 손을 타고 이어진 은사 전체가 소용돌이치듯 뻗어 나갔다.

그러자 튕겨지던 사혼추가 어느새 방향을 틀어 처음보

다 더욱 강맹한 위력을 풍기며 사다인을 향해 날아들었다.

사다인의 눈빛이 흔들렸다.

지금처럼 암기 따위에 운신의 폭이 제한된다면 정말로 위험한 상황에 처해질 수도 있음을 알기 때문이었다.

그 때문에라도 최대한 빨리 선두에 선 흑발 노인의 목숨을 끊으려 한 것이다.

한데 그가 뻗어 낸 기괴한 암기는 뇌공벽에 부딪히고도 재차 공격을 해 왔다.

어쩔 수 없이 방어에 치중해야 할 상황이었다.

치지지직!

퉁! 퉁! 퉁!

순식간에 세 번이나 부딪히며 튕겨지길 반복하는 사혼추와 뇌공벽.

하나 암왕이 제갈소소와 약속했던 다섯 호흡의 시간까진 아직도 멀었다.

그사이 수호검대와 선풍대는 이십 장 거리까지 진입할 수 있었다.

하나 그때 사다인과 당이종의 격돌에서 변화가 일었다.

사다인을 둘러싸고 있던 뇌벽강의 기운이 일시에 폭발하듯 뿜어져 당이종을 격타한 것이다.

누구도 예상치 못했던 공격이었다.

파지지직!

당이종은 비명조차 내지르지 못했다.

온몸이 새까맣게 변해 그대로 절명해 버린 것이다.

그 처참한 시신을 본다면 누구라도 그가 천중십좌의 한 사람인 암왕이라는 것을 믿지 못할 것이다.

하나 그의 죽음은 결코 허망한 것만은 아니었다.

이제껏 변치 않던 흑면수라의 얼굴에 지친 기색이 드러났기 때문이었다.

"이놈!"

"죽어라!"

당이종의 좌우를 따르던 암전대의 무인들은 그 찰나를 놓치지 않고 출수했다.

암전대는 가주와 동료들의 주검 앞에서 통곡이나 하며 주저앉을 정도로 호락호락한 이들이 아닌 것이다.

그들은 당이종이 죽음으로 만들어 놓은 일말의 기회를 결코 놓치지 않았다.

지니고 있는 모든 암기를 뿌렸다.

오늘을 위해 특별히 준비한 우모침과 극독을 바른 학우선의 깃털들, 거기다 남은 산공독의 독탄 모두가 한꺼번에 쏘아졌다.

그들은 지뢰진의 공격 속에서 살아남을 정도의 무인들, 암왕에는 못 미친다 해도 당가 최고의 고수들인 것만은 틀림없었다.

그런 이들이 뿌린 암기였다.

그것도 지니고 있는 모든 힘을 쥐어짜며 펼친 암기술.

슈슈슈슈슈슈슛!

전방을 가득 채우며 날아드는 파공성에 사다인은 눈을 부릅뜰 수밖에 없었다.

다시 뇌공벽을 일으키는 것은 무리였다.

소모된 뇌신지기가 채워질 시간조차 없을 만큼 빠르고 강맹한 암기들이 날아들고 있는 것이다.

하는 수 없이 재빠르게 몸을 숙이며 두 주먹으로 땅을 후려쳤다.

순간 지뢰진의 기운이 사다인의 주변을 휘감으며 거대한 폭발을 일으켰다.

콰콰쾅!

거대한 폭발음과 함께 원통 모양의 흙더미가 치솟으며 사다인을 둘러쌌다.

파파파파파팟!

암전대의 암기들이 모조리 그 흙벽에 부딪힌 뒤 흙더미와 함께 떨어져 내렸다.

그 안에 자리한 사다인의 표정은 더욱 굳어졌다.

찰나의 순간 흙벽 사이를 뚫고 들어온 비릿한 향을 들이키고 만 것이다.

흙벽만 가지고는 독탄 속에 섞인 산공독까지 완벽히 막

아 낼 수 없었던 것이다.

일순간 뒷골을 강타당한 기분을 느꼈고 두 다리가 휘청이는 느낌을 받았다.

하나 그것뿐이었다.

독탄에 담겼던 것이 극독이었다면 모르겠지만 산공독 자체가 사다인을 어쩌지는 못했다.

내공을 흐트러뜨리는 것이 산공독이었다.

한데도 산공독을 무섭게 평가하는 이유는 진기를 운용하면 할수록 그 약효가 더욱 빨리 퍼지다는 것 때문이었다.

거기다 광범위한 살포가 가능하며 특별한 해약이 없고, 일반인들에게 위해를 가하지 않는다는 장점을 두루 지닌 것이 산공독이었다.

그 때문에 널리 쓰이면서도 또한 무섭게 여겨지는 것이었다.

내공을 상실한 무인은 이미 무인이 아닐 수밖에 없는 것이 강호무림이란 세계이니 산공독만큼 그 쓰임이 무궁무진한 독은 없다고 해도 과언이 아니었다.

하나 문제는 그 산공독을 당한 이가 바로 사다인이라는 것이다.

그것이 오늘을 준비한 일군 제갈공후의 또 다른 실기였다.

애초부터 내공을 지니지 않은 사다인에게 산공독 자체가 대단한 위협이 될 수는 없는 일인 것이다.

수호령의 힘인 뇌신지기는 천년을 산 뇌룡으로부터 얻은 힘이며 천지간에 존재하는 가장 강맹한 힘이다.

그 힘이 결코 산공독 따위에 흩어질 리 없었다.

다만 산공독의 여파로 신체의 기능이 저하된 것만은 부정할 수 없었다.

뇌신지기 또한 일반인들의 진기처럼 혈맥을 타고 운용되는 기운이기에 그 속도가 현저히 저하될 수밖에 없는 것이다.

이를 극복하기 위해선 평소보다 몇 배의 힘을 소모할 수밖에 없는 상황.

"좋지 않다."

몸 상태를 확인한 사다인의 입술 사이로 나직한 음성이 흘러나왔다.

결코 방심 때문에 생긴 일이 아니었다.

그들이 짐작보다 강했던 것뿐이었다.

특히나 선두에 선 흑발 노인은 그만큼이나 위험했기에 무리를 할 수밖에 없었다.

그 틈을 노린 공격에 당했으니 변명의 여지가 없었다.

하나 문제는 점점 더 가까워지고 있는 이들이었다.

검을 앞세운 이들과 그 뒤를 따라 깃발 같은 것을 들고 밀려 내려오는 이들.

그들 중 누구도 두려워하는 이를 찾을 수 없었다.

모두가 죽음을 각오했다는 뜻.

순간 묘한 울림이 일었다.

그들을 바라보는 사다인의 눈빛이 변해 갔다.

이제껏 그저 귀찮은 존재라 치부했던 이들이었다.

언제든지 잡아먹을 수 있는 하찮은 존재였던 이들. 그저 두려움에 떨며 내달리는 것을 보았다면 결코 그런 변화가 일진 않았을 것이다.

온전한 의지로, 죽음을 두려워하지 않으며 달려오는 이들.

그들을 달리 보아 줄 수밖에 없었다.

'마땅히 전사라 할 만하지 않은가!'

그 순간이 돼서야 그들을 자신과 동등한 입장에 올려놓을 수 있었다.

그것이 사다인의 예(禮)였다.

그렇다면 그 또한 전사로서의 합당한 대우를 해 주는 것이 도리라 생각했다.

하나 전사의 예는 용서나 관용과는 정반대의 것이었다.

"최고의 죽음을 선사해 주마."

사다인이 으르렁거리는 소리를 토해 낸 것도 그 순간이었다.

두 눈에 일렁이는 광망.

섬뜩하리만큼 무서운 빛이 광망을 타고 뿜어져 머리끝부터 발끝까지 뿜어졌다.

치지지지직!

새까만 머리카락들이 줄기줄기 뻗어 올랐고 걸치고 있는 피풍의마저 타들어 가듯 펄럭였다.

그와 동시에 사다인의 신형이 앞으로 쏘아졌다.

뇌전보(雷電步)라 불리는 뇌신지기 궁극의 신법이 발현되었고 그가 지면을 밟는 순간마다 허공에선 낙뢰가 떨어져 내렸다.

우르르릉!

파지직!

낙뢰는 그렇게 사다인을 향해 쉼 없이 떨어졌다.

지면을 박찰 때마다 천신의 벼락같은 기운들이 사다인을 휘감았고, 일 보 일 보가 더해질 때마다 그의 전신에서 뿜어지는 기운들은 더욱 강맹하게 변해 갔다.

그를 향해 달려들던 이들의 눈에 다시 한 번 두려움이란 그림자가 일렁일 수밖에 없는 순간이었다.

하나 그사이 제갈소소가 그토록 원하던 십 장의 거리가 확보되었다.

"수호검대, 투창!"

앞서 달리던 수호검대의 무인들 삼십이 일제히 죽창을

꼬나 쥐었다.

그리고 일말의 주저함도 없이 죽창을 내던졌다.

슈슈슈슈슛!

암전대의 투창처럼 위력적이진 않았다.

하나 수호검대 또한 능히 일류라 할 수 있는 정예의 무인들이었다.

그들이 혼신을 다한 공격이 약할 리가 없었다.

거기다 삼 분의 일로 줄어든 거리 때문에 암전대가 날렸던 죽창보다 몇 배나 더한 위력이 담길 수 있었다.

흑면수라를 꿰뚫을 듯 날아가는 강렬한 파공음들.

하나 제갈소소는 이미 다음 명령을 내리고 있었다.

"수호검대는 후미로! 선풍대 개진(開陣)!"

추호의 흔들림도 없는 명령이었다.

슉슉슉슉슉! 파라라라라락!

창대가 일제히 바람을 머금으며 펄럭거렸고 그들이 뿌린 열여덟 개의 죽창은 미리 정해 놓은 진의 방위를 향해 떨어져 내렸다.

파파파파파팟!

그사이 처음 날렸던 수호검대의 죽창들은 허공에서 떨어져 내리는 낙뢰와 부딪힌 채 산산조각 났다.

찰나의 격돌이 끝나고 사다인도 추살대도 모두 멈췄다.

우르르릉!

파지직!

그동안에도 마른하늘에서 떨어져 내리는 낙뢰는 계속되었고, 사다인의 전신에서 얽히는 기괴한 섬광들은 강맹하기만 했다.

숨죽일 듯한 침묵이 잠시간 이어졌고 그 침묵을 깬 것은 의외로 사다인이었다.

"계집. 정말로 이따위 것들이 나를 막을 수 있을 것이라 생각하는 것이냐?"

사다인의 눈은 정확히 제갈소소를 향해 있었다.

순간 제갈소소를 비롯한 추살대의 눈빛이 일제히 흔들릴 수밖에 없었다.

그의 음성에서 일부러 지금과 같은 상황을 용인했음을 느꼈기 때문이었다.

동요가 일지 않을 수 없을 만큼 두려운 음성이었다.

"그 오만함이 꺾일지 우리가 죽을지는 곧 알 수 있겠지요."

제갈소소가 선풍대의 무인 사이로 걸어 나왔다.

그녀의 손에 들린 첫 역시 깃대가 달린 죽창이었다. 다르다면 다른 것들보다 길이가 훨씬 짧다는 것뿐.

"보여 드리죠. 본가의 정화를!"

그녀의 깃대가 좌우를 쓸어 갔고 그 순간 선풍대의 무인들 모두가 일제히 자리에 주저앉아 두 손을 합장했다.

흡사 도술이라도 펼치는 듯 알 수 없는 소리를 중얼거리는 선풍대의 무인들!

그와 더불어 종과 횡으로 쓸어 가는 제갈소소의 깃대 역시 속도를 더해 갔다.

그 순간 땅에 꽂힌 깃대들이 일제히 사다인이 선 중심을 향해 펄럭이기 시작했다.

그리고 그 순간 사다인을 둘러싸고 있던 뇌전의 기운 또한 거짓말처럼 사라져 버렸다.

진 안에 자리한 사다인의 표정 역시 전에 없이 놀라고 있었다.

밖에 있는 이들은 전혀 알 수 없지만 천류암환진 안에 갇힌 사다인으로선 그러한 반응이 당연할 수밖에 없었다.

멀쩡하던 세상이 찰나지간 오직 암흑뿐인 세상으로 변했으니 말이다.

'이것이 진법이란 것인가?'

진법이라 해 봤자 팔진도(八陣圖) 같은 기본적인 것을 알 뿐이었다.

지금처럼 주변의 공간 전체를 변화시키는 진법이 있다는 것은 귀동냥으로나 들었던 것이다.

하나 단지 어둠 속에 갇히는 것이 전부라면 두려워할 이유가 없었다.

세상 천지에 뇌력이 존재하지 않는 공간은 없으며 뇌력

이 존재한다면 파괴하지 못할 것은 없다고 자신했기 때문이었다.

하나 그 생각은 잠시뿐이었다.

"이럴 수가!"

공간 안에서 단 한 줌의 뇌력도 느껴지지 않았다.

도저히 믿을 수 없는 상황이기에 다시 한 번 뇌신지기를 끌어올렸다.

이 어둠의 장막 안 어딘가에 티끌만 한 뇌력이라도 존재한다면 반응해야만 하는 것이 당연했다.

세상에 존재하는 모든 것이 그러하듯 뇌력 역시 음과 양의 구분이 있다.

이 두 가지 기운은 끊임없이 서로를 탐하는 성질을 지녔다.

사다인이 지닌 뇌신지기는 극양의 뇌력, 반면 천지간에 존재하는 것은 음의 뇌력이었다.

이 둘이 교차하는 순간 생기는 파괴력이란 상상을 초월하는 것이다.

사다인은 이미 음과 양의 뇌력을 스스로의 의지로 완전히 장악할 수 있는 경지에 이르러 있었다.

삼뢰인이나 뇌전보 같은 강맹한 위력의 공격들이 가능한 것은 모두가 이 음과 양의 뇌력들 때문이었다.

한데 이 암흑의 공간에선 음의 뇌력이 전혀 존재하지

않는 것이다.

이는 본신이 치니고 있는 극양의 뇌력만을 사용해야 한 다는 말이며, 더 이상 소모된 뇌신지기를 채울 수 없다는 말과 같았다.

그나마 천만다행이라면 뇌전보를 펼친 직후이기에 몸 안이 터져 나갈 정도로 뇌력이 쌓였다는 사실이었다.

하나 이 힘이 전부 소진되기 전에 이 암흑을 부수지 못 한다면 어떤 결과가 이어질지 불을 보듯 뻔했다.

'죽는 것은 나라는 말이지.'

하지만 후회의 감정은 밀려들지 않았다.

강한 자는 살고 약한 자는 죽는 것이 이치였다.

또한 비겁한 자는 멸시당하고 용기 있는 자는 대접하는 것이 전사의 예법이었다.

그들의 마지막 한 수를 보아 주는 것은 마땅한 예이며 그 과정에서 죽는다고 해서 억울할 것은 없었다.

오늘만 해도 족히 칠팔십의 목숨을 거두었다.

유년 시절 부족 간의 전쟁 이후 오랜만에 해 보는 살인 이긴 했으나 오늘 일을 그다지 특별하다고는 생각지 않았 다.

마찬가지로 자신의 목숨 또한 그리 대단한 가치를 두지 않았다.

할 일이 남았다는 아쉬움이 남았으나 그것과 삶과 죽음

의 문제는 다른 가치를 지닌 일이었다.

이대로 죽는다 해서 억울해할 이유도 없는 것이다.

오늘 자신에게 죽은 이들이라고 어찌 아쉬움이 없겠는
가. 그들의 목숨이나 자신의 목숨은 동등한 것이라 여기는
것이 사다인이었다.

'죽는다면 그건 약해서일 뿐. 아쉬움은 남기지 말아야
할 터.'

어설픈 공격 따위로 뚫을 수 있는 공간이 아님을 느낄
수 있었다.

지니고 있는 최고의 힘.

융폭멸뇌강(烉爆滅雷罡)을 펼치고자 했다.

극양의 뇌력만 가지고도 반경 이십 장을 초토화시킬 수
있는 위력이 담긴 뇌력이었다.

사다인이 뇌전보를 펼치며 그들을 향해 달려 나간 것
역시 이 융폭멸뇌강으로 그들의 생을 끝내 주기 위해서였
다.

뇌전지기 중 가장 강한 힘이기에 다른 것을 생각할 수
는 없었다.

두 주먹을 힘껏 움켜쥔 사다인의 눈에서 다시금 광망이
넘실거렸다.

입술마저 피가 나도록 꽉 깨문 사다인, 그가 진각을 밟
듯 한 걸음을 내디뎠다.

쿠쿵!

묵직한 발걸음 소리가 어둠의 공간을 울렸으며 그가 밟은 지면에서 또다시 파직거리는 소리가 터져 나왔다.

순간 발끝을 타고 치솟은 뇌전의 줄기가 그의 온몸을 휘감았다.

마치 소용돌이처럼 휘감아 오른 뇌전의 줄기는 일순간 강렬한 빛을 더하더니 사다인의 오른 주먹을 타고 일제히 쏟아져 나왔다.

그때를 기다렸다는 듯 사다인의 주먹이 어둠의 공간을 향해 뻗어 나갔다.

파치직!

믿을 수 없을 만큼 강렬한 녹빛 섬광이 뿜어졌다.

오직 암흑뿐이 없는 공간을 가르며 날아가는 녹빛 섬광.

그 빛을 잡아먹기라도 하려는 듯 어둠의 공간이 요동치기 시작한 것도 그 순간이었다.

사다인이 눈을 부릅떴다.

마땅히 부딪혀야 할 대상이 전혀 느껴지지 않았기 때문이었다.

멸뇌강은 끝없는 공간을 허우적거리는 듯 그저 앞으로 뻗어 나가기만 하고 있는 것이다.

이대로라면 결과가 좋지 못할 것이 당연한 상황.

어둠을 파괴하기도 전 자신의 뇌전지기가 바닥 날 것이 뻔해 보였다.

거기다 그간 무시하고 넘겼던 독의 여파가 더욱 좋지 못한 상황을 만들고 있었다.

융폭멸뇌강과 함께 한꺼번에 뇌신지기가 빠져나가자 갑작스레 독의 기운들이 날뛰기 시작한 것이다.

평소라면 무시해도 좋을 정도였으나 음과 양의 조화가 깨어진 공간 안에서 그것은 충분히 위협적이었다.

상황은 더욱 좋지 못하게 흘러갔다.

이대로라면 진법을 파괴하는 것보다 뇌력이 바닥나는 것이 훨씬 더 빠를 수밖에 없었다.

"어쩔 수 없군."

상황과는 다르게 입가에 씁쓸한 웃음이 걸렸다.

진법을 파괴하고도 혹시 모를 일에 대비하여 남겨 둔 극한의 힘을 꺼내야 했기 때문이었다.

보통의 무인들이 진원지기라 부르는 힘이 있는 것처럼 뇌신지기 역시 그 근간이 되는 힘이 있다.

바로 뇌령(雷靈)이라 부르는 힘.

이 뇌령의 힘이 소진되면 한동안은 전혀 뇌신지기를 사용할 수 없게 된다.

물론 다시 복구할 수는 있으나 그 시일이 최소 며칠은 걸린다는 것이 문제였다.

또한 뇌령을 복구하는 동안은 꼼짝도 할 수 없으며 누구라도 자신이 숨어 있는 장소를 발견할 수밖에 없었다.

뇌령이 복구되는 동안은 그를 향해 낙뢰가 쉼 없이 이어지니 은신한 채 뇌령을 복구하는 것은 불가능한 일인 것이다.

만일 이곳이 남만이라면 자신을 지켜 줄 부족이라는 울타리가 있겠지만, 중원 땅에서 그런 존재를 기대할 수는 없는 일이 아니겠는가.

결국 이 자리를 벗어난다고 해도 쫓기는 신세를 면치 못할 것이 뻔했다.

그렇다고 맥없이 이 안에서 죽고 싶은 마음은 더욱 없었다.

뇌신지기를 사용치 못한다고 해도 부족의 투술만은 남아 있다.

죽은 흑발 노인 정도가 아니라면 능히 남은 이들을 상대할 수 있다고 자신했다.

물론 그럴 일이 없도록 주변에 남은 이들을 모조리 죽이는 것이 최선이었다.

뇌령의 힘을 사용하면 융폭멸뇌강의 위력은 상상도 할 수 없이 강해진다. 어둠의 공간이 가로막고 있는 것을 감안한다 해도 최소 오십 장 안은 풀 한 포기 남아날 수 없을 것이라 자신했다.

결정했다면 미룰 이유가 없었다.

파지지지지직!

또 한 번 흑색 피풍의가 찢겨져 나갈 듯 펄럭이며 그 앞가슴에서 강렬한 푸른 섬광이 터져 나왔다.

섬광은 어지럽게 그 기운을 풀어헤치며 사다인의 오른 팔을 타고 뻗어 나갔다.

이미 어둠 속에 잠식되어 가던 융폭멸뇌강의 길을 따라 이동하는 푸른 섬광.

파팟!

순간 실타래처럼 뻗어 나가던 융폭멸뇌강이 빛을 발했다.

움츠러들던 녹빛이 푸른 광망과 어지럽게 뒤섞이며 어둠을 찢기 시작한 것도 그 순간이었다.

그저 끝이 없어 보이는 공간을 향해 앞으로 나아가기만 하던 뇌전이 사방팔방으로 뻗치기 시작했다.

어둠은 순식간에 균열되었다.

거대한 흑색 유리창이 갈라져 가듯 그 균열은 곧 어둠의 공간 전체로 뻗어 나갔다.

콰콰콰콰쾅!

거대한 폭발과 함께 어둠은 한순간에 박살 났다.

사방에서 비명 소리가 터져 나왔으나 이를 느낄 여력도 없었다.

그 후 소름 끼치도록 무거운 침묵만이 이어졌다.

갑작스레 다시 밀려든 세상의 빛 때문에 사다인은 눈살을 찌푸리고 있어야만 했다.

이윽고 서서히 보이기 시작하는 주변의 광경.

오십 장을 예상했던 것과는 달리 십여 장 안팎의 대지만이 화마에 휩쓸린 형국이었다.

그만큼 진의 위력이 강했음을 깨달았다.

그렇다고 해도 결과는 매한가지였다.

융폭멸뇌강의 반경 안에 살아 있는 존재가 없음은 한눈에도 알 수 있었다.

숯덩이처럼 변해 버린 시신들이 사방에 널브러져 있었다.

그런 처참한 광경 가운데 홀로 선 사다인이었으나 표정은 무심하기만 했다.

할 수 있는 최선의 예로써 그들을 죽였으니 미안함이나 후회 같은 감정이 생겨날 리 없었다.

물론 오늘 이후 뇌령을 복구하기 전까지는 수시로 위험에 처할 수밖에 없음을 알았다.

하지만 사다인이 깨닫지 못한 것이 있었다.

그가 생각했던 위험이 이토록이나 빨리 찾아올 것이라는 사실을 말이다.

십 장 거리 밖의 지면이 꿈틀거렸다.

파곽!

흙더미와 함께 시꺼멓게 그을린 죽갑 두 개가 허공으로 치솟았다.

그 뒤를 따라 사내가 여인을 옆구리에 낀 채 몸을 날린 것이다.

'저자!'

사다인의 눈가가 치떨렸다.

그동안 내내 신경을 자극하던 사내, 어딘지 단목강을 닮았다는 느낌을 주던 남궁인이란 자였다.

그는 지면으로 내려서자마자 여인을 내던졌다.

혼절을 했는지 죽었는지 알 수 없으나 제갈소소는 힘없이 바닥을 나뒹굴었다.

그와 동시에 그가 십 장의 거리를 눈부신 속도로 줄이며 달려들었다.

그가 손에 든 죽창을 내던진 것도 바로 그 순간이었다.

슈악!

사다인은 황급히 고개를 꺾었다.

얼굴을 스쳐 가는 죽창의 위력이 실로 무시무시했다.

이제 수호령의 힘은 사용할 수가 없는 상태, 본신의 투술만 가지고 적을 상대해야만 했다.

하나 물러설 이유는 없었다.

진다고 생각지도 않았다. 오히려 남궁인을 향해 달려

나갈 태세까지 취했다.

한데 그 순간 다시 한 번 몸 안의 산공독이 발목을 잡았다.

뇌령과 함께 뇌신지기가 비어 버린 공간을 잠식하며 극렬한 통증을 선사한 것이다.

전혀 예상치 못한 통증이 앞가슴으로 밀려들었고 한순간 멈칫할 수밖에 없었다.

하나 그 한 번의 멈칫거림은 되돌릴 수 없는 지경에 처하게 만들었다.

남궁인은 본신의 투술만으로 상대하기엔 분명 버거운 상대였다.

헌데 예상치 못한 기습에다 독 때문에 반격의 기회마저 놓쳤으니 위험에 처하는 것은 너무나 당연했다.

그 순간 남궁인은 허리춤에 차고 있던 죽창을 움켜쥐었다.

어느새 삼 장 거리까지 좁혀 온 그가 죽창을 내던지니 도저히 피할 수 없을 것 같았다.

하나 사다인은 가슴의 격통을 참으면서 가까스로 몸을 비틀었다.

슉!

아슬아슬하게 죽창을 비껴 낸 순간 사다인은 눈을 부릅뜰 수밖에 없었다.

남궁인의 신형이 늘어나는 것처럼 쏘아지더니 자신이 날린 죽창 끝을 붙잡았기 때문이었다.

그리고 이내 죽창은 산산조각이 나 버렸다.

파직!

그 안에서 드러난 것은 날카로운 한기를 머금은 검신이었다.

남궁인은 검의 궤적을 틀었고 검 끝은 사다인의 심장을 찔러 왔다.

"크윽!"

어쩔 수 없이 터져 나올 수밖에 없는 신음.

심장을 향해 검이 파고들고 있으니 당연할 수밖에 없는 반응이었다.

아찔한 충격과 함께 의식마저 아련해졌다.

극심히 떨리는 눈으로 바라본 남궁인.

한데 그 순간 참으로 묘한 느낌을 받았다. 상대의 얼굴에 아무런 감흥이 없음을 느낀 것이다.

남궁인에게선 원한이나 원망, 혹은 분노나 자신을 죽였다는 성취감 같은 감정마저 전혀 느껴지지 않았다.

다만 그의 눈빛 깊숙한 곳에서 왠지 모를 서글픔을 본 것이 전부였다.

그 때문에 죽기 직전 그의 말을 들을 수 있다고 생각했다.

"이렇게밖에 죽일 수 없어서 미안하오. 하나 약속하리다. 또다시 당신 같은 무인을 마주하게 될 때면 정정당당히 싸워 이길 만큼 강해지겠소."

너무나 예기치 못한 상황에 들려온 음성이었다.

고통으로 일그러지던 사다인의 얼굴에 한 줄기 미소가 지어졌다.

피식!

"괜찮은…… 놈에게 죽는 건가……."

사다인의 음성이 힘겹게 흘러나왔고 순간 남궁인이 나직하게 말했다.

"잘 가시오."

푸욱!

검 끝이 살갗을 뚫고 심장에 닿는 것이 느껴졌다.

사다인은 자신이 죽지 않을 수 있는 그 어떤 방법도 없다고 생각했다.

한데 그 순간이었다.

남궁인의 표정이 변했다.

미친 듯이 울기 시작하는 검. 그것을 느낀 것이다.

우우우웅!

위험하다고.

빨리 피하라고, 조금만 망설여도 죽는다고 검이 미친 듯이 울기 시작했다.

도무지 이해할 수 없는 일.

초연검결이 이렇게 반응한 적은 단 한 번도 없었다.

눈앞의 흑면수라조차 이렇게 거대한 두려움을 준 적이 없었다.

'대체 무엇이?'

하나 남궁인은 의문이 채 끝나기도 전 도저히 믿을 수 없는 경험을 해야만 했다.

대체 어떻게 나타났는지 모를 사내 한 명이 자신의 검신을 붙잡고 있었기 때문이었다.

"물러나시오!"

검을 쥔 자의 입에서 천둥 치는 듯한 음성이 토해졌다.

그와 동시에 검 끝을 타고 전해지는 믿을 수 없는 힘!

콰쾅!

남궁인은 황급히 검을 빼며 뒤로 나동그라질 수밖에 없었다.

대항했다간 검 끝을 타고 전해지는 기운에 온몸이 불타 재가 되어 버릴 것 같았기 때문이었다.

그렇게 나타난 사내는 고작 이십 대 중반의 젊은 사내였다.

그와 흑면수라가 대화를 나누기 시작했다.

참으로 어처구니없는 일이 아닐 수 없었다.

어떻게 잡은 기회인데.

이 한 번의 기회를 위해 희생된 이들이 얼마인데 이런 일이 벌어진단 말인가.

순간 다시 한 번 초연검결이 반응하기 시작했다.

또다시 미친 듯이 본능을 자극했다.

위험하다고, 참으로 평범해 보이는 저 사내가, 아무런 기세조차 느껴지질 않는 저 젊은 사내가 너무나 위험하다고 그렇게 말하고 있었다.

남궁인이 몸을 털고 일어섰다.

"동료인가?"

그가 답했다.

"친구."

사내의 말에 남궁인은 더 이상 물을 것이 없었다.

그와 친구라는데 어쩌겠는가.

고작 반나절도 안 되어 추살대를 멸살시켜 버린 흑면수라였다.

아니, 말이 반나절이지 그와 직접 싸운 시간을 따진다면 고작 일 다경이나 될까 말까 했다.

그사이 추살대가 끝장나 버렸다.

오늘 나선 전력이라면 구대문파라고 칭해지는 곳이라도 칠 수 있는 전력이었다.

그런 추살대를 그 짧은 시간에 박살 내 버린 흑면수라였다.

한데 그보다 더 위험하다 하는 사내가 흑면수라와 친구라 했다.

싸워 이길 가능성도 없었고 또 싸울 이유도 없었다.

"살아남은 이들을 수습해 돌아가고 싶은데 허락하겠는가?"

그래 봐야 제갈소소와 암전대의 무인 셋이 전부였다.

어차피 실패의 모든 책임은 자신의 몫이 될 것이고 좋은 꼴을 당하긴 어렵겠지만 제갈소소만은 무사히 돌려보내 주고 싶었다.

한데 나타난 사내가 의외란 눈빛을 보내었다.

어쩐지 상황을 이해하지 못해 난처하다는 표정이었다.

남궁인이 한마디를 더했다.

"자네하곤 절대로 싸우지 말라는군. 여기 이놈이……."

그는 말없이 고개를 끄덕이는 것으로 남궁인을 보내 주었다.

第三章

폭풍의 중심으로

호북성 균현 외곽에 위치한 죽산(竹山)에는 죽림장이란 장원이 있다.

　죽산의 대나무를 유통하여 성세를 유지하는 곳이었는데 몇 년 전부터 가세가 급격히 기울었다.

　죽림장의 장주인 죽노야가 지병에 걸렸다는 소문이 돌며 그리 되었는데 그 후 죽림장을 찾는 이들의 발걸음은 거의 끊기다시피 했다.

　그 이전까진 꽤나 왕래가 잦던 무당파의 제자들 역시 이제는 죽림장을 찾지 않았다.

　죽림장 역시 더 이상 무당파에 시주를 하지 않았으며 그 사실이 알려지자 그동안 호시탐탐 죽산을 노리던 이들이 벌 떼처럼 달려들었다.

결국 무기력하게 죽산의 권리 대부분을 빼앗겼으니 죽림장이 더 이상 지난날의 성세를 구가할 순 없을 것으로 보였다.

그렇게 죽림장은 세인들에게 잊혀 갔다.

오가는 이마저 끊겨 적막하기만 한 죽림장의 장원, 그 안으로 들어서는 두 명의 노인이 있었다.

두 노인 모두 여느 벽촌에서 흔히 볼 수 있는 초라한 행색이었다.

그들은 익숙한 걸음으로 장원으로 들어선 뒤 곧바로 죽노야의 거처를 찾았다.

그들의 방문이 뜻밖인지 죽노야의 얼굴이 나직하게 떨렸다.

"두 분께선 어인 일로 이곳까지?"

죽노야의 물음에 두 노인이 차례로 입을 열었다.

"겸사겸사해서 들렀소이다."

"아미타불, 몸은 좀 어떠시오?"

두 노인의 음성에서 상투적인 예를 찾을 순 없었다. 짧은 말이었지만 진심이 묻어 있었다.

그런 두 노인의 모습은 밖에서 볼 때와는 또 달랐다.

약간 말랐다 뿐이지 키가 어지간한 장정만큼이나 큰 노인이 아미타불을 외칠 때는 득도한 고승의 풍모가 느껴졌으며, 그 옆에 있는 평범하지만 눈매 하나만큼은 정광에 휩싸인 노인은 일대종사의 분위기가 자연스레 묻어났다.

그런 분위기 때문인지 병약해 보이기만 하던 죽노야의 분위기도 일변했다.

"두 분께서 염려해 주신 덕에 완치할 수 있었소이다."

죽노야의 음성은 나직했으나 그 음성에 묻어나는 현기는 흡사 오랜 수도를 끝낸 도인의 그것과도 같았다.

언뜻 보아 넘기기엔 평범하게 보이기만 하는 세 노인은 각자의 독특한 분위기를 풍기며 서로의 존재를 명확히 느꼈다.

그리고 그 독특하던 분위기는 잠시 뒤 거짓말처럼 사라졌다.

그러한 일은 지난 세월 동안 자연스레 배어 버린 버릇 때문이었다.

늘 복면을 하고 만날 수밖에 없는 처지기에 그렇게나마 서로의 존재를 인식하고 반가움을 표하는 것이다.

"진풍, 지명. 자네들의 얼굴을 보는 것이 얼마만인지도 모르겠군."

죽노야의 음성에 진풍이라 불린 노인이 답했다.

"자네는 참 많이 늙었구면."

"허허허허! 누가 할 소릴! 자네야말로 변치 않은 것은 그 눈빛뿐이 없네그려. 우리 중 그래도 인물 하면 육진풍이지 않았던가?"

죽노야의 음성은 참으로 소탈했고 그로 인해 분위기는 한결 좋아진 느낌이었다.

마주한 두 노인 또한 희미한 미소와 더불어 은은한 경탄을 내비치고 있었다.

그가 완쾌되었음은 물론 더 나아가 과거의 벽을 허물었음을 자연스레 느낄 수 있었기 때문이었다.

"그나저나 이제야 자네에게 미안하다 할 수 있겠구먼. 그들은 잘 보내 주었는가?"

일순간 죽노야의 음성에 짙은 슬픔이 묻어났고 육진풍이란 노인 역시 나직하게 답했다.

"그들 모두 오래도록 소원하던 그늘 아래 뿌려졌으니 아쉬움은 없을 것이네."

"미안하구먼. 홀로 그 모진 일을 해야 했다니."

"미안하긴. 자네와 일공은 온전한 몸이 아니질 않았던가?"

"그래서 더욱 미안하지. 금정 사태의 일만 수습하기에도 쉽지 않았을 터인데 다른 이들의 유체까지 수습했으니, 그 어찌 힘겹지 않았겠는가?"

죽노야의 나직하면서도 쓸쓸함이 짙게 묻어나는 음성에 노인 육진풍은 더 이상 부정하지 않고 조용히 고개를 끄덕였다.

"팔공의 유체를 제대로 수습하지 못한 것이 못내 마음에 걸리네. 그토록 점창에 묻히기를 바라던 친구였는데, 고작 살점 몇 개만을 찾은 것이 전부였으니……."

육진풍의 음성에는 허망함이 가득했다.

"아미타불! 삼공은 할 일을 다 했소이다. 그 마음을 먼저 간 이들이라고 어찌 모르겠소이까?"

잠자코 있던 지명이란 노인이 또다시 나직한 불호를 읊조리자 분위기는 다시 무겁게 가라앉았다.

잠시간 죽은 이들을 회상하기라도 하는 듯 무거운 침묵이 이어졌다.

그사이 지명이란 노인이 다시 침묵을 깼다.

"삼공! 이제 와 다시 묻지만 그들이 누구인지 전혀 짐작할 수 없는 것이오?"

지명이 묻는 그들이란 지난날 유가장에 나타났던 인물들을 일컫는 것이었다.

봉공 다섯을 베어 버린 괴노인과 팔공을 육편으로 갈기갈기 찢어 버린 정체불명의 인물.

그나마 괴노인의 정체는 유추가 가능했으나 팔공의 예기치 않은 죽음만은 도저히 그 의문이 풀리지가 않았다.

"전에도 말했듯이 두 분의 손에 죽은 자는 망량겁조와 무관치 않을 것이오."

육진풍의 말에 죽노야와 지명 노인은 고개를 끄덕였다.

괴노인이 펼친 무공은 오행진기와 혈루검, 전해지는 비사에 따르면 그 두 가지 무공은 모두 망량의 저주와·무관치 않다 했다.

하나 팔공을 죽음에 이르게 한 무공은 그야말로 오리무중이었다.

팔공의 무공은 자신들과 비해도 크게 손색이 없기 때문이었다.

그런 이가 살점조차 찾기 힘든 육편으로 찢겨졌다는 사실은 도저히 믿을 수가 없는 일이었다.

"일공께는 죄송하오나 아마도 소림의 치(恥)와 관련 있는 것 같소이다."

육진풍의 말에 내내 담담하던 지명 노인의 눈빛이 크게 흔들렸다.

"하면?"

"아마도 삭월신의 후인인 듯 보였소이다. 팔공의 시신은 찢겨진 것이 아니라 잘게 조각난 것이나 다름없었소. 그러한 무공이 있다면 혼철삭이라 불리는 삭월신의 무공밖에 떠오르질 않소이다."

육진풍의 음성에 지명 노인과 죽노야의 표정이 파르르 떨렸다.

그도 그럴 수밖에 없는 것이 소림의 치와 그에 관련된 삭월신의 비사는 그만큼이나 두려운 것이기 때문이었다.

불패의 신화를 자랑하던 백팔나한이 단 한 명의 무인에게 모조리 목이 잘려 버린 일이 있었다.

더구나 백팔나한진까지 펼친 상태에서 단 일 초에 몰살을 당했다 전해지니 그 일을 행한 이가 바로 삭월신이며 이제 와 그 일을 언급할 때 그것을 소림의 치라 부르는 것이다.

그것이 비록 오랜 세월 전의 일이라 하나 삭월신의 후예가 나타났다는 것은 의미하는 바가 컸다.

침중한 눈빛이던 죽노야가 먼저 입을 열었다.

"마종의 맥이 다시 나타난 것인가?"

하지만 육진풍도 쉽게 대답할 수 없었다.

강호의 소문을 가장 많이 알고 있고 또한 봉공들 중 가장 무공에 대한 식견이 높은 육진풍이지만 이번 질문만큼은 쉽게 대답할 수 없었다.

"그들이 다시 나타난 것인지는 알 수 없네. 다만 우리가 해야 할 일이 있다는 것만은 틀림없지 않은가? 선대로부터 우리가 존재해 왔던 이유는 이런 일을 예견했기 때문이 아닌가?"

육진풍의 음성엔 나직하지만 어떤 신념 같은 것이 담겨 있었다.

때마침 지명 노인이 죽노야를 향해 입을 열었다.

"이공. 이 늙은이 또한 움직여야 할 때라는 것을 느끼고 이곳을 찾은 것이오."

두 사람의 말에 죽노야는 잠시간 상념에 잠긴 모습이었다.

그리고 이내 전에 없이 나직한 음성을 내뱉었다.

"두 분의 뜻을 어찌 모르겠소이까? 하나 전에도 이야기했듯이 내 뜻은 변치 않을 것이외다."

그의 음성에 육진풍의 음성이 강렬하게 터져 나왔다.

"자네는 정녕 세상의 소문을 전혀 듣지 않는단 말인가?"

"나는 이미 지쳤네. 이제 와 무엇을 더 바라겠는가? 그저 무당에 전해 줄 것이 남아 모진 생을 이어 갈 뿐인 것을……."

죽노야의 음성에 노인 육진풍의 안색이 더없이 굳어졌다.

"사안이 가볍지 않음을 정녕 모르는 것이로군."

"스스로 끊어도 시원치 않을 명줄을 이어 가고 있는 것은 오직 그 때문일세. 홀로 가져가기엔 너무나 아쉬우니 그저 온전한 무당의 무학으로 남겨 주고 싶은 마음일세. 세상일은 그저 묻어 두고 싶다네."

죽노야의 음성에 육진풍은 더 이상 아무런 말도 꺼낼 수가 없었다.

그 또한 누구보다 그의 심경을 잘 알기 때문이었다.

하나 전해야 할 말은 전해야 했다.

그 후에도 결심이 변치 않는다면 더 이상 그를 설득하고 싶지는 않았다.

"뇌령마군의 전인이 나타났네."

"……!"

"오수련의 무인들이 당했어. 신창이 죽고 암왕도 죽었네. 거기다 오수련의 무단들은 물론 각 세가에서 증원된 최정예들까지 몰살당했네."

육진풍의 음성은 너무나 메말라 있었다.

하나 죽노야는 아무렇지도 않게 그의 말을 듣고 있을 수가 없었다.

"그…… 그럴 수가……."

"그자를 흑면수라 칭하고 있네. 그는 강을 건너 북으로 들어왔고. 벌써 한 달이 지났네. 그가 무당으로 온다면 어쩌겠는가?"

죽노야의 눈에 형용할 수 없는 기세가 서린 것은 어쩔 수가 없는 일이었다.

때마침 침묵하던 지명 노인이 입을 열었다.

"아미타불. 그뿐 아니오. 강서의 흑명회를 기억하시지요? 그들 손에 본문의 속가 아이들 몇이 당했소이다."

"……."

"그것뿐이라면 어찌 이 말을 꺼내겠소. 하여 나한들 몇이 조사차 나갔는데 그들이 참으로 이해하지 못할 이야길 지니고 돌아왔소이다. 흑명회가 산중에서 몰살을 당했다는 것이오. 모두 죽어 마땅한 자들이라 하나 그들의 죽음이 석연치 않소이다. 칠십이 넘는 시신 모두가 고통조차 느끼지 못한 얼굴이었으며 흑명회주 전충조차 그러했다 하더이다. 더구나 흉수는 단 한 명으로 추정되고 있소."

지명 노인의 말에 죽노야의 얼굴이 더없이 굳어졌다.

참으로 믿기 힘든 일이었다.

물론 흑명회 정도야 능히 홀로 감당할 수 있을 무위를 지니고 있었지만, 고통조차 느낄 새도 없이 칠십이 넘는 이들을 베어 낼 수 있다는 것은 아무리 생각해도 불가능한 일이었다.

더구나 그 안에 십전광도 전충이 포함되었음을 감안한다면 실로 무시무시한 실력을 지닌 이가 나타났음을 부정할 수 없었다.

죽노야의 얼굴이 심각하게 변할 수밖에 없는 상황.

그때 다시 육진풍의 음성이 이어졌다.

"그것이 전부가 아닐세. 은자방의 팽가가 움직이기 시작했어. 아마도 팽가를 다시 세우려는 것 같네."

"흠……."

죽노야가 저도 모르게 나직한 한숨을 내쉬었다.

그의 존재는 알고 있었으나 더 이상 추살할 이유를 찾

지 못했기에 살려 둔 것뿐이었다.

육진풍 또한 그것을 알기에 은자방을 그대로 내버려 둔 것이고.

하나 그가 다시 팽가를 재건하려 한다면 묵과할 수 없었다.

팽가는 다시 나타나서는 안 될 무공을 복원하였고 그것은 분명 없어져야 할 것이 틀림없었다.

"곰인 줄 알았더니 여우였네. 아니 호랑이라고 해야 하나. 새끼를 한 마리 키웠더군. 제법 단단한 발톱을 가진."

"그게 무슨?"

"결국 혼원신공을 익혔더구만. 팽가 놈이 그런 잔수를 쓸 줄은 몰랐어. 삭초재근하지 못하면 놈의 발톱과 이빨은 더 단단해질 게야. 그 발톱이 무당이나 화산을 향해 날아들지 어찌 알겠는가?"

노인 육진풍의 말에 죽노야의 눈빛이 대번에 굳어졌다.

"결국…… 다시 복면 따윌 뒤집어써야 한단 말인가."

너무나 자조적으로 흘러나온 음성.

그 음성에 서린 회한에 마주한 두 노인 또한 더없이 침중해졌다.

잠시의 침묵 뒤 지명 노인이 입을 열었다.

"때문에 선사(先師)를 찾아뵐까 하오만……."

예기치 못한 음성에 육진풍과 죽노야의 표정이 급변했

다.

무슨 뜻인지 모르겠다는 표정과 설마 하는 것이 역력한
표정.

"선사를 찾아 뜻을 전하고 싶소. 아홉 중 셋만 남았고
후사조차 남기질 못했소. 더 이상 음지에 있을 이유가 없
음을 말하고 싶소이다."

지명 노인의 말에 육진풍은 은은한 떨림을 지우지 못한
얼굴이었다.

"살아 계신 것이오? 광기에 이지마저 상실하였던 분이
신데?"

"아니 그보다 정녕 허락하시겠소? 태공공 같은 자의 말
도 따르라 했던 분이 아니시오?"

연이어진 죽노야의 말에 지명 노인이 입가에 미소를 지
었다.

"선사께선 광기를 극복하신 것이 벌써 이십 년 전이외
다. 그 일로 광승이라 불리는 것을 알게 되고 오랜 세월
빛을 보지 않은 채 참회의 시간을 보내고 계시다오."

"하면 아직까지……."

"유가장의 일이 있은 후 그분을 찾아뵈었소이다. 그때
뵌 선사께선 모든 것을 떨쳐 내고 또 모든 것을 이룬 모습
이셨소이다."

"……!"

"내 위에 어떤 경지가 있다 짐작하긴 하였으나 선사께선 그마저도 초월하여 계셨소이다. 나는 이 하늘 아래 선사와 같은 경지를 본 무인이 없을 것이라 자신하오. 무선이 드리운 그늘조차 지금의 선사께선 극복하신 듯 보였소. 다만 지난 과오의 속죄로 세속의 연을 단절하신 것이 마음에 걸릴 뿐……."

지명 노인의 말에 육진풍과 죽노야의 눈빛이 파르르 떨렸다.

세상은 알지 못하나 이 하늘 아래 눈앞의 일공을 이길 무인이 없다는 생각을 해 온 두 사람이었다.

오랜 세월 전 금강지신을 이루고 혈라강기를 대성한 일공이야말로 무극의 경지에 가장 근접한 무인이 틀림없었다.

그런 일공이 측량할 수 없다 말하는 것이다.

또한 그가 말하는 선사라는 존재는 지금의 구대봉공을 있게 한 전대의 봉공이었다.

세수로 이 갑자가 훨씬 넘은 존재, 하나 단지 강호인들에겐 칠패 중 광승(狂僧)이라고만 알려진 존재가 바로 일공이 말하는 선사의 정체였다.

"선사께선 또 이런 말씀을 하셨소이다. 무학들이 깨어날 것이라고……. 또한 불가해한 존재들이 나타나 천번지복의 장이 열리며 천하가 피에 잠길 것이라고. 하나 때가

이르지 않으면 스스로 나설 수 없다 하시었소. 그리고 나
는 지금이 그 때라 여기고 있소이다."

*　　　*　　　*

　"큭!"

　나직한 외마디 비명과 함께 사다인이 눈을 떴다.

　그와 동시에 밀려드는 것은 도저히 참아 내기 힘든 격
통이었다.

　가슴께로 밀려드는 강렬한 통증에 저도 모르게 고개를
들어 상세를 확인하려 했지만 그럴수록 고통은 가중되었
다.

　때마침 익숙한 음성이 들려왔다.

　"깨어났구나."

　그 목소리가 누구의 것인지 잘 알고 있었다.

　고리타분한 유생의 냄새가 풀풀 풍기는 음성, 그럼에도
더없이 그리운 그 음성을 어찌 기억하지 못하겠는가.

　"진짜였군……."

　"뭐가 말이냐?"

　"죽기 전 헛것을 본 것이라 생각했다. 크윽! 그나저나
지독하게 아프군."

　"천행으로 살았다. 의원 말이 족히 석 달은 요양해야

한다니 무리하지 말거라."

"석 달?"

"움직이는 것은 수일 내로 가능할 것이지만 무리를 하면 심맥이 팽창하여 혈류가 빨라질 것이다. 그리되면 다친 상처는 절대 아물지 않을 것이고……."

연후의 말에 사다인은 그대로 눈을 감아 버렸다.

'석 달이란 말이지. 석 달……'

입술을 꽉 깨문 사이로 나직한 음성이 흘러나왔다.

"얼마나 혼절했었지? 그리고 여긴 어디고?"

처음과는 달리 사다인 특유의 무뚝뚝한 음성이었다.

연후는 왜 사다인이 그렇게 말했는지 충분히 짐작하고 있었다.

"걱정 마라. 네가 걱정하는 일 같은 것은 일어나지 않는다."

사다인은 적잖이 놀랐다.

지금의 음성은 너무나도 낯설었기 때문이었다.

유가장에서 본 연후는 어떤 상황에도 지금처럼 말하는 법이 없었다.

아마도 그럴 것이다 내지는 대체로 그러하지 않겠느냐 하는 식의 어투가 전부였다.

하나 지금의 연후는 달랐다.

마치 자신의 속내를 모두 꿰뚫고 있으며 무엇도 걱정할

것이 없다고 자신하는 음성이었다.

사다인이 눈을 뜨고 고개를 돌렸다.

연후는 피 묻은 붕대를 접고 있다가 사다인을 마주 보았다. 그런 연후의 눈은 참으로 평온해 보였다.

사다인의 입이 나직하게 열렸다.

"너, 진심이구나."

유가장을 탈출하는 과정에서 이미 연후의 기괴한 무공을 경험한 적이 있었다.

당시 복면 괴인을 상대할 때 보여 준 그 능력은 분명 자신을 뛰어넘는 것이었다.

아무리 도왕에게서 무공을 수련했다지만 채 반년이나 될까 말까 한 수련으로 내비칠 수 있는 실력은 절대로 아니었다.

그 후로도 내내 연후가 어찌해서 그토록 기이한 무공을 지닐 수 있었는지 궁금했었는데 오늘 본 연후의 눈빛은 과거와는 또 달랐다.

이는 마치 동경 속에 있는 자신의 눈을 보는 듯한 느낌이었다.

그 무엇으로부터도 자유로울 수 있는 강함, 그것을 얻은 자만이 지닐 수 있는 눈빛이 틀림없었다.

순간 의식을 잃기 전의 기억이 떠올랐다.

도대체 언제 나타났는지, 또 어떻게 심장을 파고들던

남궁인이란 자의 검을 제압했는지 파악할 수 없었다.

아무리 생사의 경계에 달한 상황이었다 해도 그 당시 연후의 움직임을 전혀 파악할 수 없었다는 것은 결코 가벼운 일이 아니었다.

"강이 녀석도 아니고 네가 이렇게 강해지다니……."

어딘지 허탈함이 묻어나는 음성이었다.

하나 연후의 표정은 그다지 특별할 것도 없다는 듯 변치 않았다.

"이제 좀 사람 구실을 하게 된 것이겠지. 그나저나 어쩔 거냐? 앞으로?"

연후의 반문에 사다인은 잠시 침묵했다.

사실 어쩌고 말고 할 수 있는 상황이 아니었다.

석 달간 몸을 제대로 운신하지 못한다면 쥐구멍 속에라도 숨어 지내야 할 판이었다.

놈들도 바보천치가 아닌 이상 추적을 계속할 것이 뻔하고 자칫 연후마저 곤경에 처할 수도 있었다.

그런 일이라면 사양하고 싶었다.

"다시 묻지. 여긴 어디고 나는 얼마나 의식을 잃고 있었냐?"

"꼭 스무 날이 흘렀다. 그리고 여긴 섬서의 안강이란 곳이다."

"스무 날? 그렇게나 오래?"

"죽지 않은 게 다행이라는 말이 허투루 들리느냐?"

"그동안 별일은 없었냐?"

"별일이라면?"

"……"

"이를 테면 흑면수라를 추적하는 오수련의 무인들 같은 것을 말하는 것이냐?"

연후의 물음에 사다인은 또다시 말문이 막히고 말았다.

자신이 누구인지, 또한 누구와 싸우고 있었는지를 정확히 알고 있는 연후가 또다시 생경하게 느껴졌다.

"강호에서 살아남으려면 아는 것이 생명이라 하더구나. 또한 이곳 안강에는 그런 정보들을 파는 곳이 있고……."

연후의 말에 사다인은 또 한 번 놀란 얼굴이었다.

"너 진짜 내가 알던 연후가 맞냐?"

"유가장의 육대 적손. 그게 바로 네 앞에 있는 나다. 달라진 건 없어."

"하하하하! 크윽! 녀석…… 강호인이 됐군."

사다인은 고통을 참으면서도 웃음을 지우지 못했다. 그러면서도 한 가지 의문을 지워 낼 수가 없었다.

사다인의 음성이 전에 없이 무거워졌다.

"내가 한 일을 알고 있냐?"

"물론."

"꺼려지지 않냐? 최소 백 명이 내 손에 죽었는데. 예전의 너라면……."

"상관없다. 네가 죽는 것보단 그게 나으니까."

연후는 망설이지 않고 답했으며 사다인은 다시 한 번 연후를 뚫어지게 봐야 했다.

진짜 너무나 낯설다는 생각이었다.

그러면서도 무언가가 울컥하는 기분, 결코 싫지 않은 느낌이었다.

예전의 연후라면 결코 이렇게 말하지는 않을 것이다.

아니 사람의 본성이 쉬 변하지 않음을 알기에 지금의 연후가 결코 편한 마음으로 자신을 대할 수 없다는 것도 충분히 짐작했다.

그럼에도 이토록 편안하게 자신을 대해 주는 모습이 마음속 어딘가를 콕콕 찌르는 느낌이었다.

'벗이라는 건가.'

낯 뜨거운 생각과 함께 하마터면 고맙다는 말을 내뱉을 뻔했다.

하나 그런 말들을 내뱉을 만한 성격을 지니지 않은 것이 사다인이란 사내였다.

때마침 연후가 입을 열었다.

"한 가지만 부탁하마."

"……?"

"하오문이란 곳의 안강 분타주가 그러더구나. 흑면수라

가 천하제일인이라고."

뜻하지 않은 말에 사다인은 기가 차다는 듯한 표정이었
다.

"큭큭! 중원 놈들이란…… 이 꼴을 하고 있는 날 그리
부른단 말이지?"

사다인의 음성이 잔뜩 비틀렸으나 연후는 담담하게 입
을 열었다.

"네게 죽은 이들이 참 대단한 이들이더구나. 듣고 보니
너를 그렇게 생각하는 것도 이해가 갔다."

"말 돌리지 말고 이야기해. 너답지 않으니까."

사다인은 어느새 냉랭한 음성이었다.

중원인들 따위에게 천하제일인이란 칭송을 받고 싶어
온 것이 아니었다.

솔직히 그렇게 불리는 것이야 당연하단 생각이었다.

성체가 된 뇌룡의 힘을 완전히 흡수한 자신은 과거의
뇌령마군보다 더욱 강한 힘을 얻었다.

이 하늘 아래 대적할 자가 없는 것이 당연한 일 아니겠
는가.

"위협이 되지 않는 이들이라면 살려 주었으면 한다."

때마침 연후의 나직한 음성이 들려왔다.

사다인은 시큰둥한 표정이었다.

"위협이라. 그 기준은?"

"나보다 네가 더 잘 알 것 아니냐? 그저 귀찮음을 피하기 위해 사람을 해하지는 않으리라 믿는다."

연후의 말은 나직했으며 또한 무척이나 조심스러웠다.

그런 연후의 말에 사다인은 피식하고 웃어 버렸다.

"그랬다면 이 꼴을 당하지도 않았겠지. 생각은 해 보마."

"그 정도면 충분하다."

"하나 강이에게 무슨 일이 생겼다면 그 일에 관련된 놈들은 누구도 용서하지 않는다. 또한 유가장의 일에 연루된 놈들 역시!"

사다인의 음성이 다시 굳어지자 연후가 입가에 미소를 머금었다.

"같은 마음이다."

연후가 뜻하지 않게 환하게 웃었다.

그 웃음이 참으로 편안해 자신의 마음마저 한결 가벼워지는 느낌이었다.

그렇게 웃음을 머금은 연후가 다시 입을 열었다.

"내일은 떠나야 한다. 달갑지 않은 소식들이 있으니."

"……?"

"오수련에서 구대문파에 협조를 청했다."

"그게 무슨?"

"사방이 적이다. 종남산에서 고수들이 파견되었고 화산

에서도 심상치 않은 이들이 나온다고 하더구나."

연후의 말에 사다인의 눈빛이 파르르 떨렸다.

"그전에 움직인다."

"대체 내가 혼절한 동안 무슨 일이 있었던 거냐?"

"내가 좀 서툴렀다. 그 하오문의 안강 분타란 곳에서 오히려 너에 대한 이야기가 퍼져 버렸다. 더구나 꽤나 위중하다는 사실까지 더해져서……. 네가 이곳에 있는 것을 모르는 강호인들이 거의 없을 거라 하더구나."

"뭐라고?"

사다인의 음성은 커질 수밖에 없었다.

스무 날이나 혼절해 있었다.

정확히 언제 흘러 나간 정보인지는 알 수 없으나 이렇게 태평하게 있을 수 있는 상황이 아닌 것은 분명했다.

"오늘 내일은 괜찮다. 그 안에 찾아올 만한 이들은 없다고 하니."

"지금 대체 뭐라는 거냐?"

"안강 분타주라는 이가 그러더구나. 이 일대에는 더 이상 찾아올 이가 없다고. 또한 그는 절대로 내게 거짓을 말할 수 없는 입장이다."

"너 그동안 싸웠구나?"

말 몇 마디가 전부였지만 무슨 일이 있었는지는 유추할 수 있었다.

"물론 사소한 마찰은 좀 있었다. 하지만 대부분은 너와 직접적인 은원이 없다는 것을 인정하고 물러났다."

"대체 어떤 놈들이……?"

"처음 왔던 이들은 안평문(安平門)이란 곳인데 들어 본 적 없을 것이다."

"안평문?"

"그래, 이곳 안강의 제일문파라더구나. 그곳의 문주와는 이야기가 잘 되었다."

"……?"

"말이 통하는 사람이었다. 문제는 중주오살이란 자들이 었는데 놈들이 명부삼노란 노인들과 함께 왔더구나. 어쩔 수 없이 싸움이 일었다."

"……."

"물론 누구도 크게 다치지는 않았다. 나는 더 이상 은원이 생기는 것을 원치 않는다. 그 후로도 몇 차례 비슷한 일들이 있긴 있었다."

"너, 대체!"

"아무 생각 말고 몸조리나 하고 있어라. 너 정도는 못 돼도 친구 하나 지킬 능력은 있으니까. 그만 쉬어라."

연후가 자리에서 일어서자 사다인이 황급히 상체를 일으키려 했다.

"큭!"

하나 사다인은 비명을 토하며 가슴을 부여잡을 수밖에 없었다.

"쉬라니까."

연후는 그 말을 남기고 문을 열고 나가 버렸다.

홀로 남은 사다인은 오래도록 연후가 사라진 곳을 바라보기만 했다.

그러다 이내 또 한 번 피식 하고 웃어 버렸다.

"녀석! 어지간히 자신 있단 말이로군."

결국 지금 자신이 할 수 있는 일은 없음을 알았다.

＊   ＊   ＊

안강에서 북쪽으로 하루 거리에 위치한 순양에는 대정문(大正門)이란 문파가 있었다.

대정문 자체는 그다지 오랜 역사를 지닌 곳은 아니었으나 대정문의 문주 조위평은 섬서십검(섬西十劍)의 한 사람으로 꼽힐 만큼 알아주는 검수였다.

구대문파의 하나인 종남파의 속가 제자지만 본산에서도 그와 견줄 정도의 고수는 몇 되지 않을 정도였다.

그만큼이나 무게를 지닌 이가 대정문주 조위평인데 그는 지금 안절부절못하고 있었다.

그런 조위평의 모습에 마주한 이들의 표정이 굳어졌다.

"조 문주! 대체 무엇 때문에 사문의 명을 거부하는 것인가?"

근엄하기 이를 데 없는 노도인의 물음에도 불구하고 조위평은 쉽게 입을 열지 않았다.

그러자 노도인 옆에 선 중년 도인이 나섰다.

"조 사형! 대체 왜 그러십니까? 속가와 본산을 떠나 저와는 친형제와도 같은 분이 조 사형입니다. 한데 고작 길 안내를 마다하시다니요."

중년 도인까지 가세하자 조위평은 결국 말문을 열 수밖에 없었다.

"구 장로님! 장 사제! 간곡히 청하건대 이 일에서 손을 떼야 합니다."

"어허! 밑도 끝도 없이 어찌 그런 말인가? 구정회의 이름으로 내려온 명이란 말일세. 더구나 안강이라면 본문이 가장 가까운 곳이지 않은가? 이를 외면한다면 강호의 누가 종남을 우러러보겠는가?"

"그렇습니다. 삼협의 혈사가 두렵기는 하오나 흑면수라는 지금 운신조차 할 수 없는 상태라 합니다. 이 기회를 놓친다면 천하가 본문을 비웃을 것입니다."

노도인과 중년 도인의 음성에 조위평은 더욱 창백한 얼굴이었다.

"흑면수라 때문이 아닙니다."

"그건 또 무슨 말인가?"

구 장로라는 노도인의 물음에 조위평이 하는 수 없다는 듯 입을 열었다.

"외람되오나 나흘 전 문도들 모두와 함께 안강에 갔다 왔습니다."

순간 노도인과 중년 도인이 깜짝 놀란 얼굴이었다.

나흘 전이라면 종남에 그 사실이 전해지기도 전이었다.

흑면수라가 안강에 있다는 것이 알려진 것은 고작 하루 반나절뿐이 지나지 않은 것이다.

한데 어찌 알고 대정문이 움직였는지 기가 막힐 노릇이었다.

"안평문주와는 막역한 사이입니다. 그가 도움을 청하여……."

"어허! 자칫 안평문 따위에게 선수를 뺏길 뻔하다니."

"조 사형! 대체 어찌 된 일입니까?"

"안평문만이 아닙니다. 명부당의 삼노도 냄새를 맡고 움직였고 석천팔호(石泉八虎) 또한 그곳에 있었습니다."

조위평의 말에 노도인과 중년 도인은 꽤나 당황한 얼굴이었다.

명부삼로는 섬서에서 가장 큰 흑도 세력인 명부당의 노괴들로 무공이 보통이 아닌 이들이었다.

거기다 석천팔호 또한 은밀히 화산의 도움을 받는 이들

로 섬서 이남에선 알아주는 권장의 고수들로 뭉친 이들이었다.

감히 종남파에는 비할 것은 아니라 해도 대정문 정도는 능히 대적할 정도의 무게감을 지닌 이들이었다.

그런 이들마저 안강에 모였다 하니 마음은 다급할 수밖에 없었다.

뇌령마군의 후예를 제압하여 종남의 이름을 사해에 떨칠 수 있는 기회를 고작 그런 이들 따위에게 빼앗길 수 없기 때문이었다.

더구나 그의 목에 걸린 보상은 상상을 초월할 정도였다.

가주를 잃은 황보세가는 금자 일만 냥을 내걸었고, 진주언가의 당대 가주는 그의 목을 베어 오는 자에게 자신의 외동딸과 함께 가문의 후계를 이을 기회를 주겠다고 공언했다.

그 소식에 눈이 돌아가지 않을 이가 누가 있겠는가?

물론 흑면수라가 온전하다면 누구 하나 쉬 나서진 못했을 것이다.

환우오천존 중 하나인 뇌령마군의 화신이라 불리는 그에게 어찌 함부로 검을 빼 들겠는가?

하나 그가 위중한 상태라는 사실을 하오문주가 목을 내걸고 장담했으니 생각이 달라질 수밖에 없는 것 아니겠는가.

더구나 정파의 인물도 아니고 중원인도 아닌 이족 출신이라 하니 뒤탈을 염려할 일도 없었다.

그야말로 먼저 목을 베는 자가 임자라는 말이나 다름없는 것이다.

하니 종남파의 두 도인 역시 마음이 급해졌다.

"하면 이럴 때가 아니지 않는가?"

"그렇습니다, 장로님. 늦기 전에 출발하셔야 합니다."

그렇게 두 도인이 나서려 할 때 조위평이 황급히 그들을 만류했다.

"안 됩니다. 안 돼요."

절규라도 하는 듯한 음성이었다.

조위평이 그렇게까지 만류하자 두 도인 역시 이유를 되묻지 않을 수 없었다.

"도대체 왜 그러는가? 그가 벌써 상세를 회복하기라도 했단 말인가?"

"조 사형! 답답합니다. 속 시원히 말씀 좀 해 주십시오."

그래도 조위평은 쉽게 입을 열지 못했다.

도무지 해서는 안 될 이야기라도 있는 것처럼 한참이나 망설이는 조위평.

그가 마침내 입을 열었다.

"그의 곁에 무서운 자가 있습니다."

"……?"

"나는 그자가 흑면수라보다 더 무섭습니다."

연이어진 조위평의 말에 노도인과 중년 도인은 아연실색한 표정이었다.

섬서십검이라 칭함 받는 조위평이 이다지도 두려워하는 것을 쉽사리 이해할 수가 없는 것이다.

"그는……. 그는 본문의 문도들을……."

"이보게! 답답하네."

"한 호흡! 아니, 딱 반 호흡 만이었습니다. 눈을 두 번 깜빡이는 사이에 팔십에 달하는 문도들이 모두 누워 있었습니다."

조위평의 말에 두 도인은 무언가 잘못 들은 것이 아닌가 하는 얼굴이었다.

하나 두 사람은 대수롭지 않게 여겼다.

대정문도라 해 봐야 무인이라고 할 수도 없는 이들이기 때문이었다.

"대체 어떤 종류의 암기이기에?"

"어쩌면 사술일 수도 있지요. 그나저나 보통은 아닌 것이군요."

노도인과 중년 도인은 당연히 두 가지 중 하나라 여겼다.

홀로 팔십 명을 그 정도에 시간에 쓰러뜨리려면 암기술뿐이 없었다. 그게 아니라면 사술이라 치부되는 좌도방문의 술법뿐.

하나 조위평은 더욱더 떨리는 음성을 내뱉었다.

"그런 것이 아닙니다. 그냥 때렸습니다. 일일이 하나하나씩."

"……?"

"모르겠습니다. 번쩍번쩍 나타났다 사라지면 문도들을 지나쳐 갔는데…… 모두가 바닥을 뒹굴고 있었습니다. 정신을 차려 보니 그의 손에 제 검이 들려 있었습니다."

"……!"

"한데 누구도 다치지 않았습니다. 문도들도 무슨 일이 있었나 하며 눈을 껌뻑이며 일어섰습니다. 그가 죽이고자 했다면 저는 물론 모두가 죽었을 것입니다."

"허허……."

"대체……."

"저희만 그런 일을 당한 것이 아닙니다. 다들 똑같은 일을 당했습니다. 단지 명부삼로만이 좀 더 험한 꼴이 되었을 뿐입니다."

"험한 꼴이라니?"

"단전을 파해 버렸습니다. 손속과 심성이 악독하다고……. 명부삼노는 그와 마주하기 직전에 주변에 모인 이들 몇을 크게 다치게 했습니다. 딴에는 으름장을 놓겠다고 했던 짓인데 결국 고스란히 되돌려 받은 것입니다."

조위평의 말에 두 도인은 말문이 막혔다.

다소의 과장됨이 있음을 감안한다 해도 절대로 쉽게 볼 수 있는 상대가 아니었기 때문이었다.

그렇다고 해도 머뭇거릴 수는 없었다.

그래 봐야 종남 본산의 정예들이 움직인다면 제압하지 못할 이유가 없다는 생각이었다.

더구나 북쪽에 자리한 화산이 곧 내려올 터인데 어찌 망설이고만 있겠는가?

"조 문주! 자네 덕에 전력을 다시 짜야겠네."

"하지만 장로님! 그러다 늦어지면……."

구 장로와 장 사제라는 이들이 대화를 나누기에 바빴다.

"아니야. 조 문주가 저리 말할 정도면 무시해선 안 되지. 너는 이 길로 돌아가 일대제자 전부와 장로들 모두를 하산하라 명하게. 장문인께는 지금 들은 것과 내 뜻을 명확히 전하고."

노도인의 말에 중년 도인은 꽤나 놀란 눈이었다.

지금 그의 말은 종남파 전체가 나서라는 말과 다름없기 때문이었다.

그가 아무리 종남의 대장로이며 종남일선(一仙)이라 불

리는 존재라 하지만 너무나 과한 처사가 분명했다.

멀쩡한 흑면수라를 잡기 위해서도 아니고 정체조차 모르는 방조자를 잡기 위해 그만한 힘을 움직이라니.

중년 도인은 당연히 불만일 수밖에 없었다.

당연히 사태를 이렇게 만든 조위평을 곱게 볼 수 없는 상황이었다.

하나 조위평은 오히려 더욱 두려운 눈빛이었다.

"안 됩니다. 그는…… 그를 건드려선 안 됩니다. 그가 말했습니다. 흑면수라는 자신의 친우라고. 더 이상의 은원을 원치 않는다고. 하나 자신의 벗에게 무슨 일이 생긴다면 자신의 검을 맞이해야 할 것이라고……."

조위평의 음성은 두려움에 질식이라도 하려는 듯 나직하게 떨렸다.

그 모습이 중년 도인을 더욱 짜증나게 했다.

섬서십검이란 무명을 지닌 이가 어찌 이렇게 나약한 모습을 보이는지 모르겠단 생각이었다.

"조 사형! 이름조차 모르는 이가 뭐가 두려워서……."

순간 조위평이 중년 도인의 음성을 끊었다.

"그는 태양을 갈랐네."

"……?"

"그가 마지막에 검을 들어 태양을 갈랐단 말일세."

"대체 그게……."

"하면 그가 점창 출신이란 말인가? 사일검(射日劍)이 극에 이르면 그런 환영을 만든다 하던데⋯⋯."

"그런 것이 아닙니다. 진짜, 진짜로 태양을 갈랐단 말입니다."

횡설수설하는 것처럼 흘러나오는 조위평의 말에 두 도인은 그저 기가 막히다는 말뿐이 할 수 없었다.

세상에 해를 가를 수 있다는 게 말이나 된단 말인가.

설령 그가 진짜로 삼 일 전 해를 갈랐다면 지금 밖에 어찌 해가 떠 있을 수 있단 말인가.

하나 이어진 조위평의 말에 두 도인의 표정도 급변할 수밖에 없었다.

"태양이 갈리며 빛이 잘려 나갔단 말입니다. 대낮이었는데, 분명 멀쩡한 대낮이었는데 잠시 동안 어둠 속에 갇혀 버렸습니다. 모두가 똑똑히 보았습니다. 그의 검이⋯⋯ 그런 조화를 일으켰습니다."

"⋯⋯."

"그때 누군가 말했습니다. 그의 검이⋯⋯ 검제지보인 것 같다고⋯⋯."

독백처럼 흘러나오는 조위평의 말에 노도인도 중년 도인도 모두 석상처럼 굳어졌다.

"지금 뭐라 했는가?"

"검제지보⋯⋯. 분명 검제지보라 했습니까?"

떨리는 음성으로 되묻는 두 도인의 음성에 조위평이 나직한 음성으로 읊조렸다.

"소문이 사실이었습니다. 은자방의 십귀를 일수에 제압한 이가 검제의 후인이라는……."

조위평의 음성을 끝으로 더 이상의 대화는 이어지지 않았다.

요 근자에 떠도는 이야기였다.

어디서 시작되었는지 몰라도 꽤나 목격자가 많은 이야기인지라 결코 흘려들을 수가 없는 것이었다.

은자방의 십귀는 화산이나 종남파에서조차 쉽게 볼 수 없는 이들이었다.

하나하나가 일대제자를 넘는 무위를 지녔으며 한데 모이면 장로들 서넛이 모여야 겨우 상대할 수준의 고수들인 것이다.

그런 십귀를 어린애 다루듯 가지고 놀고 발등에 일일이 검을 꽂았다는 존재가 바로 검제의 후인이라는 소문이었다.

흑면수라의 일이 아니었다면 당장 총력을 기울여 사실관계를 확인해야만 할 일이 바로 그것이었다.

종남 또한 북궁혈사에 가담했으니 과거에서 자유로울 수 없었다.

뇌령마군의 전인에 이어 검제지보의 등장이라니.

예기치 못한 상황에 무거운 침묵이 더해졌다.

그 침묵이 그들이 자리한 공간을 무겁게 짓누르는 것 같았다.

환우오천존의 후인 둘이 한꺼번에 나타났고 그 두 사람이 서로의 목숨을 돌볼 만큼 각별한 사이라는 이야기.

이 믿기지 않는 이야기에 잠시간 어찌해야 할지 결정할 수가 없는 것이다.

그렇게 대정문에서 시간이 흘러가고 있었다.

한편 그 시각 화산에서는 백색 도포를 입은 일단의 검수들이 하산을 시작하였다.

선학을 연상시키는 아름다운 도포를 걸친 검수들은 모두 백색 장검을 허리춤에 차고 있었는데 검갑에 새겨진 매화나무의 문양이 눈부실 정도로 아름다웠다.

그렇게 화산을 내려서는 검수들의 수는 모두 스물네 명이었고 그 뒤를 따라나선 한 명의 도인이 있었다.

역시나 순백의 도포를 걸친 노도인, 다른 것이 있다면 도포 전체를 휘감고 수놓아진 은은한 매화나무의 문양이었다.

금실로 수놓아진 매화나무의 만개한 꽃잎들은 내리쬐는 빛을 받아 형용할 수 없는 아름다움을 뿜내었다.

오직 화산의 장문인에게만이 허락되는 도포를 걸친 노

도인이 바로 신검(神劍)이라 불리는 존재였다.

화산신검 정사휘.

그가 화산의 자랑이라는 이십사수 매화검수들을 대동한 채 산문을 벗어나고 있는 것이다.

"뇌령마군의 후예에다 북궁가의 망령이라. 나서지 않을 수 없지 않은가?"

들릴 듯 말 듯 나직하게 흘러나오는 정사휘의 음성이 화산의 중턱에서 흩어져갔다.

때는 늦은 봄, 매화꽃이 만발하였다가 흩어지는 계절이었다.

第四章

은원의 고리

노새가 끄는 짐수레가 느릿하게 이동하고 있었다.

노새의 고삐를 틀어쥐고 앞장 서는 사내는 회의 무복을 단정하게 차려입은 젊은 사내였다.

그는 시종 일관 여유로운 표정으로 노새를 끌고 있었는 데 때마침 수레 뒤쪽에서 불만 가득한 음성이 튀어나왔다.

"대체 이 꼴이 뭐냐?"

짚단이 깔린 수레 위에 누워 있던 사내의 음성이었다. 그는 상반신에 붕대만을 칭칭 감고 있었는데 상의를 완전 히 탈의한 상태였다.

그렇게 드러난 살갗이 중원인의 그것과는 달리 검붉었다.

세인들에게 흑면수라 불리는 사내가 바로 짐수레에

누워 있는 이의 정체인 것이다.

노새의 고삐를 잡고 있는 이는 당연히 연후였다.

"공기가 통해야 상처가 쉽게 아문다."

"그런 걸 따지는 게 아니잖아!"

다시금 뒤쪽에서 사다인의 불만 가득한 음성이 들려오자 연후가 노새를 세웠다.

그러곤 짐수레 쪽으로 다가가 그곳에 누운 사다인을 바라보았다.

"뭐가 문제인 것이냐?"

연후의 물음에 사다인이 싸늘하게 대꾸했다.

"나를 쫓는 이들이 몰려든다면서 뭐 하자는 짓이야? 유람이라도 하겠다는 거냐?"

가뜩이나 새까만 얼굴에 인상을 쓰자 사다인의 모습은 꼭 흉신악살처럼 보였다.

하나 연후는 일말의 변화가 없는 표정이었다.

"마차를 살 만큼 넉넉한 형편도 아니지만 조심해야 한다나. 최소한 열흘 동안은 사소한 충격에도 큰 탈이 날 수 있다."

"치잇! 이건 뭐 숫제 나 잡아가라고 떠들고 다니는 꼴이잖아."

사다인의 불만은 여전했지만 상황이 어쩔 수 없다는 것만은 깨달은 표정이었다.

결국 이 또한 자신의 상처 때문에 벌어진 일이니 마냥 연후를 원망할 수가 없었다.

하지만 혹시 모를 일들을 생각하니 마음이 편치 않은 것만은 틀림없었다.

그렇다고 해서 악록산이나 삼협에서 벌였던 일들을 후회하는 것은 아니었다.

좀 더 쉽게 일을 처리할 수도 있었고 그랬다면 지금과 같은 상황은 일어나지 않았다는 생각을 할 뿐이었다.

따지고 보면 결국 자만심에서 비롯된 일이었다.

누가 감히 자신을 어쩔 수 있겠느냐 하는 일말의 자만심.

하나 그래서 죽었다면 지금처럼 마음이 무겁지만은 않을 것이다.

어찌 되었든 자신의 선택이었고 남궁인이란 자는 자신의 목숨을 취할 자격이 있는 사내라 여겼다.

다만 지금 눈앞의 연후가 있다는 것이 문제였다.

그 누구보다 자긍심이 강한 사내가 바로 사다인이었다. 차라리 죽을지언정 남에게 의지하는 꼴은 보이고 싶지 않은 것이다.

사다인은 그저 그런 지금의 상황에 화가 날 뿐이다.

그런 내심을 알기라도 하는 듯 연후의 입가에 희미한 웃음이 걸렸다.

"원래는 북으로 가서 황하를 이용할 생각이었다. 화음

까지만 가면 삼문협으로 가는 물길이 있고 거기서 개봉까지 다시 이틀 길이면 충분하다 들었으니……."

"……."

"한데 화흠이 화산파가 있는 곳이라니 어쩌겠느냐? 다시 돌아가더라도 장강을 이용할 수밖에 없다. 남경까지 제법 먼 물길이지만 그사이 네 몸도 회복될 것이니 그 편이 좋을 것 같다. 또한 남경이 있는 강소와 그 위의 산동은 이렇다 할 문파가 없다 하니 북경까지 가는 길도 위험하지는 않을 것이고."

연후의 나직한 음성이 이어지자 사다인은 꽤나 의외란 눈빛이었다.

유가장에 있을 때만 해도 북경 인근을 벗어나 본 적이 없다 들었던 연후였다.

한데 이제 보니 중원의 지리를 한눈에 꿰고 있는 것 같았다.

"하하! 하오문이란 곳, 꽤나 친절하더구나."

연후의 웃음을 머금은 음성에 사다인이 눈을 감아 버렸다.

"웃지 마. 정든다."

"정이야 들 만큼 들었지 않느냐?"

연후가 그리 말하고 다시 노새의 고삐를 틀어쥐었다.

그렇게 다시금 출발하기 전 연후가 가만히 고개를 돌

렸다.

　노새가 지나온 길을 돌아보는 것이다.

　제법 넓은 길 끝에 지나쳐 온 수풀이 보였으나 그 사이
에 인적은 없었다.

　하나 멀리 떨어진 수풀을 보는 연후의 표정만은 과히
좋을 수가 없었다.

　"휴우! 저들을 어찌해야 하나."

　연후는 나직한 탄식을 뱉으며 잠시간 수풀 속에 은신한
이들을 살폈다.

　그중에는 낯이 익은 이들도 있었고 처음 보는 이들도
있었다.

　안평문이란 곳의 문주와 문도들, 석천팔호의 맏형인 사
내와 하오문 안강 분타주라 하며 싹싹하던 중년인과 그
수하들까지.

　그들 말고도 사람들은 많았다.

　특히나 유독 몇 사람의 존재가 기감을 자극했다.

　다른 이들과는 달리 기감을 느끼는 것이 힘들 정도의
인물들이었다. 더구나 사람들 사이에 섞여 있으면서도 주
변에게 자신의 기척을 들키지 않을 정도의 인물들이었다.

　어쩌면 강호에 나와서 적으로 대하는 가장 강한 이들일
수도 있다는 생각이었다.

　특히나 그들이 사다인을 주목하고 있음이 느껴지니 신

경을 쓰지 않을 수 없었다.

새삼 귀마노사의 말을 떠올릴 수밖에 없었다.

'베어야 할 자는 베어야만 하는 것이 강호인가?'

머릿속을 가득 메우는 생각을 애써 지워 낸 연후가 이내 다시 노새를 끌기 시작했다.

마음을 편히 먹어야 한다 다짐했다.

아무리 그들 사이에 고수가 끼어 있다 해도 위협이 되진 않을 것이라 여겼다.

그런 이들을 해하고 싶은 마음은 전혀 없었다.

몇 차례 강호의 무인들을 겪어 보았기에 자신이 강하다는 것을 충분히 깨달을 수 있었다.

사다인에게 말했던 것처럼 위협이 되지 않는 이들을 어쩌고 싶은 마음은 일지 않았다.

그래서 본의 아니게 실력을 드러냈던 것인데 지금의 결과는 크게 달라지지 않았다.

두려워 떨면서도 결코 포기하지 않은 그들의 모습이 그걸 말해 주고 있었다.

뒤따르는 무리에 대해 생각하며 한동안 강호란 곳에 대해 깊은 고민에 빠져들었다.

그렇게 이동하는 내내 연후는 말이 없었고, 사다인 또한 눈을 감아 버린 채 나직하게 흔들리는 짐수레에 몸을 맡겨 버렸다.

두 사람은 그저 말없이 남하를 계속했다.

*　　　*　　　*

음습한 기운이 가득한 동굴을 따라 이동하는 남녀가 있다.

한 명은 문사인지 무인인지 모를 정도로 독특한 분위기를 지닌 중년 사내였고, 그 옆을 걷는 이는 어디서도 쉽게 보지 못할 정도로 아름다운 여인이었다. 다만 그 눈매가 동굴의 음습함을 넘을 정도로 서늘하다는 것이 기이할 뿐.

두 남녀는 계속해서 동굴 안쪽으로 걸음을 옮겼다.

천장과 벽에 가득한 이끼와 숨을 쉬는 것조차 힘들 정도로 기이한 안개가 이어졌지만 두 사람은 망설임 없이 걸음을 내디뎠다.

그렇게 한참이나 걸어 안개를 벗어난 두 사람은 널따란 광장이 나타나자 약속이나 한 듯 걸음을 멈추었다.

그렇게 드러난 광장의 모습을 보며 동행했던 중년 사내가 탄식을 내뱉었다.

"대단하군. 정말로 이걸 가능하게 하다니⋯⋯."

중년 사내의 말에 옆에 선 여인이 답했다.

"다른 누구도 아닌 할머님이시니까요."

여인의 서늘한 눈빛 속에 자부심이 가득했다.

중년 사내 또한 그것을 인정한다는 듯 고개를 끄덕이며 광장의 진풍경에 혀를 내둘렀다.

천하의 모든 독물들이 한데 엉겨 있는 것 같았다.

어마어마한 숫자의 뱀들이 바닥을 기어 다니고 그 사이사이 주먹만 한 온갖 벌레들이 득실거렸다. 그런 것들이 한데 엉켜 내는 나직한 소리들은 소름 끼치도록 두려운 것이 분명했다.

한데 그런 광장의 한가운데 석단이 놓여 있었고 그 석단 위에 사람이 앉아 있었다.

한눈에도 비대한 체구를 지닌 여인이라는 것을 알아볼 수 있었는데 그 몰골은 참으로 흉측하기 이를 데 없었다.

터져 나가지 않는 것이 이상할 정도로 부풀어 오른 살점들을 지닌 여인.

더구나 헝클어진 백발 사이로 언뜻 드러난 안광은 용암과도 같이 선명한 붉은 빛을 뿜어내고 있으니 너무나 기이하다 할 수 있었다.

마침 어른의 팔뚝만 한 지네 한 마리가 여인의 육중한 허벅지를 타고 올랐다.

이를 목격한 중년 사내가 외마디 비명을 내질렀다.

"천년오공(千年蜈蚣)!"

영물이라고 할 수는 없으나 독을 다루는 이들에겐 영물 이상의 가치를 지닌 독물이 바로 천년오공이란 놈이었다.

한 방울의 독이면 황소 천 마리를 죽일 수 있는 어마어마한 극독을 내포한 것이 바로 천년오공, 그런 독물이 여인의 상체를 휘감아 오르는 것이었다.

순간 육중한 여인의 팔이 천년오공의 몸통을 움켜쥐었다.

헤아릴 수 없는 숫자의 다리가 꿈틀거리며 여인의 손마디를 긁었지만 여인은 아무렇지도 않게 천년오공을 들어 올렸다.

우그적!

천년오공의 몸통을 그대로 씹어 삼키는 여인!

이를 본 중년 사내의 안색이 창백하게 굳어졌다.

그러자 그 옆에 선 여인이 나직하게 입을 열었다.

"화가 많이 나셨거든요. 아버님이 돌아가셨으니……."

여인의 말에 중년 사내가 조심스레 고개를 끄덕였다.

때마침 천년오공의 몸뚱이를 완전히 씹어 삼킨 여인의 눈이 중년 사내를 향했다.

순간 폭발할 듯 뿜어지는 붉은 안광!

하나 중년 사내 또한 만만치는 않았다.

그 섬뜩한 안광을 담담히 흘려보내며 그녀를 향해 조심스레 인사를 했다.

"제갈가의 가주가 당가의 대모님을 뵈옵니다."

조금 전과 달리 중년 사내는 참으로 진중한 모습이었다.

그는 제갈세가의 가주이자 천중십좌 중 일군이라 불리

는 제갈공후였다.

오수련의 수뇌부 앞에서 보이던 모습과는 전혀 다른 모습.

그도 그럴 수밖에 없는 것은 눈앞의 여인 앞에 괜한 눈속임이 필요치 않으며 또한 속일 수도 없음을 알기 때문이었다.

그러자 광장 쪽에 좌정한 여인의 일갈이 밀려들었다.

"놈! 나를 외인이라 여기는 것이냐?"

그녀의 음성이 다시 한 번 터지자 광장의 독물들마저 소스라치게 놀라 흩어졌다.

하나 제갈공후는 여전히 담담했다.

"고모님! 조카가 다시 인사 올리겠습니다. 그간 강녕하셨는지요."

"강녕! 지금 강녕이라 했더냐!"

"송구합니다."

"이종은 내 하나뿐인 아들이었다. 그런 아이가 죽었는데 지금 너는 내게 강녕을 말하는 것이더냐!"

여인의 음성은 점점 커졌고 제갈공후는 듣고 있는 것만으로도 이마에 땀방울이 흘러내렸다.

하나 제갈공후는 아무런 변명도 하지 않았다.

그저 묵묵히 그녀의 분노를 감내할 뿐이었다.

그녀의 분노가 자신에게 이어지는 것을 당연하게 받아

들이는 것이다.

어찌 되었든 자신의 실착으로 암왕 당이종이 죽었으며 오수련은 와해 직전이 되어 버렸다.

가주를 잃은 황보세가나 세가 최고의 무인을 잃은 진주언가에게 자신의 말이 통할 수는 없었다.

그들은 이미 각 가문으로 돌아가 스스로가 지닌 모든 역량을 동원해 흑면수라를 추살코자 했다.

그 일을 위해서 그동안 경쟁자라 여기던 구대문파에게마저 도움을 청했다.

그런 상황에서 천하상단의 자리만을 차지하고 있는 것은 아무런 의미가 없는 일이었다.

오수련은 이미 끝났다고 봐야 했다.

있다면 그저 오대세가라 불리는 가문이 따로따로 존재할 뿐, 그리고 그마저도 오래갈 순 없을 것이다.

각 가문의 최고수와 함께 사자대와 무창단이 몰살한 황보세가와 진주언가가 과거의 성세를 회복하기는 힘들 것이기 때문이었다.

오히려 그들은 그간 무시했던 남궁세가를 두려워해야 할 처지인 것이다.

그런 때에 제갈공후가 사천의 당가를 찾아왔다.

당가는 의외로 조용했다.

암왕을 잃었고 암전대가 무너졌지만 결코 움직이지 않

았다.

그래서 무서운 곳이 당가임을 잘 알고 있었다.

그리고 지금 그는 당가에서 가장 두려운 인물과 마주하고 있는 것이다.

당가의 대모이자 자신에겐 고모가 되는 여인 당영령.

여인으로 태어나지 않았다면 당연히 제갈세가의 가주가 되었을 여인이었다.

지금의 오수련 역시 그녀가 있어 태어날 수 있었다고 들었다.

하나 그녀는 당가의 대공자와 결혼을 하였고 그 후 당가의 여인이 되었으며 제갈성을 버렸다.

곧잘 자신의 딸과 비교되기도 했으나 그것이 부질없는 소리라는 것마저 잘 알고 있었다.

그녀가 당문을 장악한 것이 벌써 사십 년 전, 외인이었던 그녀가 당가 성을 받은 지 꼭 십 년 만에 해낸 일이었다.

그럼에도 그 사실을 아는 이는 거의 없었다.

그녀는 암왕 당이종이란 이를 길러 냄으로써 자신의 존재마저 지워 버린 것이다.

하나 그녀는 유독 제갈공후를 아끼고 그 능력을 존중해 주었다.

오죽했으면 자식인 당이종에게마저 그를 이기려 하지 말라고 누누이 이야기해 왔겠는가.

그를 경쟁상대로 삼으면 자식의 삶이 평안하지 못할 것이라는 것마저 알고 있었던 것이다.

하나 그것은 당이종이 살아 있을 때의 이야기일 뿐이었다.

하나뿐인 아들의 죽음으로 그녀는 걷잡을 수 없는 분노를 표출할 뿐이었다.

"이종을 죽음으로 이르게 한 자는 어디 있느냐?"

그녀의 음성에 제갈공후는 잠시 답을 하지 못했다.

그의 행적이 섬서로 이어진 것까진 확인했으나 그 이상은 신경 쓰고 싶지 않아서였다.

흑면수라는 이미 구파의 영역으로 넘어가 버렸다.

이를 무시하고 행동하였다간 그나마 강남에 남은 기반들마저 위태로울 수도 있는 것이다.

가뜩이나 힘의 균형이 무너지고 있는 판에 명분까지 내주고 만다면 강남 땅 역시 구파에서 내세운 속가문파들로 가득 차게 될 일이었다.

특히나 섬서의 패주인 화산은 능히 그런 일을 벌이고도 남을 곳이었다.

도문의 성격을 벗어 버린 화산, 명분만 주어진다면 그들은 당연히 강남을 도모할 것이다.

황보세가도 진주언가도 너무나 무모한 짓을 해 버렸다.

자신이 알고 있는 신검이라면 눈 하나 깜짝하지 않고

두 가문을 먹어 치워 버릴 위인이었다.

이런 때에 강을 넘어 북으로 향할 수는 없는 일, 제갈공후는 후일을 준비하지 않을 수 없었다.

'남궁인 그 녀석이 원망스럽군. 죽이지 못할 거라면 차라리 부상이나 입히지 말 것을……'

그랬다면 화산도 결코 좋은 꼴을 면치는 못했을 것이다.

하나 아쉬움은 접어야 했다.

지금은 당면한 과제들을 정리해야 할 때, 그러자면 눈앞에 존재하는 이 여인의 힘이 절실히 필요했다.

순간 당영령의 눈빛이 일변했다.

"너는 아직도 멀었다. 아니, 제갈가는 아직도 멀었어."

여인의 말에 제갈공후의 눈빛이 흔들렸다.

어딘지 마음을 울리는 듯한 기이한 공명 때문이었다.

"무인이란 말이다. 머리로 싸우는 것이 아니다. 이를 알지 못한다면 제갈가는 더 이상 꿈을 꾸어선 안 될 것이다."

제갈공후는 잠시간 할 말을 잃은 표정이었다.

그리고 그 순간 여인의 육중한 몸이 움직이기 시작했다.

그동안 그녀의 입에서 너무나도 소름 끼치는 음성이 흘러나왔다.

"오늘 당가의 대모는 이 자리에서 죽는다. 다시 태어나는 나는 그저 자식의 한을 갚고자 하는 어미일 뿐이다."

슈아아아악!

그녀의 음성과 함께 터져 나온 기묘한 음파!

순간 광장을 가득 메운 독물들이 요동치기 시작했다.

그 기이한 음파와 함께 시작된 변화에 제갈공후의 눈빛마저 치떨릴 수밖에 없었다.

광장 전체를 채우고 있던 독물들이 일제히 그녀를 향해 빨려들기 시작한 것도 그 순간이었다.

마치 거대한 구멍을 향해 휩쓸려 가는 것처럼 그녀의 육중한 몸에 들러붙기 시작하는 온갖 독물들.

가뜩이나 비대하던 그녀의 몸이 점점 더 커져 갔고, 겹치고 겹쳐진 독물들은 한데 뒤엉키며 미친 듯이 요동쳤다.

하나 독물들은 벗어나지 못하는 그물에라도 걸린 것 같았다.

그렇게 마지막 한 마리의 독물마저 모조리 포개어졌을 때 그녀의 육신보다 훨씬 큰 독물들의 탑이 만들어져 있었다.

그로부터 이어진 무거운 정적!

잠시 뒤 독물들 사이에서 소름 끼치는 소리가 새어 나왔다.

그그그극!

뼈가 뒤틀리는 소리가 독물들을 헤집고 흘러나왔다.

그 소리는 점차로 커져 갔으며 그 후 발광하던 독물들은 서서히 힘을 잃어 갔다.

종국에는 마치 돌덩이처럼 굳어져 버린 독물들.

그렇게 만들어진 탑에 균열이 가기 시작했다.

쩌저저적!

그리고 이내 터져 나온 믿을 수 없는 굉음!

콰콰쾅!

산산조각 나 파편처럼 흩어지는 거대한 독물의 파편 가운데 그녀가 서 있었다.

하나 그녀는 조금 전의 모습이 아니었다.

아니 도저히 동일인이라고 볼 수 없었다.

비대하던 살점은 그 어디에도 없었다.

그야말로 조각 같은 몸을 한 여인만이 그곳에 있었다.

흘러내린 은빛 머리칼이 가슴과 하복부를 아슬아슬하게 가린 그녀의 모습은 천상에서 하강한 여인과도 같았다.

제갈공후는 잠시간 넋을 잃은 표정이었다.

"독령지체(毒靈之體)…… . 정말로…… . 정말로 가능했단 말인가…… ."

그 순간 제갈공후 곁에서 내내 침묵하던 여인이 자신의 겉옷을 벗으며 광장 쪽으로 다가갔다.

"할머님! 경하 드립니다."

"예예야! 네가 그간 참으로 고생이 많았구나."

"무례하지만 한 가지만 청할게요. 그자의 목숨, 제가 거두게 해 주세요."

"암, 이종에 내게 자식이었다면 너에게는 아비. 당연히 그리해야지."

"고맙습니다."

대답하는 예예란 여인의 눈가에는 그 어느 때보다도 차가운 한광이 맺혀 있었다.

*　　　*　　　*

이른 아침 안강을 벗어난 연후와 사다인은 해가 서서히 지고 있는 시간까지 천천히 이동했다.

마치 유람이라도 하듯 이어진 이동이었기에 속보로 걷는 것보다도 훨씬 느렸다.

사정이 그러다 보니 연후와 사다인을 뒤따르는 이들의 수는 더욱 늘어나 버렸다.

그 수가 족히 이백에 이르게 되자 사다인으로선 기가 찰 노릇이었다.

가뜩이나 짐수레에 누워 있으니 그들이 한눈에 들어왔다.

아침나절엔 몸을 숨기며 조심스레 따르던 녀석들이 이제는 대놓고 모습을 드러냈다.

그래 봐야 백 장 거리 안쪽으로 다가서는 이들은 없었으나 여간 신경이 쓰이는 것이 아니었다.

특히나 그들 중 한둘은 멀쩡했을 때도 긴장할 정도의 투기가 느껴지는 자들이었다.

그들이 무엇을 노리고 있는지 뻔히 알기에 짜증이 치솟을 수밖에 없었다.

'대체 이 녀석, 무슨 생각인 거지?'

아무리 자신 때문이라지만 이렇게 다니다간 늘어난 적들에게 꼼짝없이 둘러싸여야 할 상황이었다.

하나 사다인은 내심을 드러내지 않았다.

어차피 할 수 있는 일은 없었다.

더구나 연후는 강했다.

얼마만큼인지는 알 수 없으나 최소한 저런 자들에게 당할 실력은 아니라고 생각했다.

그렇기에 그저 믿을 수밖에 없었다.

어차피 연후가 없었다면 삼협에서 죽었을 몸이었다. 그런 상황에 친구를 믿지 못하고 괜한 의문을 표할 필요가 무엇이겠는가.

그런 생각을 하고 있을 무렵 연후의 음성이 들려왔다.

"좀 나아졌느냐?"

"그럭저럭."

사다인은 시큰둥하게 대답했다.

이렇게 돌봄을 당하는 일이 어색하고 익숙지 않은 것은 어쩔 수가 없었다.

한데 그 순간 예기치 않은 말이 들려왔다.

"그럼 준비해라."

"……?"

"눈앞의 산자락을 도는 순간 움직일 것이다."

"움직이다니?"

대체 무슨 소리를 하는 것인지 알 수가 없었다.

짐수레까지 달린 노새가 아무리 빨리 달려 봐야 저들을 따돌릴 수 있을 것 같진 않아서였다.

"너를 안고 뛸 것이다."

"……?"

"말 그대로다. 출발할 때부터 염두에 둔 곳이다."

"좀 알기 쉽게 말해 봐."

"모퉁이를 도는 순간 갈림길이 나온다. 평리와 삼협으로 나뉘는 길. 노새는 평리 쪽으로 보내고 우린 삼협으로 갈 것이다."

"그런 잔수로 저놈들이 따돌려질까?"

사다인은 조금 어이없다는 표정이었다.

고작 그런 방법으로 따돌릴 수 있을 것이라 생각하는 연후가 한심해 보이기까지 했다.

하나 너무나 진지한 표정을 짓고 있는 연후를 보자 괜한 기대감 같은 것이 일었다.

돌이켜 보면 유가장의 친구들 중 가장 생각이 깊었던 연후였다.

사다인이 고개를 힘껏 뒤로 젖혀 연후와 눈을 마주쳤다.

때마침 연후의 음성이 들려왔다.

"나는 빠르다. 저들이 상상할 수도 없을 만큼."

전혀 예상치 못한 연후의 말에 사다인의 눈이 다시 동그랗게 떠졌다.

"삼협까진 말로 내달려도 반나절 거리다. 하나 우린 반시진 안에 포구에 이를 것이다. 그 시간이면 해가 지기 전 마지막 배를 탈 수 있다."

연이어진 연후의 말에 사다인은 믿기지 않는다는 표정이었다.

말로 반나절 거리라면 수백 리에 달한다는 소리였다.

한데 그 거리를 반 시진 안에 내달린다고 하니 어찌 믿을 수 있겠는가.

물론 자신 역시 짧은 거리라면 말보다 훨씬 빨리 이동할 수 있었다. 하나 수백 리 길을 그렇게 내달린다는 것은 엄두도 나지 않는 일인 것이다.

"걱정 마라. 너를 데려올 때도 그 정도 걸렸으니까. 물론 이 부근에서 지치긴 했지만 말이다."

연후의 말에 사다인은 다시 한 번 놀랐다.

자신이 부상을 당했을 때를 말하는 것이리라.

또한 당시 연후가 자신을 살리기 위해 어찌했는지를 상상할 수 있었다.

왠지 가슴속이 찡 하고 울리는 기분이었다.

하나 사다인은 그런 내심을 표하는 법을 알지 못했다.

그러면서도 잠시나마 연후를 한심하게 생각했던 것이 미안하게 느껴졌다.

이제야 연후가 이토록 여유롭게 이동한 이유를 알 수 있었다.

주어진 상황에서 최선의 방법을 모색하고 있었다는 것, 연후가 새삼스레 보였다.

'이 녀석이라면 정말 맘을 놔도 되겠는걸.'

그런 마음이 일자 저도 모르게 입가에 미소가 흘렀다. 그러나 흘러나온 말은 투박하기만 했다.

"살살 들어. 아프니까."

사다인의 말에 앞서 가던 연후가 피식 웃었다.

"지금처럼 편하진 않을 것이다. 하나 엄살을 부리면 내던질지도 모른다."

"큭큭큭큭. 엄살……. 그럼 오기로라도 신음 한 번 안 내야 하나?"

"하하하하! 일부러 넘어지기라도 해야겠구나."

두 사람은 전에 없이 활기차게 웃었다.

이틀간의 정양 때문인지 가슴의 격통은 많이 가셨다. 의원이나 연후의 말처럼 며칠이 지나면 몸을 움직이는 것 정도는 가능할 것 같았다.

물론 그렇다고 해도 이 상태로 머물러 있을 수는 없는

일이었다.

"절벽도 넘을 수 있냐?"

사다인의 뜻하지 않은 질문에 연후가 뒤돌아보았다.

"경신술이란 걸 익힌 거 아냐? 그걸로 오십 장 높이의 절벽을 넘을 수 있냐고? 물론 나를 업고서."

"그건 왜지?"

"나 역시 봐둔 곳이 있다. 이런 꼴로 짐이 되는 건 질색이니까."

"짐이라니, 나를 그런 정도로 여긴단……."

"시끄러. 하여간 포구에 도달하면 그 건너에 자리한 절벽으로 가자. 물론 넘을 수 있다면!"

"무산을 말하는 것이냐?"

"거기가 무산이냐? 하여간 며칠만 지켜 줘라. 그 편이 너와 나 모두를 위해서 좋을 것이다."

"대체 무엇 때문에?"

"가 보면 안다."

사다인은 더 이상 말을 하지 않았다.

뇌령을 복구하는 일을 따로 설명할 이유는 없었다.

어차피 옆에서 지켜보면 자연히 알게 될 일이었다.

그만큼 지금의 연후를 온전히 믿을 수 있기에 내릴 수 있는 결단이었다.

사다인이 그렇게 나오자 연후 또한 더 이상 왈가왈부하

지 않았다.

그가 원한다면 그렇게 해 주고 싶었기 때문이었다.

그렇게 대화를 나누던 사이 어느새 연후가 원하던 지점에 이를 수 있었다.

뒤따르는 이들의 시야가 차단되는 모퉁이, 하나 연후는 계획에 차질이 생겼음을 알 수 있었다.

그곳에서 멀찌감치 떨어진 전방에 이미 한 무리의 무인들이 모여 있었던 것이다.

"크흐흣! 진짜 느려 터진 녀석들이군. 자신의 처지를 이렇게나 모른다는 건가."

각기 도검을 패용한 무리들 중 유독 눈에 띄는 사내의 음성이었다.

그는 한 손에 접선을 들고 검은 바탕에 황색 용무늬를 그려 넣은 장삼을 걸치고 있었다.

나이는 많게 보아야 서른 안쪽인 듯 보이는 사내였다. 그는 이죽거리며 연후를 바라보았다.

연후의 눈빛이 전에 없이 싸늘해졌다.

그간 안강에서 만났던 이들에 비해 특별할 것도 없는 무리들이었다.

다만 그들의 복장을 기억할 뿐이었다.

'명부삼노라는 자들과 관계있는 것인가?'

유독 악독한 짓을 서슴지 않기에 무공을 폐하였던 노인

들이었다.

그 노인들이 걸치고 있던 장삼과 지금 길을 막고 선 이들의 복색이 비슷하니 몰라볼 수가 없었다.

그렇다고 해서 위협이 된다고 생각지는 않았다.

최대한 빨리 제압하고 이 자리를 뜨면 될 것이라 판단한 것이다.

한데 전혀 예기치 않은 일이 벌어지기 시작했다.

"아야! 허튼짓 말라고!"

접선을 든 사내는 입꼬리를 묘하게 말았다.

가뜩이나 쭉 찢어진 눈을 한 사내가 비웃는 듯한 표정을 짓자 그 모습이 참으로 야비하게 보였다.

명부삼노도 그랬지만 그 또한 사갈 같은 느낌을 진하게 풍기는 인물이었다.

한데 그 순간 그의 뒤편에서 젊은 사내 한 명이 끌려 나왔다.

사내를 잡아채 나오는 이는 노인이었는데 그 노인이 바로 명부삼노라 하던 이들 중 하나였다.

며칠 전 연후의 손에 내력이 전폐되어 버린 노인, 그 노인의 손에 들린 시퍼런 비수가 젊은 사내의 목을 겨누고 있는 모습이었다.

연후로선 잠시간 영문을 몰라 할 수밖에 없는 상황이었다.

젊은 사내는 심한 고초를 당했는지 쉽게 얼굴을 분간할
수가 없었다.

헝클어진 머리칼 사이로 드러난 얼굴 중 성한 곳이 없
으니 그가 누군지 알고 모르고를 떠나 얼굴이 찌푸려질
수밖에 없는 상황이었다.

"허! 그러니까 살살 좀 하시지. 나잇살이나 드셔 가지고
애먼 곳에 화풀이하니 저놈이 몰라보는 것이 아니오."

접선을 든 사내가 노인을 향해 이죽거리자 노인의 표정
이 일변했다.

그가 아무리 명부당의 소주라지만 며칠 전까진 자신 앞
에서 설설 기던 인물이었다.

이 지독한 멸시는 모두 내공을 전폐당했기에 벌어진
일, 그렇기에 더욱 눈앞의 두 사람을 용서할 수 없었다.

"잘 봐라. 이놈! 이 얼굴을 모르겠냐?"

노인이 우악스럽게 젊은 사내의 머리채를 잡아 들었다.

젊은 사내는 차마 연후를 바라보지 못하겠다며 눈빛을
외면했다.

"크윽!"

그의 입에선 다시금 고통에 찬 비명이 토해졌고 그 무
렵엔 연후도 그가 누군지 알 수 있었다.

"당신은……."

난중표국의 젊은 표사였다.

이름조차 들은 기억이 없지만 그 얼굴만은 분명히 기억했다.

너무나 의외의 상황에 의외의 장소에서 만난 인물.

어째서 이런 상황이 벌어지고 그가 눈앞에 저런 모습으로 자리하고 있는지 도저히 이해가 되지 않았다.

때마침 젊은 표사의 입이 열렸다.

"은…… 은공! 저희들은 상관하지……."

퍽!

순간 접선을 든 사내가 발을 내지르자 젊은 표사는 신음조차 토하지 못하고 꼬꾸라졌다.

그사이 연후의 눈빛이 말도 못하게 서늘해졌음은 당연한 일이었다.

일순간 다시 다급하게 소리치는 사내.

"움직이지 마. 저 칼에 극독이 발렸어. 너 강일찬이란 놈 알지? 또 난중표국의 표사들도 모두. 네놈이 허튼짓 하면 놈들 목에 비수가 박혀! 알았어?"

그는 연신 다급한 목소리를 내뱉었다.

들은 말이 있기에 상대의 무서움을 충분히 알고 있는 얼굴이었다.

그러자 연후가 천천히 주변을 살폈다.

하나 보이는 것은 없었다.

그런 연후의 모습에 접선을 든 사내의 눈가가 더욱 찢

어졌다.

"크흐흐! 그놈들은 모두 본당에 잡혀 있다. 우리한테
무슨 일이 생기면 놈들은 다 죽어. 허튼짓 말라고."

이죽거리는 사내, 내심은 두려웠지만 상황을 보니 예상
이 어느 정도는 들어맞았다고 생각했다.

'자고로 머리를 써야 해. 머리를! 저놈! 뼛속까지 정파
놈이 틀림없어.'

접선 사내는 득의한 미소를 흘렸다.

그의 이름은 원원평으로 그의 아버지가 바로 명부당의
당주였다.

사실 오늘의 일을 계획하면서도 반신반의한 것은 어쩔
수가 없는 일이었다.

얼마 전 천재일우의 기회를 접할 수 있었는데 그것이
바로 검제지보에 관한 말이 있었다.

은자방이 해체되며 그곳에서 새로 유입된 당도들 몇이
있었는데 그들이 꺼낸 말이 바로 그것이었다.

거기다 검제지보를 지닌 이가 난중표국과 매우 가까운
사이라는 사실까지 알게 되었다.

그렇다고 해도 그 소문만으로 쉽게 무언가를 도모할 수
가 없는 상황이었는데 명부삼노가 당해 버린 것이다.

하니 이대로 물러선다면 명부당의 세가 약해질 것은 뻔
했다.

결국 모험을 택하였고 계획은 기막히게 성공했다.

더구나 상대는 이전까지 누구에게도 실수를 펼치지 않은 인물, 뼛속까지 정파인이 틀림없는 자였다.

그런 이라는 것을 확신하기에 그와 각별하다는 난중표국의 표사들을 추적하여 인질로 잡은 것이다.

사실 원원평은 이미 난중표국과 연후라는 사내의 관계를 알고 있었다.

따지고 보면 오다 가다 우연히 얽힌 사이가 전부일 뿐이라는 것, 물론 이를 알기 위해 모진 고문을 한 것은 당연했다.

그래서 불안했다.

자신이라면 난중표국 따위가 몰살하든 말든 아무런 신경도 쓰지 않을 것이 분명했지만 상대가 정파 쪽 인물임이 확실하기에 어느 정도는 먹혀들 것이라 생각하고 오늘의 일을 벌인 것이다.

한데 직접 보니 놈은 더 물러 터져 보였다.

그야말로 애송이, 검제지보를 얻는 것도 흑면수라를 죽이는 것도 영 불가능해 보이지가 않는 것이다.

상황이 웃을 수밖에 없이 돌아갔다.

아니나 다를까 검제지보의 주인이 기대했던 질문을 해왔다.

"원하는 것은?"

그렇게 나오니 일은 다 된 것이나 다름없었다.

"당연히 검제의 신물과 무공이지. 그것만 내놓는다면 둘 모두 무사히 보내 주지. 물론 본당에 있는 난중표국 역시 아무 탈이 없을 것이고……."

물론 마음에도 없는 소리였다.

상대는 누가 뭐래도 검제의 후인이었다.

명부당 전체가 달려든다 해도 어쩔 수 없는 존재가 거의 확실했다.

하니 절대로 난중표국 놈들을 보내 줄 생각이 없었다.

또한 기회를 노려 흑면수라를 제압할 생각이었다.

그를 인질로 삼고 놈에게 강제로 독단을 먹인다면 상황은 끝이었다.

'이래서 사람은 머리를 쓸 줄 알아야 해!'

그런 생각으로 원원평은 득의한 미소를 지었다. 그런데 상황이 조금 묘하게 돌아갔다.

"중요한 사람들이냐?"

내내 잠자코 있던 흑면수라가 나선 것이다.

연후는 깊은 고민을 하다 이내 고개를 돌려 물끄러미 사다인을 보았다.

그러자 사다인이 다시 입을 열었다.

"나는 상관없다."

뭐가 상관없다는 말인지 알 수는 없었으나 연후는 그런

사다인을 향해 옅은 미소를 지어 보였다.

아마도 앞으로 무슨 일을 벌여도 괜찮다고 말한 것이리라.

연후가 접선을 든 자를 향해 한 걸음 다가갔다.

그러곤 품 안에서 무언가를 꺼내 들었다.

그것은 한 권의 책자였다.

연후에겐 더없이 큰 의미가 있는 모친의 유품. 바로 무상검결이 적힌 비급이었다.

굳이 가지고 다닐 이유가 없는 것이었으나 한시라도 떼어놓을 수 없을 만큼의 의미가 담긴 물건이었다.

내친김에 허리춤의 초연검도 풀었다.

찰칵하는 소리와 함께 그 손에 검이 들리자 마주한 명부당의 무인들이 동시에 흠칫했다.

"허…… 허튼짓 하지 마!"

접선을 든 사내가 겁먹은 음성을 내뱉으며 쓰러진 표사 뒤에 숨었다.

그 꼴을 보며 연후는 더없이 쓴웃음을 머금었다.

"달라 했으니 주지."

우웅!

초연검이 한 차례 나직이 울며 거짓말처럼 허공으로 떠올랐다. 마찬가지로 책자 역시 연후의 손을 떠나 부유하듯 접선을 든 사내 앞으로 날아갔다.

오 장이 넘는 거리를 지나 초연검과 책자가 천천히 날아가는 모습에 명부당 무인들은 그저 침을 꿀꺽 삼킬 수밖에 없었다.

그들로선 도저히 상상할 수도 없는 공력이었다.

그렇게 날아간 초연검이 원원평 앞에 멈춰 섰고, 책자 역시 그의 눈앞에 멈추었다.

좌라라라락!

순간 책자가 바람에 펴지기라도 하듯 원원평의 눈앞에서 재빠르게 넘겨지기 시작했다.

원원평은 다시 한 번 침을 꼴딱 삼켰다.

순간 그 눈에 가득 차오르는 것은 미칠 듯한 탐심이었다.

'이것만 있으면!'

하나 그런 생각도 잠시였다.

너무나 갑자기 책자와 초연검이 왔던 길을 되돌아갔기 때문이었다.

"어어어!"

원원평은 아쉬움과 놀람이 담긴 탄성을 지르며 허공에 헛손질까지 했다.

하나 이미 초연검과 비급을 회수한 연후가 더없이 싸늘하게 말했다.

"준다. 하나 강 표두님과 표사들이 안전한 것을 확인하면 주겠다."

예상치 못한 연후의 말에 접선을 든 사내가 잠시 눈빛을 굳혔다.

예상하지 못했던 일, 하나 여기서 물러서면 원하던 것을 절대 얻지 못할 것을 알고 있었다.

직접 보니 명부삼노가 한순간에 병신이 되어 버렸다는 말이 충분히 이해된 것이다.

하긴 은자방의 십귀가 일수에 당했다고 하니 그가 어찌 고수가 아니겠는가.

솔직히 부친이나 명부삼노의 무공은 십귀들 중 누구보다 낫다고 자신할 수도 없는 실정.

하니 그가 변심이라도 하면 명부당이 감당하지 못할 것이 틀림없었다.

"흥! 네놈을 어떻게 믿느냐?"

원원평은 접선을 손바닥 위로 내려치며 콧방귀를 뀌었지만 연후 또한 전과 달랐다.

"나는 왜 당신 말을 믿을 거라 생각하나?"

이 또한 예상치 못한 대꾸.

"정녕 놈들이 전부 죽어야 정신 차리겠단 말이냐?"

원원평이 다시 대성을 터트렸고 연후는 잠시간 답을 하지 않았다.

원원평으로선 내심 불안불안 했지만 상대의 반응을 확인하자 다시 입가에 음흉한 미소를 지을 수 있었다.

'역시! 우린 놈의 확실한 약점을 잡았어.'

그런 마음이 불러일으킨 사악한 미소, 하나 그것도 아주 잠시뿐이었다.

"이 두 가지는 내게 참으로 소중한 것들입니다. 하나 어찌 이것이 사람의 목숨보다 중요하겠습니까? 하여 나는 이것을 저들에게 넘기고자 했으나 저들은 여러분들을 온전히 보내 줄 생각이 없는 것 같습니다."

연후의 음성은 전에 없이 차갑게 흘러나왔다.

또한 그 음성이 누구에게 향하고 있는지 모를 리 없었다. 난중표국의 젊은 표사를 향한 음성, 이에 표사는 고통을 참아 내며 입을 열었다.

"누구도…… 누구도 은공을 탓하진 않을…… 큭!"

힘겹게 입을 여는 이의 목줄을 황급히 잡아챈 명부삼노, 그의 입에서 카랑카랑한 음성이 들려왔다.

"흥! 네놈은 우리에게 목숨보다 소중한 내공을 앗아 갔다. 우리 손으로 이놈과 그 동료들을 죽여 네놈에게 복수할 것이다. 너는 이들을 지키지 못한 죄책감으로 평생을 시달릴 것이다. 크하하하하. 우리는 그것으로 족하다."

독심으로 가득한 말, 하나 연후는 일말의 흔들림도 내비치지 않았다.

아예 신경조차 쓰지 않는 듯 노인의 말을 무시한 채 원원평을 향했다.

"선택해라. 내 앞에서 저들 모두를 풀어 주고 이것을 취할지, 아니면 저들을 죽이고 너희들 모두가 죽을지를."

원원평의 눈가가 잔뜩 일그러졌다.

바보가 아닌 이상 그가 진심으로 분노하고 있음을 느낀 것이다.

하나 섣불리 답할 수가 없었다.

그때 다시 연후의 차갑고도 너무나 딱딱한 음성이 원원평의 귓가를 울렸다.

"이 하나만은 장담한다. 난중표국의 누구라도 이 이상 해를 당한다면 네놈들은 풀 한 포기도 남지 않을 것이다."

원원평은 물론 그 뒤로 줄지어 있던 명부당의 무인들 모두가 부르르 몸을 떨었다.

또한 등줄기를 타고 식은땀이 주르륵 흘러내리는 것을 느꼈다.

본능적으로 무언가가 잘못되었다는 생각.

원원평은 선택하지 않을 수 없었다.

차선책이지만 그와 흑면수라를 데리고 명부당으로 이동하는 것이 좋을 것 같았다.

부친 또한 철두철미한 이라 대비를 단단히 하고 있을 것이라 믿었다.

아무리 생각해도 연 소협이라 불리는 그는 정파 쪽에 속한 인물이 틀림없었다.

적어도 한 입으로 두말을 할 것 같진 않아 보이니, 최소한 검제의 비급과 검제지보는 얻은 것이나 다름없다는 생각이었다.

그것만 해도 어디인가.

솔직히 그 두 가지만 얻을 수 있다면 명부당 정도야 어찌 되든 알 바가 아니지 않은가.

심산유곡에서 검제의 무공을 완성하여 나온다면 천하를 발 아래로 둘 수도 있는 일. 눈앞의 젊은 녀석이 이렇듯 강해졌다면 자신 또한 당연히 해낼 수 있다고 믿었다.

더 이상 고민하고 말고 할 이유가 없는 것이었다.

"틀림없겠지? 놈들을 풀어 주면 비급과 신물을 준다는 말!"

버릇이라도 되는 양, 아니면 그것이 멋있게 보인다는 생각 때문인지는 모르겠으나 원원평은 접선을 다시 한 번 자신의 손바닥으로 내려쳤다.

그러곤 연후의 대답을 듣기 전 다시 한 번 다짐을 받고자 했다.

"네 아비의 이름을 걸고 맹세해라!"

원원평의 으름장이 이어지자 연후는 망설임 없이 답했다.

"물론!"

원원평은 그 대답에 흡족해했다.

생면부지의 남을 위해 이토록 나서는 이라면 부친의 이

름 앞에 거짓을 말하진 않을 터라 확신했다.

원원평 스스로도 성정이 바르지 않음을 알지만 지 아비만큼은 끔찍이 여기고 존경하는 이였다. 자신이 그럴진대 하물며 뼛속까지 정파인인 사내가 거짓을 말할 리 없다는 생각이었다.

그리되자 원원평은 한결 마음이 놓이는 느낌이었다.

"돌아간다! 네놈은 멀리 떨어져서 와라! 허튼짓 하면 알지?"

원원평이 또 한 번 연후를 노려본 뒤 명부당의 무인들을 이끌었다.

연후는 잠시 잠깐 그런 이들을 말없이 바라보기만 했다.

하나 지금 연후가 어떤 생각을 하고 있는지 원원평은 꿈에도 모를 것이다.

오직 사다인만이 짐수레에 몸을 의탁한 채 묘한 웃음을 지었다.

연후가 부친을 어찌 생각하는지 들은 적이 있었기 때문이었다.

그 때문이 아니라 해도 연후가 명부당 녀석들과 한 약속을 지킬 리 없다고 생각했다.

그러면서 자연스레 단목강과 연후가 나누던 대화를 떠올릴 수 있었다.

"강호의 대협이라면 한 마디 말에 목숨을 겁니다. 저 또한 그리 배웠고 유가장의 가르침을 통해 이를 확신하게 되었습니다."

"말이 무어라고 목숨까지 건다 하느냐?"

"형님! 금일 논어의 담론에도 이르지 않았습니까? 정명(正明)만이 군자의 도요, 치세의 근간이라고. 이것이 협(俠)과 다르지 않다 생각했습니다."

"서경(書經) 탕서(湯書)에 식언(食言)이란 말이 있느니라. 은의 탕왕은 하나라를 노리며 오직 하의 백성들을 구휼하기 위함이라 했다. 실제로는 탕왕의 욕심 때문이었으나 결과로 은의 군대가 목숨을 걸고 싸웠고 하나라 백성들은 걸왕의 폭정을 벗어날 수 있었다. 치세를 위해 때때로 식언이 필요함을 말하는 대목이니라."

"하오나……."

"말이 중요한 것이 아니라 마음이 중함을 말하는 것이다. 병든 아비를 살리기 위한 자식의 도적질은 죄가 아니라 했다. 형옥의 법마저 이러할진대 너는 어찌하여 본(本)을 외면하고 표리(表裏)만을 따지려는 것이냐."

그날의 대화 이후 단목강이 몇 날을 고민했던 것이 떠올랐다.

물론 사다인도 그 대화를 들으며 연후를 다시 볼 수밖

에 없었다.

연후가 천생이 유생이라지만 오직 공맹만이 전부라 믿지 않는다는 것을 말이다.

앞서 가는 이들은 절대 모를 것이다.

지인의 목숨을 가지고 협잡을 꾸미는 이들에게 내뱉은 약속이라면 눈 하나 깜짝하지 않고 주워 담을 수 있는 것이 연후라는 사실을.

아니나 다를까 말없이 앞서 걷는 연후의 뒷모습에서 이전에는 전혀 풍기지 않던 강렬한 투기가 쩌릿쩌릿할 정도로 뻗치고 있었다.

그런 연후의 모습이 사다인을 슬며시 미소 짓게 만든 것이다.

그렇게 두 사람은 명부당의 무리를 뒤따라 이동하기 시작했다.

그러는 사이 점차 태양은 빛을 잃어 갔고 어둠이 스멀스멀 주변을 잠식하고 있었다.

第五章

강호, 그 길을 걸어감에 있어

명부당이 위치한 곳은 석천이었다.

　석천은 섬서의 남쪽에선 가장 번성한 곳으로 서안만은
못해도 꽤나 거대한 도시였다.

　그렇기에 명부당이란 흑도 세력이 뿌리를 내릴 수 있었
다.

　석천의 이권은 무시할 수 없을 정도로 커 종남파가 호
시탐탐 노리고 있는 곳이었다.

　하나 그럴 수 없는 이유가 화산파가 은밀히 석천팔호라
는 이들을 돕는 일 때문에 함부로 석천에 세를 뻗치지 못
하는 것이다.

　그 덕에 힘의 균형이 절묘하게 맞아떨어져 명부당이 점

차 위세를 넓혀 나갈 수 있었다.

어찌 되었든 석천팔호나 종남파 모두가 정파 쪽 인물이니 체면이라는 것을 차리는 이들이었고, 명부당은 그런 것엔 눈 하나 깜짝하지 않는 흑도 세력이었다.

석천의 상권을 장악하는 데 온갖 수단을 다 동원하였으니 그들이야말로 석천의 실세가 되어 버린 것이다.

그럼에도 종남이나 화산의 눈치 때문에 제대로 된 개파를 하지 못하는 것이 명부당의 입장이었지만, 석천 사람들에게만큼은 사신과도 같은 두려움을 느끼게 하는 이들이 바로 명부당이었다.

당도의 수만 해도 근 삼백에 이르는 세력, 물론 대다수는 무인 축에도 들지 못하는 이들이지만 명부당의 당주 원종탁과 명부삼노, 그리고 수뇌부라 할 수 있는 당두들 십여 명의 무공은 섬서의 남쪽에서만큼은 어깨에 힘을 주고 다니기에 충분했다.

그런 명부당의 장원으로 연후와 사다인이 들어섰다.

대문 밖을 에워싼 채 흉흉한 무기들을 들고 있는 이들만 해도 오십 명이 넘었으며, 너른 마당 안에는 그보다 곱절이 넘는 이들이 모여 있었다.

또한 눈에 보이지는 않지만 담장 뒤편에 숨죽이고 있는 이들의 수가 눈에 보이는 이들을 합한 것보다 훨씬 많다는 것까지 훤히 파악하고 있는 연후였다.

기감을 극대화시키고 있는 지금의 연후가 놓치고 있는 것은 거의 없다고 봐도 무방했다.

  그런 것을 아는지 모르는지 접선을 든 원원평은 득의한 미소를 머금었다.

  여기저기 타오르는 횃불 속에 비친 당도들의 모습을 보자 조금 전까지 일던 두려움은 어느새 사라지고 없었다.

  저자에 넘쳐 나는 하오배들까지 죄다 끌어다 놓은 부친의 대비가 더없이 든든하게 여겨진 것이다.

  물론 진짜 실력 있는 당도들은 모조리 담장 밖에 숨겨 둔 것까지 한눈에 알 수 있었다.

  거기다 난중표국 놈들을 방패삼아 그 목에 칼을 겨누고 있는 당두들은 명부당 최고의 실력자들이었다. 또한 내공을 잃었다지만 독심 하나만큼은 최고라 할 수 있는 명부삼노가 절독이 묻은 비수를 들고 표사들 사이에 서 있으니 참으로 든든한 마음이 아닐 수 없었다.

  '후후! 이런 기회를 날릴 순 없지. 흑면수라에 목에 걸린 돈이 황금 만 냥이야! 게다가 잘하면 진주언가까지 집어삼킬 수 있는 기회를 왜 포기해야 하냐구!'

  접선을 꼬나 쥔 명부당의 소주 원원평은 생각만 해도 즐거운 표정이었다.

  그런 원원평을 향해 그와 똑 닮은 눈을 가진 장한이 입을 열었다.

"어쩌자고 저놈들을 이리로 데려와!"

그가 바로 명부당의 당주인 원종탁이었다.

덩치만큼이나 패도적인 도법 명부십삼도(冥府十三刀)를 익힌 그는 섬서 땅 전체에서도 알아주는 도객이었다.

한 가지 흠이라면 무척이나 소심하다는 것, 솔직히 이번 일을 꽤나 내키지 않아 하고 있는 중이었다.

그도 그럴 것이 아끼던 명부삼노가 쓸모없이 변해 버렸으니 앞으로 석천팔호의 눈치를 보지 않을까 노심초사하고 있는 것이다.

그런 차에 일이 더욱 커지고 있으니 어찌 달가울 수 있겠는가?

솔직히 자식놈 성화가 아니었으면 일을 이처럼 벌이지도 않았을 것이다.

중상을 입은 흑면수라의 목이라면 충분히 노려 볼 만하다지만, 명부삼노를 단숨에 제압한 검제의 후인이라면 상대하지 않는 것이 당연하단 생각이었다.

또한 그를 잡는다고 검제의 무공을 얻는다는 보장도 없었다.

거기다 설혹 그걸 얻는다고 해서 명부당 정도의 힘으로 지킬 수 없음을 잘 알고 있는 것이다.

물론 욕심이 나는 것은 사실이지만 확실하지도 않은 일에 명부당의 사활을 걸 수는 없는 일이었다.

"놈에게 검제의 비급이 있습니다. 제가 두 눈으로 똑똑히 확인했습니다."

때마침 들려온 아들놈의 비릿한 음성에 원종탁의 눈이 치켜떠졌다.

"또한 생각 이상으로 난중표국 놈들을 아끼고 있습니다."

연이어진 원원평의 말에 원종탁의 눈이 희번뜩거렸다.

"그래?"

슬슬 욕심이 동했다.

상황이 그렇다면 해 볼 만한 일 아니던가.

확실히 검제의 비급이라면 명부당 정도야 내다 버려도 좋을 일이었다.

여차하면 흑면수라의 목을 들고 황보세가나 진주언가에 몸을 의탁해도 좋을 것이다. 강호에 공표한 것이 있는데 자신과 아들의 안전 정도야 충분히 지켜 주고도 남지 않겠는가.

그런 생각이 들자 원종탁의 찢어진 눈매에도 탐심이 넘실거리기 시작했다.

원종탁의 시선은 노새의 고삐를 쥐고 있는 연후에게로 향했다.

'확! 기습하라고 할까!'

불현듯 그런 생각이 치솟았다.

비장의 한 수로 준비해 둔 것이 있으니 놈이 대비하기 전에 쏟아 부을까 하는 마음이 인 것이다.

담장 밖으로 은밀히 배치한 이들은 쇠뇌를 지니고 있었다.

그동안 관부의 관리들을 구워삶아 틈틈이 모아 두었던 쇠뇌를 전부 동원한 것이다.

언제 종남이나 화산과 부딪칠 줄 모르기에 그런 절체절명의 상황이 닥치면 사용하려고 비밀리에 준비한 한 수였다.

무려 백오십 개의 쇠뇌였다.

놈이 아무리 대단해도 백오십 개나 되는 쇠뇌살을 막을 수 있다고는 생각할 수 없었다.

강호인 누구라도 그리 생각할 것이다.

담장의 거리라고 해 봐야 칠팔 장에 불과했다.

그 거리에서 한꺼번에 날아드는 강전 백오십 개를 동시에 막아 낼 수 있는 무인이 어디 있겠는가.

그런 생각을 하자 마음이 든든했다.

그렇다고 해도 혹시 모르니 쇠뇌는 비장의 수단으로 남겨 둘 참이었다.

원종탁은 입가에 비릿한 미소를 머금으며 소리쳤다.

"하하하하! 오늘 이후로 명부당의 이름이 강호를 위진할 것이다. 네놈은 어서 검제의 신물을 내놓거라. 딴생각을 품으면 저놈들의 목숨은 없다."

원종탁의 우렁우렁한 음성이 장원을 울리자 원원평이 황급히 다가가 귓속말을 소곤거렸다.

연후는 그들의 대화를 뻔히 들을 수 있었지만 신경조차 쓰지 않았다.

연후의 시선은 오직 대전의 오른편을 향해 있었다. 여덟 명의 표사들이 각기 다른 나무 기둥에 묶여 있는 곳.

일순간 들어온 의문에 눈썹이 꿈틀거렸다.

'설마?'

사천에서 헤어질 때에 비하면 절반뿐이 남지 않은 숫자였다. 당연히 불길한 생각이 스쳐 갈 수밖에 없었다.

더구나 그 가운데 포박되어 있는 강일찬의 모습을 확인하자 애써 억누르고 있던 분노가 다시금 들끓기 시작했다.

오른쪽 손목 아래가 잘려 나간 모습, 거기에 피딱지가 덕지덕지 굳어 있는 그의 무복은 한눈에도 어떤 일을 겪었는지 짐작할 수 있게 만들었다.

"강 표두님……."

연후의 나직하게 떨리는 음성에 그간 감겨 있던 강일찬이 눈이 힘겹게 떠졌다.

"연…… 소협. 어쩌자고 여길……. 큭!"

입을 여는 강일찬의 뒤통수를 갑작스레 후려치는 도병, 당두들 중 가장 고수 측에 속하는 인물이 그 뒤에 버티고서 있었다.

강일찬은 말을 채 끝맺지도 못하고 다시 혼절해 버렸다.

꿈틀!

연후의 가슴속에 불덩이가 일기 시작한 순간이었다.

그때 강일찬 옆에 묶여 있던 중년 표사 하나가 소리쳤다.

"은공! 우린 상관 없습…… 퀵!"

또다시 무자비하게 이어지는 주먹질.

가슴속의 불덩이는 당장이라도 터져 나갈 듯 커져 갔다.

하나 그 순간 오히려 연후의 눈은 너무나도 차가워졌다.

순식간에 기감을 끌어올려 그들의 앞뒤를 막고 있는 이들을 면밀히 가늠하기 시작한 것이다.

역시나 특별한 존재감을 느끼게 하는 이들은 없었다.

그렇다 해도 모두를 무사히 구할 수 있다고 장담할 수만은 없는 상황.

거기다 자칫 사다인까지 위험할 수도 있는 상황이니 분노만 가지고 해결할 수 있지 않음을 온전히 파악하고 있는 것이다.

때마침 이곳의 우두머리로 보이는 이가 대소를 터트렸다.

"크하하하하! 놈! 우선 이걸 먹어라. 그리하면 저들을 살려 줄 것이니."

그는 자그마한 환약 하나를 내던졌고 연후가 손을 들어 그것을 낚아챘다.

연후가 받아 든 환약과 원종탁을 번갈아 바라보았다.

"크흐흐. 산공독이다. 놈들을 풀어 주고 나면 네가 변심할지 어찌 알겠느냐? 이걸 먹는다면 네놈은 물론 저들과 네놈 뒤에 숨은 마두까지 무사히 돌려보내 줄 것이다."

원종탁의 말에 연후는 기가 막힐 수밖에 없었다.

둘이 나눈 이야기를 듣지 않았다 해도 바보가 아닌 이상 따를 이유가 없는 제안이었다.

또한 손에 든 환약이 극독이라는 것을 단번에 파악할 수 있었다.

그런 것을 먹이면서 무사히 돌려보내 주겠다고 하는 원종탁을 마주 보니 실소가 나지 않을 수 없었다.

'고맙다고 해야 하나. 죄책감을 느끼지 않게 해 줘서.'

전에 없이 강렬한 살의를 애써 누르고 있던 차였기에 오히려 한결 마음이 편해진 기분이었다.

연후는 망설일 것 없이 환약을 털어 넣었다.

정확히 무슨 독인지 알 수는 없으나 알고 먹었다면 대비하지 못할 이유가 없었다.

칠패 중 독마라 불리는 갈목종에게 배운 용독술이 있

었다.

삼킨 독의 기운을 퍼지지 않게 한데 몰아 체외로 배출한 뒤 태우는 일은 지금의 자신에겐 그리 어려운 일도 아니었다.

그리고 그 일을 통해 기회를 노릴 수 있다 생각하니 주저할 이유가 없는 것이다.

지독하게 쓴 환약이 목구멍을 타고 넘어갔다.

한데 그 순간 예기치 못한 일이 벌어졌다.

그렇다고 나쁜 쪽은 아니었다.

환약을 넘긴 순간 무상검결이 저도 모르게 반응하기 시작한 것이다.

무상검결이 외부뿐 아니라 자신의 내부에서까지 놀라운 공능을 발휘한다는 것을 처음으로 알게 되었다.

식도를 타고 넘어간 독 기운이 의지와는 전혀 상관없이 한 점도 흐트러지지 않은 채 혈맥을 타고 흘러갔다.

숨 한 번 내쉴 시간 동안 혈맥을 한 바퀴 돈 독 기운은 어느 순간 약해진다 싶더니 전신 세맥으로 흩어졌다.

그러곤 이내 모공을 통해 시꺼먼 진액으로 배출되었다.

상쾌하다기보단 찝찝한 느낌이 가득했다. 처음 염왕진결을 운공하며 탁기를 배출했을 때가 생각나게 하는 일이었다.

하나 연후는 지금 자신이 무엇을 해야 하는지 잘 알고

있었다.

"큭!"

멀쩡한 가슴을 부여잡고 한쪽 무릎을 꿇었다.

그런 연후를 보고 대소를 터트리는 원종탁과 원원평 부자.

"크하하하하하!"

"큭큭크크크크! 제가 뭐랬습니까? 저런 애송이 정도는 쉽게 제압할 수 있다 했지요."

"과연! 과연 내 아들이로구나. 그래도 그렇지 오보추혼산을 산공독인 줄 알고 처먹다니. 정말로 멍청한 놈이 아니더냐!"

연이어진 원종탁의 말에 그간 숨죽인 채 긴장하고 있던 장원의 분위기가 일변했다.

오보추혼산이라면 다섯 걸음을 걷기 전에 혼백이 날아간다는 극독 중에 극독이었다.

그걸 입안에 털어 넣고 삼키는 것을 확인했으니 긴장이 풀리지 않을 수 없는 상황이었다.

그러자 기다렸다는 듯이 눈빛이 변한 이들이 있었다.

연후의 손에 내력이 전폐된 명부삼노들이었다.

표사들을 겨누고 있던 세 노인이 비수를 세운 채 연후를 향해 달려든 것이다.

하나 그들을 제지하는 이는 아무도 없었다.

본래부터도 당주를 제외하고 가장 높은 신분을 지녔던 이들이었다.

그들이 제 손으로 복수를 하겠다는데 누가 나서서 만류할 것인가.

더구나 가만히 뒤도 죽을 놈을 죽이겠다는 것이다. 누구도 신경 쓸 일이 아니라 여긴 것이다.

오히려 다들 호기심 가득한 눈으로 상황을 지켜보았다.

그것은 표사들 뒤에 숨은 채 목에 칼을 겨누고 있던 당두들도 마찬가지였다.

한 발 앞으로 나와 시시덕거리며 명부삼노가 제 손으로 복수를 하겠다고 날뛰는 모습을 맘껏 비웃고 있었다.

명부삼노란 이들의 성정이 평소 어떠했는지 단적으로 보여 주는 모습이었다.

며칠 전까지 부하였던 이들이지만 내력을 잃은 그들은 이제 비렁뱅이 취급을 당해야 할 처지였다.

그런 분위기가 점차 퍼져 나가자 담장 밖에서 긴장하고 있던 이들마저 고개를 쳐들고 하나둘 장원 안쪽으로 머리를 내밀었다.

앞으로 벌어질 일들을 즐겁게 감상하기라도 하겠다는 눈빛들.

한데 그 순간 누구도 생각지 못한 일이 벌어졌다.

그것은 연후조차 짐작하지 못했던 일이었다.

"뭐, 이 정도는 해 줄까나?"

내내 죽은 듯이 누워 있던 흑면수라의 음성이 울린 것이다.

연이어 그의 손끝에서 기이한 소리와 함께 한 줄기 섬광이 터져 나왔다.

파지지직!

일순간 장원 내외의 모든 시선이 사다인의 손끝으로 쏠릴 수밖에 없었다.

그가 뇌령마군의 후예로 무시무시한 벼락을 뿌린다는 것을 모르는 이가 없었다.

그 벼락 한 번에 신창과 황보세가의 가주, 그리고 진주 언가의 무창단과 황보세가의 사자대가 몰살했다는 이야기를 어찌 모르겠는가.

그 모습을 같은 배에 타고 있던 수많은 상인들이 지켜보고 퍼트렸으니 명부당의 당도들도 똑똑히 들어 알고 있었다.

암왕에게 당해 꼼짝도 못한다던 흑면수라, 그런 사실이 흘러나오지 않았다면 안강에는 코빼기도 비치지 않았을 것이다.

솔직히 명부당 정도는 사자대나 무창단 하나만 와도 멸문되는 것이 당연한 전력이었다.

하니 흑면수라가 얼마나 두렵겠는가.

그런 흑면수라의 부상이 거짓된 정보라면!

그의 손끝에서 번쩍이는 섬광이 모든 이의 시신을 잡아 끌 수밖에 없는 이유였다.

하지만 사다인이 내보인 것은 혼절 전후로 남아 있던 마지막 뇌신지기의 잔재뿐이었다.

번쩍이는 한 번의 빛을 내는 것이 할 수 있는 전부.

이젠 뇌령을 복구해 내기 전까진 한 올의 뇌력도 남지 않게 된 것이다.

자신이 만든 찰나의 기회가 연후에게 도움을 줄 수 있다 판단한 사다인의 행동이었다.

연후 또한 그런 지기의 의중을 파악하지 못할 인물이 아니었다.

아니, 사다인의 도움이 없다 해도 충분한 일이었다.

단지 그 덕분에 훨씬 수월할 수 있게 된 것이고.

사다인의 손에 뇌전의 기운이 이는 그 순간 연후의 눈에도 한차례 섬뜩한 광망이 뿜어졌다.

연후가 광안을 열었다.

강일찬과 난중표국 표사들의 목숨이 달려 있는 일이니 최선에 최선을 다했다.

광안이 열리는 순간 허리춤의 초연검마저 빼 들었다.

검신을 타고 무시무시한 붉은 기운이 뒤덮였다.

그 초연검이 단번에 달려 들어오던 명부삼노의 허리를

갈라 버렸다.

셋 모두가 상체가 비스듬히 무너지고 있었지만, 그들은 자신에게 무슨 일이 벌어졌는지도 알지 못했다.

그들의 끊어진 허리춤에서 핏물이 쏟아지기도 전 연후의 신형은 그들을 넘어 당두들을 향해 나아갔다.

강일찬을 중심에 두고 그를 윽박지르던 대당두의 목이 거짓말처럼 말끔히 잘려 나갔고, 연이어 좌측과 우측을 향해 연후가 재빠르게 검을 뻗어 냈다.

그 순간 곧게 뻗은 검신을 타고 쏘아진 붉은 섬광 두 줄기가 쇠꼬챙이 꿰듯 당두들의 목을 뚫어 갔다.

양쪽으로 검을 내질렀지만 뻗어 나간 두 개의 섬광은 속도의 차이가 나지 않을 정도였다.

마치 한 줄기 기다란 섬광의 창이 당두들의 목을 그대로 꿰뚫은 것으로 보였다.

열넷이나 되던 당두들의 신형이 허물어지기 시작했지만 그때까지 연후가 무엇을 하고 있는지 파악한 인물은 오직 명부당주 원종탁뿐이었다.

그가 자신의 애병인 구환도를 꺼내 들려 했던 것은 알 수 없는 섬광이 당두들의 목을 동시에 관통했음을 인지한 순간이었다.

하나 그는 병기를 꺼낼 수도 없었다.

어느새 그의 눈앞에 연후가 서 있었기 때문이었다.

원종탁은 그저 자신의 목울대가 따끔거리는 느낌을 받은 것이 전부였다.

그런데 왜 세상이 기울고 있을까 하는 의문이 그가 살아서 했던 마지막 생각이었다.

원종탁의 목 역시 미끄러지듯 목에서 떨어져 내렸다.

그 모든 일을 끝낸 연후가 힐끔 원원평을 바라보았다.

그는 여전히 사다인을 보며 놀라고 있을 뿐, 주변에 무슨 일이 벌어졌는지도 모르고 있었다.

죽일 가치조차 없다 여겨지는 자였다.

위험해 보이는 이들은 처리했으니 더 이상의 살생은 삼가고 싶었다.

연후는 어느새 신형을 뽑아 낸 뒤 사다인의 곁으로 되돌아왔다.

첫 살인이라 하나 막연히 상상했던 것처럼 끔찍한 느낌은 아니었다.

외려 담담한 자신의 모습이 생경하게 느껴질 정도였다.

그렇게 되돌아온 연후를 보며 사다인의 치떨리는 음성이 이어졌다.

"너…… 너! 그때 내가 본 게 착각이 아니구나."

혼절하기 직전 잠시 잠깐 스쳐 가듯 보았던 연후의 모습.

그것이 진짜라는 것을 눈앞에서 확인한 사다인의 얼굴은 경악에 물들어 있었다.

뇌전과도 같았다.

연후의 움직임은 그만큼이나 빨랐다.

순간 사다인은 뇌전지기라면 이 녀석을 맞출 수 있을까 하는 생각을 해야만 했다.

그렇게 사다인의 음성이 경악에 물들어 흘러나오는 그때 비로소 여기저기에서 동시에 피분수가 치솟았다.

촤아아아아아아!

명부삼노의 몸뚱이가 상하체로 분리된 뒤 무너지는 것을 시작으로 대당두의 목이 바닥으로 떨어져 내렸고, 동시에 당두들 모두가 목구멍을 부여잡고 쓰러져 내렸다.

"허걱!"

원원평의 비명이 터져 나올 수밖에 없는 순간이었다.

대체 뭐가 어찌 된 것인지 영문도 파악할 수 없었다.

그저 놀란 눈으로 옆에 선 부친을 바라볼 뿐.

한데 그 순간.

철썩같이 믿고 있던 부친의 목이 사선으로 어긋나며 기울기 시작했다.

원원평은 도저히 정신을 차릴 수가 없었다.

두려웠다.

너무도 두려웠다. 무슨 일이 벌어졌는지 전혀 알 수 없기에 더욱더 두려웠다.

"죽여! 모두 죽이란 말이야!"

발작하듯 소리치는 원원평, 그의 심경과 매한가지인지라 장원을 가득 메운 이들 역시 어쩔 줄을 몰라 했다.

 그들은 명부당의 당도들이 아니었다.

 거리의 한량들이나 다름없는 이들, 그저 숫자를 채우고 눈속임을 하기 위해 모여 있던 이들이었다.

 진짜 명부당의 당도는 담장 밖에서 안쪽으로 머리를 내밀고 있던 이들이었다.

 백오십이 넘는 명부당의 정예 당도들.

 그들은 누가 먼저라 할 것도 없이 담장으로 뛰어올라 쇠뇌를 쏘아 댔다.

 딱히 명령이란 것을 받은 것이 없으니 표적도 제각각이었다.

 누구는 흑면수라를 노렸고 누구는 연후를 노렸다.

 또 누구의 쇠뇌는 난중표국의 표사들을 향했고, 얼이 빠진 놈들 몇은 제 편인지도 모르고 장원 안쪽에 있던 이들을 향해 쇠뇌를 난사했다.

 새까만 강전이 누구를 향한다 할 것 없이 일거에 쏘아진 것이다.

 슈슈슈슈슈슛!

 무섭도록 강렬한 파공음.

 능히 일류고수들의 암기와도 같은 위력이 담긴 강전을 보며 연후의 눈빛이 잠시 일렁였다.

'어쩔 수 없단 말인가? 베어야 할 이들이라면……'

상황은 너무도 급박했지만 이 또한 예상치 못한 일이 아니었기에 오히려 담담할 수 있었다.

광안을 열고 광령 안에서의 움직임이 가능해진 지금 쇠뇌 정도의 빠름은 아무것도 아니었다.

또한 그 숫자 또한 연후에겐 의미가 없는 것이었다.

귀마노사의 절명편형강은 헤아릴 수 없는 수로 분열되어 지금 보이는 강전보다 수십 배는 빠르게 날아들었다.

그래도 광안의 공능으로 막아 낼 수 있었으니 어찌 눈앞의 강전 따위가 위협이라 여기겠는가.

유동의 삼법을 벗어나지 못한 암기 따윈 티클 만큼의 해도 끼칠 수가 없음을 확신하고 있는 것이다.

하여 연후는 그 찰나의 순간 다른 생각을 할 수 있었다.

안강에서의 망설임이 오늘의 일을 있게 만들었음을 떠올렸다.

또한 그처럼 해서는 이 질곡과도 같은 상황에서 빠져나올 수 없다는 것 역시 깨달았다.

오늘 다시 이들에게 자비를 베푼다면 이후 자신이 알고 있는 이들이 강일찬과 표사들이 겪은 일을 당할 수도 있는 것이다. 그리 생각하니 주저해선 안 된다는 생각이 들었다.

사람의 목숨을 너무도 가벼이 여기는 이들.

자기 목숨 귀한 줄 알고 두려워 떨면서도 남을 해하는

것은 아무 일도 아니라고 여기는 이들, 그들은 마땅히 죄를 달게 받아야 할 이들이었다.

당장의 상황도 상황이지만 훗날을 위해서라도 더 이상 손에 인정을 두어서는 안 될 때라는 결심이 선 것이다.

그럼에도 잠시간 망설임이 이는 기분.

귀마노사가 어째서 그토록 출수에 주저함이 없어야 함을 강조했는지 새삼 느낄 수 있었다.

연후의 눈에 다시 한 번 광망이 번뜩였다.

광안이 열리며 쏘아지던 강전의 흐름이 거짓말처럼 느려진 순간이었다.

그때 다시 초연검의 검신이 부르르 떨렸다.

내보내서는 안 될 힘이기 때문인지, 그도 아니면 연후의 마음속에 남은 한 가닥 주저함 때문인지는 알 수 없었지만 초연검을 타고 인 강렬한 화염의 기운은 분명 잠시간 멈칫거렸다.

하나 그것은 그저 찰나와도 같은 순간일 뿐이었다.

초연검을 타고 일렁인 화염지기가 지저의 용암과도 같은 붉은 섬광으로 화하더니 이내 거대한 검의 형상으로 떠올랐다.

세상의 모든 것을 녹여 낼 것만 같은 너무나도 강렬한 열기를 뿜어내는 붉은 섬광의 검!

하나 그것이 끝이 아니었다.

그 검의 형상이 분열하기 시작했다.

용암이 뚝뚝 떨어지듯 검의 형상에서 흘러내린 빛들이 자그마한 물방울처럼 흩어진 것이다.

그리고 그 물방울 같은 섬광들이 사방으로 비산했다.

태양이 터져 나간다면 그러한 광경이 펼쳐질까 하는 느낌이 드는 강렬한 폭발이었다.

슈아아아악!

섬광이 사방으로 비산한 뒤 잠시간 세상이 멈춰 버린 듯한 침묵이 명부당의 장원 전체를 휘감았다.

쇠뇌에서 쏘아진 강전은 그 어디에서도 찾을 수가 없었다.

더불어 장원의 담장 위를 빙 둘렀던 이들 또한 그 자리에 없었다.

있다면 담장에 내걸린 참혹한 시신들뿐!

대전 앞에 서 있던 원원평은 그 자리에 주저앉았다.

혼백이 나가 버린 눈빛으로 덜덜 떠는 원원평.

"아…… 악…… 악귀……."

그의 음성이 연후의 귓가로 전해졌다.

순간 연후의 시선이 장원을 빙 둘러싼 담장으로 향했다.

백여 개의 수박이 터져 나간 듯 뇌수를 뿌린 채 널린 시신들이 담장을 흉측하게 뒤덮고 있었다.

그 광경에 장원 안쪽에 자리하던 이들 중 몇이 오들오

들 떨며 바닥을 기었다.

그런 이들이 하나둘 늘어 갔다.

하나 대부분은 그마저도 할 수 없는지 주저앉거나 혹은 혼절해 버리거나 혹은 선 채로 방뇨를 했다.

그러한 광경을 만들어 낸 연후의 눈가가 한 차례 치떨렸다.

공파탄강의 위력이 만들어 낸 결과 앞에 저도 모르게 오한이 스며든 것이다.

일순간 너무도 복잡한 감정들이 밀려들었다.

그 순간 연후는 잊고 지냈던 이야기 하나를 애써 떠올렸다.

염왕진결을 썼기 때문인지 그도 아니면 악마라는 소리 때문인지는 알 수 없었다.

"강호에 선과 악이 어디 있단 말이냐? 있다면 강자와 약자뿐이다."

백부 금도산의 이야기를 생각하고 또 생각했다.

그렇게라도 하지 않으면 스스로 행한 일들을 납득할 수 없을 것 같다는 생각 때문이었다.

후회하진 않을 것이다.

걸어가야 할 길이라면 주저하지도 않을 것이다.

그것이 지금 자신이 가야 할 길이라 애써 자신을 다잡고 있는 것이다.

그 순간 사다인의 전에 없이 나직한 음성이 연후의 귓가로 전해졌다.

"살인을 한 게 아니라 저들을 살린 거야."

투박한 음성과 눈빛이었지만 이 순간만큼은 그 무엇보다도 위로가 되는 말이었다.

하나 연후는 한동안 아무런 말과 행동도 없이 그 자리를 지켰다.

검마(劍魔)라는 연후의 첫 별호가 세상으로 흩어져 나가기 시작한 날의 일이었다.

또한 이전까지 흑면수라라 칭해지던 사다인의 별호 또한 삼협의 일 이후 벽마(霹魔)라는 칭호로 서서히 바뀌었으며, 이 둘이 무관치 않음을 알고 한데 묶어 신주쌍마(新主雙魔)라 부르기 시작했다.

第六章

곽영

자금성 태화전의 대전 안에 문무백관들이 시립하여 있었다.

　오직 이 하늘 아래 단 한 사람에게만 허락되는 자리에 앉은 황제가 주재하는 어전회의였다.

　지금의 황제에게선 천자의 위용을 찾아볼 순 없었다. 하나 그 자리가 만들어 내는 위엄만은 대단해 그 앞에 감히 고개를 드는 대신은 없었다.

　황제가 침묵하고 또한 대신들마저 침묵하는 시간이 한동안 이어지다 대전 밖의 환관이 가냘픈 목소리를 토했다.

　"하북 도지휘사(都指揮使) 듭시오!"

　젊은 환관의 음성과 함께 갑주를 입은 무관 하나가 당

당한 걸음으로 대전을 가로질렀다.

황좌에 앉아 그 젊은 무관을 바라보는 황제의 눈은 기쁨으로 떨렸고, 좌우에 시립한 대신들은 힐끔거리면서도 감히 고개를 들어 그를 보지 못했다.

누가 뭐라 해도 현재 자금성의 실세 중에 실세가 되어 가고 있는 이가 바로 그 무관이기 때문이었다.

고작 서른 후반이나 되었을 법한 나이, 그 나이에 종이품의 관직을 제수 받고 하북의 도지휘사 자리에 앉았다는 것은 그 이전에는 찾아볼 수 없을 정도의 놀라운 승차였다.

말이 도지휘사지 머잖아 전군의 통수권자인 승천대장군에 봉해질 것이 분명하다는 이가 바로 눈앞의 무관이었다.

그가 황제 앞에 나아가 무릎을 꿇었다.

"신 곽영! 알현을 허락하신 폐하의 성심에 충심으로 감읍하옵니다."

무관의 음성이 쩌렁쩌렁 울리자 황제의 주름진 얼굴에 화색이 돌았다.

"곽 통령! 그 무슨 섭섭한 소리인가. 자네는 언제나 짐의 가장 충실한 수하일세. 짐이 어찌 그대의 청을 외면하겠나."

"하늘과 같으신 마음에 감읍! 또 감읍하옵니다."

무관은 연신 머리를 조아렸고 황제는 참으로 기쁜 웃음

을 지우지 못했다.

"그나저나 어쩐 일인가? 자네가 이런 자리에 참석을 청하다니 꽤나 놀랐네. 천생 무관이니 이쪽 일이라면 질색이지 않았는가?"

황제는 실로 흉허물 없는 태도로 무관을 대했다.

그도 그럴 수밖에 없는 것이 그가 금의위의 수장으로 있을 당시 천금 같은 딸의 목숨을 구했으며, 더 나아가 스승처럼 귀히 여기는 태공공을 지켜 낸 인물이기 때문이었다.

자칫 황실이 강호의 무뢰배들로부터 능멸을 당할 수도 있었던 일, 그의 공은 실로 무엇을 포상해도 아깝지 않을 것이었다.

선황 태조로부터 이어지는 유훈만 없었다면 전군을 동원하여 강호를 말살하고 싶은 심정이 일 정도의 사건.

하나 그것이 쉽지 않은 일임은 당연했다.

당장 북원의 도발이 심상치가 않았다.

장성 쪽이야 든든하다 하지만 옥문과 돈황 인근에서는 심상치 않은 도발이 계속되는 실정이었다.

북원의 무신이라 불리는 이가 이천의 기병을 손수 지휘하여 옥문관을 넘었으니 영락대제 이후 가장 큰 전화라 할 수 있는 일이었다.

꼭 그것 때문이 아니라 해도 북방을 지키는 병력을 중

원으로 내돌릴 수는 없었다.

그것은 더욱 심각한 사태를 초래할 수도 있는 것이다.

중원 곳곳에 수많은 북원의 간세들이 암약하고 있는 실정, 이런 때 장성의 방비가 허술해진 것을 안다면 이천 병력이 아니라 북원의 총공세가 이어질 수도 있는 일인 것이다.

이는 스승이나 진배없는 태공공의 간언이니 틀릴 이유가 없었다.

하니 당장은 강호의 문파들이 필요했다.

관의 영향력이 미치지 못하는 곳을 안정시키는 역할을 그들이 오랫동안 지속해 오고 있는 것만은 분명했기 때문이었다.

황제가 잠시간 그런 복잡한 심경에 고민하자 도지휘사 곽영이 입을 열었다.

"신 이 자리에서 여러 대신들과 폐하께 한 가지 청을 하기 위해 나섰사옵니다."

"그래? 짐 말고 대신들에게까지 일러야 할 청이더냐?"

"그러하옵니다. 이는 대명의 하늘이 영세무궁하기 위한 초석이 될 일이오니 감히 신의 말에 귀 기울여 주시기를 청하나이다."

"공의 말이라면 내 무엇을 주저하리. 어서 용건을 꺼내 보아라."

황제는 흡족해하면서도 조금은 의외라는 생각을 하고 있었다.

더 높은 권력, 더 확실한 자리를 주겠다 하였지만 끝끝내 고사하던 인물이 바로 곽영이었다. 하는 수 없이 하북의 도지휘사사를 맡긴 것.

그런 이가 이렇게까지 청을 하며 대명의 국운을 언급하니 그 이야기가 가볍지 않을 것임을 능히 짐작할 수 있었다.

"대륙의 백성들이 강호의 무뢰배들로 인해 신음하고 있음을 알아주시옵소서."

"……!"

"하루가 멀다 하고 저들이 살겁을 저지르니 도저히 두고 볼 수 없사옵니다. 석 달 전엔 강소, 두 달 전에 삼협, 얼마 전엔 섬서에서 벌어진 일까지 수십, 수백 명이 죽어나갔습니다. 하나 관부란 곳이 진상조사조차 하지 못한 채 사태를 무마시키고 있사옵니다. 이 어찌 통탄하지 않을 수 있겠습니다. 백주에 버젓이 살인을 행하는 이들을 간과한다면 대명의 율법이 바로 설 수는 없는 법입니다. 이는 오직 하나뿐이신 이 땅의 주인을 능멸하는 일이옵니다. 신하된 도리를 떠나 명의 백성으로 도저히 묵과할 수 없사옵니다."

곽영의 울분에 찬 음성이 대전을 울리는 동안 시립한

대신들도 황제의 얼굴도 서서히 일그러질 수밖에 없었다.

그가 무엇을 말하고 있는 것임을 알기 때문이었다.

하나 그것이 어제 오늘의 일이 아니라는 것 역시 잘 알기에 누구도 나서는 이가 없었다.

원이 이 땅을 지배했을 때도 어쩌지 못한 것이 강호무림이었다. 물론 그 이전의 황조들 또한 다르지 않았고.

거기다 원의 패망과 태조의 개국에 그들의 개입이 있었다는 것은 비밀이라고도 할 수 없는 일이었다.

그로 인해 태조는 대명의 율법을 부정하거나 역모에 준하는 일을 벌이지 않는 이상 무림의 일에 간섭 말라는 어지까지 내려놓았다.

패황이라 칭하여지던 영락대제마저 이를 지켰으니 현실적으로 곽영의 말은 불가한 일이나 다름없는 것이다.

때마침 곽영의 입이 다시 열렸다.

"폐하! 저들을 멸살하자는 것이 아니옵니다. 다만 새로운 율령을 세워서라도 그들로 인해 이 땅의 백성들이 더 이상 억울한 일을 당하지 않게 해야 한다는 것이옵니다. 감히 불충을 각오하고 아뢰옵건대 그것이 이 땅 모든 백성의 어버이이신 폐하의 일이라 생각하옵니다."

쿵!

피가 나도록 자신의 이마를 바닥에 찍는 곽영.

그 충절 어린 모습에 대신들은 물론 황제마저 감복하지

않을 수가 없었다.

"어허! 곽 통령은 고개를 들어 짐을 보라. 내가 백성의 어버이라면 곽 통령이야말로 그들을 지키는 검이지 않느냐! 그런 검이 상한다면 그것이야말로 불충이니라."

"망극! 망극하옵니다."

연이어진 곽영의 대례에 황제의 얼굴에 서린 흐뭇함은 가실 길이 없었다.

하나 흐뭇함과 달리 그가 꺼낸 사안은 결코 가볍지 않음 또한 알고 있었다.

"짐이 묻노니 곽 통령은 그에 대한 대안을 지니고 있는가?"

"어찌 그를 생각지 않고 이 자리를 찾았겠사옵니까?"

"오오! 고하라. 태조 폐하의 뜻에 반하지 않는다면 짐은 그대에게 뜻을 펼칠 기회를 줄 것이니라."

황제는 몸을 세운 채 더없이 근엄한 음성을 내뱉었다.

망국의 기조가 서리게 했다는 평을 받는 당대의 황제였으나 그 역시 대명의 천자였다.

천하를 향한 눈과 귀가 모두 가려진 채 자라지 않았다면, 또한 그 모든 것을 철저히 통제하는 태공공이란 존재만 없었다면 능히 성군의 치세가 가능한 이가 바로 당금의 황제였다.

그때 다시 곽영이 입을 열었다.

"바라옵건대 관제의 재편을 윤허해 주시옵소서."

너무나 뜻하지 않은 말이었기에 대신들은 물론 황제 또한 잠시간 당황한 얼굴이었다.

관제의 재편이란 말이 너무나 광범위한 것이기도 했지만 그것이 무림의 일과 어찌 관련 있는지 납득하는 이가 없었기 때문이었다.

"각 성의 제형안찰사사 아래 새로운 부(府)를 만들고자 하는 것이 신의 뜻이옵니다."

곽영의 말이 연이어졌으나 오히려 대신들의 표정은 더욱 짙은 의문만이 가득했다.

황제마저 그 뜻을 이해하지 못하여 고개를 갸웃거렸다.

"지금 부(府)라 하였느냐?"

황제의 의문은 당연한 것일 수밖에 없었다.

부라는 것은 본래 각 성 아래 존재하는 행정 구역의 개념이었다. 크기에 따라 각기 상중하 등급으로 나뉘며 종사품에 해당하는 지부대인의 관할 아래 놓이는 것이 바로 부였다.

더구나 그 부는 안찰사사가 아닌 포정사사의 관할이었다.

안찰사사는 각 성의 형(刑)과 옥(獄)을 주관하는 곳이고 승선포정사사는 실질적으로 백성들의 삶을 관장하는 기구였다.

그 때문에 포정사는 종이품, 안찰사는 종삼품의 관직을 제수 받는 것이며, 이와는 별도로 곽영과 같은 도지휘사가 각 성의 군권을 통수하며 포정사와 동급인 종이품의 관직을 제수 받았다.

어찌 보면 참으로 복잡한 관제였지만 이를 통해 지방의 균형이 유지될 수 있으며 한 사람에게 권력이 집중되는 것을 막으니 반란을 미연에 방지하고 효율적으로 대륙을 지배할 수 있는 기반이 되는 것이다.

곽영은 그런 관제를 바꾸자고 하는 것이다.

그것도 이전까지 없던 지부를 세우자는 것인데 본래의 행정 구역을 나누자는 말과는 달라 보여 언뜻 이해하기가 힘들었으며, 거기다 그런 지부를 안찰사 아래 두자는 말은 더더욱 이해하기가 힘든 말이었다.

"신이 만들고자 하는 것은 무림지부를 이르는 것이옵니다. 그들 또한 폐하의 땅을 밟고 선 이들, 그들을 지부라는 이름으로 통솔할 수 있다면 오늘날과 같은 폐단은 결단코 일지 않을 것이옵니다."

곽영의 음성이 대전을 울리자 각양각색의 반응들이 흘러나왔다.

말도 안 되는 소리라는 눈빛, 그것이 가능하냐는 의문, 그저 앞뒤 재지 않고 반기는 얼굴까지 그 반응은 그야말로 천차만별이었다.

하나 그들 중 누구도 나설 수는 없었다.

어전회의라 하나 황상과 독대하는 것처럼 이어지는 대화 중이니 감히 끼어들 수가 없는 것이다.

"그들이 과연 짐의 슬하로 들어오려 하겠느냐?"

황제의 질문에 곽영은 일말의 망설임도 없이 답했다.

"송구하오나 어렵사옵니다."

너무도 단호하여 오히려 어안을 벙벙하게 만드는 말이었다.

그렇다면 뭐 하러 이런 이야기를 꺼내는가 하는 표정들.

"그것만이라면 어렵다는 뜻이옵니다. 지부대인의 관직이라 해야 종사품일 뿐입니다. 그것으로 저들이 만족하지도 않을 것이며, 그 이상의 힘이 주어진다면 자칫 품 안의 비수가 될 수 있는 이들이 그들이옵니다."

"한데 어찌?"

"신과 같은 지휘사가 승천대장군의 뜻을 거스를 수 없는 것처럼 종사품에 제수된 무림인들 또한 한 명의 무림인 아래 통제될 수 있다면 다를 것이라 사료되옵니다."

"⋯⋯!"

"명예라는 허울이 가득한 이가 강호무림인들이니 그 정점에 설 수 있는 이를 황상께서 친히 무림왕에 봉작한다면 그들은 움직일 수밖에 없을 것입니다."

곽영의 말에 대신들이 술렁이기 시작했다.

황제의 친족들 중에서도 봉작을 받아 왕의 칭호를 받는 이는 매우 드물었다.

하나 왕에 봉작되어진 이들의 권세는 관제로 잴 수 없는 무소불위의 힘을 지녔다.

그런 정도의 힘을 지닌 봉작을 내린다면 강호인들 또한 동요하지 않을까 하는 생각이었다.

곽영의 이야기가 영 허무맹랑한 이야기만은 아님을 느끼고 있었다.

한데 황제가 먼저 의문을 표했다.

"누군가에게 권세까지 더해진다면 더욱 다른 뜻을 품을 수도 있지 않느냐?"

"그 권세가 누구로부터 나오는 것인지 안다면 결코 헛꿈을 꿀 수 없을 것이옵니다. 폐하와 대명을 부정하는 무림왕이라면 관의 힘을 동원할 것도 없이 그들 스스로 끌어내릴 것이옵니다."

곽영의 대답에 황제 역시 고개를 끄덕였다.

하나 그렇다고 해도 과연 말처럼 그런 일들이 가능한 일일까 하는 의문을 전부 지워 낼 수는 없었다.

그런 분위기가 이어질 즈음 곽영의 나직한 음성이 다시 흘러나왔다.

"이 일이 단번에 가능하단 생각은 아니옵니다. 먼저 이를 위해 각 성에 무림지부를 열고 그곳의 주인을 정하는 무림대회를 열어야 합니다. 처음엔 미온적일 것이 틀림없으나 결국은 나서지 않을 수 없을 것이옵니다. 종사품의 관직 때문이 아니라 혹시 불이익이 닥칠지도 모른다는 위기감 때문입니다. 그것이 무림인들의 특성입니다. 모두가 야합하여 출전을 불허한다 해도 누군가는 나설 것이며 이로 인해 결국 보다 강한 이들이 몰려들 수밖에 없습니다."

곽영의 음성은 점점 더 확신을 담았고 듣는 이들의 고개를 절로 끄덕이게 했다.

황제는 물론이요 대신들마저 그 같은 일들이 정말로 가능할 것이라는 생각을 하게 만들었다.

이에 쐐기를 박듯 곽영의 음성이 고조되었다.

"신은 그들을 부정하려는 것이 아닙니다. 그들의 강함을 양지로 이끌어 폐하의 성총 아래 놓아 두고 싶은 것입니다. 그렇게 뽑힌 무림지부의 수장과 무림왕은 폐하의 신하이옵니다. 강호인들이 부정한다 해도 감히 폐하의 신하를 향해 검을 들 수는 없을 것입니다. 그런 일이 벌어진다면 이는 대명을 부정하며, 봉작을 내리신 폐하를 부정하는 일! 그것이 역도가 아니면 무엇이겠습니까? 역도를 베는 일은 결코 태조 폐하의 뜻을 거스르는 것이 아니옵니다. 그런 이들을 향해서라면 이 곽영, 검을 빼는 것을 주저하지 않겠사옵니다."

곽영의 예상치 못한 말에 소름이 돋지 않은 이들이 없었다.

그가 진정으로 원하는 것이 무엇인지 말미에서야 비로소 확연히 깨달았기 때문이었다.

"하하하하하하하! 과연 충신이로다. 과연 곽영이로다. 하하하하하! 어찌 되어도 저들이 짐의 그늘 아래로 들어올 수밖에 없다는 말이로구나!"

황제의 대소가 터져 나왔고 그것으로 대신들의 뜻도 한데 모일 수 있었다.

어찌해도 손해가 나지 않는 계획이 분명했다.

종사품의 무림지부대인을 뽑는다.

명분은 무림인들로 인한 백성들의 피해를 막는다는 취지였다. 그 지부가 각 성의 무림 문파와 무림인들의 형옥을 통제한다.

그들 지부로 뽑힌 이들 중에서 다시 무림왕을 뽑아 각 무림지부를 통솔한다면 전 대륙의 무림인들이 관의 영향력 아래 존재할 수 있다는 것이다.

물론 쉬 따르지 않을 것이 분명했다.

하나 그런 이들을 무림왕의 이름으로 단죄한다면 필연적으로 마찰이 일 것이고, 이는 바로 대명 천자의 봉작을 부정하는 것이나 다름없었다.

황군이 움직일 수 있는 합당한 명분이 되는 것이다.

곽영이 주창하는 것은 어찌 되어도 실패할 일이 없는
방도였다.

하니 망설일 이유가 없었다.

회의에 참석한 대신들 또한 강호무림에 대한 막연한 두
려움을 지니지 않은 이가 없으니 중지가 모이는 것은 순
식간이었다.

그렇게 어전회의가 막을 내렸다.

*　　　*　　　*

어전회의를 끝낸 곽영은 무표정한 얼굴로 걸음을 옮겼
다.

그는 건청궁으로 향했다. 수많은 동창의 고수들이 건천
궁을 철통같이 호위하고 있었으나 누구 하나 곽영을 제지
하지 않았다.

그는 망설임 없이 궁 안으로 들어가 가장 깊숙한 곳에
자리한 내실 앞에 섰다.

"곽영이옵니다."

무뚝뚝하게 이어지는 그의 음성에 밀실 안에서 더없이
반가운 음성이 이어졌다.

"오오! 왔느냐! 들라."

반가움이 가득하나 소름이 돋지 않을 수 없을 정도로

기괴한 음성이었다.

노인의 것인지 여인의 것인지 아니면 아이의 것인지도 구분되지 않는 음성.

하나 곽영은 주저하지 않고 내실 안에 들어선 뒤 음성의 주인 앞에 부복했다.

"만세! 만세! 만만세! 태공공을 뵈옵니다."

황제 앞에서도 하지 않았던 배례를 취한 곽영, 그 모습 또한 어전 회의 때와는 사뭇 달랐다.

딱히 무어라 할 수는 없지만 어딘지 가벼워 보이는 느낌이었다.

그런 곽영을 보는 태공공의 얼굴엔 더없는 흡족함이 서렸다.

"그래, 갔던 일은?"

"공공의 뜻대로 되었사옵니다."

"크호호호홋! 과연, 진정으로 믿을 만한 이는 너 하나로구나."

"소인이 무엇을 알겠사옵니까? 모두가 공공의 안배 때문이옵니다."

그렇게 입을 여는 곽영은 역시나 조금은 가벼워 보였다.

그렇다고 태가 날 정도는 아니었으나 태공공은 그것이 본래의 곽영이라 전혀 의심치 않는 눈치였다.

"그래. 그래. 고생했다. 늙는구나. 늙어. 너라면 내가 가진 천하를 물려주어도 좋을 것이라 생각하니……."

"황망한 말씀 거두어 주시옵소서."

"크흘흘흘! 한 번 고생을 하고 나니 피붙이가 없는 것이 아쉽다는 생각이야. 영아! 내 너를 남으로 여기지 않는다."

태공공의 자글자글한 주름 속에 파묻힌 새까만 눈동자가 전에 없이 번들거렸다.

흰자위가 보이지 않아 소름 끼치도록 두려운 느낌을 주는 눈빛이 곽영을 향한 것이다.

곽영은 그 눈을 마주하며 다시금 머리를 조아렸다.

"감당하기 어렵사옵니다. 소인은 그저 공공을 모시는 것만으로도 족하옵니다."

"그래. 그래. 처음 나를 찾아온 날부터 그러했지. 너는 욕심이 없어서 좋아. 음사 저 녀석이랑은 참으로 달라."

"……."

"할 일이 많을 터이니 오래 붙잡고 있진 않으마."

"부르신다면 언제든지 달려오겠습니다."

"흘흘흘흘! 듣는 것만으로도 귀가 즐겁구나. 하나 걱정 말거라. 지난 일이 오히려 도움이 되었어. 이제 하늘마저 본 공공의 의지를 막을 수 없게 되었으니……."

전에 없이 비릿한 음성을 내뱉는 늙은 환관!

순간 자글자글하던 얼굴의 주름이 거짓말처럼 사라지기 시작했다.

그렇게 노환관의 모습에서 점점 더 젊어지는 태공공의 모습은 누구라도 기경하지 않을 수 없는 것이었다.

마주한 곽영 역시나 눈가가 미미하게 떨릴 지경.

하나 그는 다시금 머리를 조아릴 뿐이었다.

"대공을 이루신 것을 감축 드리옵니다."

"크하하하하핫! 암. 감축 받아야지. 감축 받아야 하고말고. 무림왕으로 봉한 이를 꺾어 본 공의 존재를 만천하에 알릴 것이다. 천하의 모두가 나를 우러를 것이며 그 옆에 네가 설 수 있을 것이다."

태공공의 음성은 그렇게 하염없는 공력을 품은 채 내실을 울려 갔다.

하나 태공공은 알지 못했다.

머리를 조아리고 있는 곽영의 눈빛이 전에 없이 무덤덤하게 변해 있다는 것을.

*　　　*　　　*

자금성 내 봉명궁.

그곳의 주인인 자운공주의 표정은 전에 없이 떨리고 있었다.

마주하고 있는 시비의 전언 때문이었다.

커다란 눈망울에 불신이 어른거리는 자운공주의 눈빛.

"대체 곽영, 그자는 무슨 일을 꾸미는 것입니까?"

기이하게도 자운공주는 마주한 시비에게 존칭을 하고 있었다.

상궁이라 해도 하대가 나오는 것이 자연스러울진대 시비의 나이는 고작 서른 전후로 보였다.

그것은 분명 기이한 일인 것이다.

한데 시비의 음성 또한 범상한 것은 아니었다.

"마마님! 다른 생각은 하지 마세요. 당분간은 저들의 움직임을 주목하며 힘을 기르는 것이 우선입니다."

그저 평범한 시비라 하기엔 현기가 가득한 음성이었고 얼굴 또한 참으로 고우면서 그 눈빛이 맑았다.

그런 시비를 향해 자운공주가 조심스레 입을 열었다.

"제게 진 법사님이 계셔서 얼마나 다행인지 모르겠어요."

시비를 향해 더없이 고마움을 표하는 자운공주, 하나 진 법사라 불린 시비는 더욱 화사한 웃음을 표했다.

"공주 마마 곁에는 저만 있는 것이 아닙니다. 제가 모산 법술의 전인이긴 하나 저의 동료들은 저보다 뛰어난 분들입니다. 또한 소가주님이야말로 진정한 잠룡이니, 그분이 눈을 뜨는 날 저들의 간계도 종지부를 찍을 수밖에 없을 것입니다."

여인의 말에 자운공주는 희미하게 웃을 수가 있었다.

그러면서도 얼굴에 드리운 미안함을 지울 수가 없었다.

"죄송해요. 모든 것이 저의 조급함 때문이니……."

"그런 말씀 마십시오. 본가의 일은 충분히 예견되었던 일입니다. 다만 곽영이란 자의 검이 그 정도일 줄 몰랐던 것이 천추의 한이 될 뿐입니다."

"죄송해요. 정말…… 정말로……."

"어이해서 또다시 약한 모습을 보이십니까?"

진 법사란 시비의 위로에도 불구하고 자운공주의 떨림은 쉬 멈추지 않았다.

그런 공주의 모습에 무언가를 짐작한 듯 진 법사란 시비가 입가에 미소를 지었다.

"북원의 일 때문이십니까?"

그녀의 말에 자운공주가 흠칫하는 기색이었다.

"알고 계셨습니까?"

"어찌 모르겠습니까? 시비들이 모이면 하는 말이 온통 그것뿐인데. 하나 걱정하시는 일은 벌어지지 않을 것이에요."

"법사님은 모르세요. 아바마마께서도 이번만은 어쩔 수가 없을 거예요. 저 또한 더 이상 불충할 수는 없는 입장이니……."

자운공주의 체념한 듯한 음성이 흘러나왔고 급기야 맑고 커다란 눈에 눈물마저 고였다.

주르륵하고 눈물이 흘러내릴 것만 같은 그녀의 모습은 참으로 가련했지만 더할 수 없는 기품과 아름다움이 서려 있었다.

그런 공주의 모습에도 불구하고 진 법사란 시비 여인은 묘한 웃음을 지우지 않았다.

"북원으로 가야 하기에 흘리는 눈물이신지, 그도 아니면 소가주를 떠나야 하기에 눈물이 맺힌 것인지 참으로 궁금합니다."

심각한 상황과 다르게 농이 섞인 음성에 자운공주가 얼굴을 붉혔다.

"진 법사님!"

당황하면서도 조금은 화가 난 듯한 음성, 하지만 마주한 시비 여인은 전에 없이 확신에 찬 어조를 내비쳤다.

"소가주께서 제게 내린 명입니다. 출관하시기까지 마마를 모시라고. 천녀 진월이 익힌 모산의 법술은 결코 약하지 않습니다. 마마의 근심을 덜어 드리지요."

순간 진월이라 밝힌 시비 여인의 전신에서 기묘한 바람이 일었다.

그와 동시에 소매 사이로 수십 장의 부적이 둥실 떠오르더니 그녀의 전신을 휘감아갔다.

슈악!

그중 한 장의 부적이 자운공주를 향해 날아들었고, 또 다른 수십 장의 부적들은 진월이란 여인의 전신에 들러붙었다.

화아악!

그 순간 노란 바탕 위를 가득 메운 핏빛 범문들이 강렬한 빛을 뿜어냈다.

그렇게 한 차례 번뜩이던 빛이 사라지고 난 뒤 자운공주의 커다란 눈망울은 더욱 크게 떠졌다.

"아……."

저도 모르게 흘러나온 음성.

마주한 시비 여인의 모습을 확인하였기에 탄성을 내뱉지 않을 수가 없었다.

시비 여인의 얼굴은 동경 속의 자신과 같았다.

또 하나의 자신이 눈앞에 있는 모습을 보았으니 어찌 놀라지 않았겠는가.

그렇게 완벽히 자운공주의 모습으로 변한 진월이란 법사가 입을 열었다.

"이제 아시겠지요? 북원으로 간다 해도 제가 갑니다. 마마님께선 소가주의 곁을 지켜 주시면 될 것입니다. 이제 멀지 않았습니다. 곧 소가주께서 출관하실 것이니 마마께선 지금처럼만 계시면 되옵니다. 물론 마마께서 그것을 원하신다면 말입니다."

진 법사의 음성에 저도 모르게 다시 한 번 얼굴이 붉어지는 자운공주였다.

삼 년 전 봉명궁의 지하로 들어설 때 이후 얼굴 한 번 보지 못한 이가 바로 단목강이었다.

하나 얼굴을 대할 수 없다 할 뿐 밀실의 석문을 사이에 두고 매일처럼 그와 나누는 대화는 지금의 그녀를 지탱해 주는 유일한 위안이었다.

"오늘도 손수 내려가시겠지요? 식사를 준비해 오겠습니다."

눈앞의 진 법사는 어느새 시비의 모습으로 변해 입가에 미소를 머금고 있었다.

그제야 자운공주 역시 미소 지을 수 있었다.

"부탁해요."

그녀는 더 이상 부끄러워하지 않았다.

다만 여전히 자신을 공주로 대하며 좀처럼 가로막고 있는 벽을 허물지 않는 그가 야속하다는 생각을 지울 수 없을 뿐이었다.

* * *

도지휘사사 아래 있는 정병의 수만 해도 오천이었다.

그러한 병력이 주둔하는 곳이 평범한 장원일 수는 없는 터.

곽영이 자금성을 벗어나 이른 곳은 북경의 서쪽 끝에 위치한 소오태산이었다.

하북성의 지휘사가 거하는 곳이 바로 그곳 소오태산의 병영이었다.

하나 그곳에는 오천의 병력만 있는 것이 아니었다.

다른 도지휘사사와는 달리 하북성에는 북경이 있고 또 그 안에는 자금성이 있었다.

하북성의 도지휘사사는 그 자금성의 방비까지 겸하고 있으며 어림천위군이라 불리는 금군의 최정예 이만을 통솔하는 것까지 그의 소관이었다.

승천대장군 아래 직급인 북방대장군과 더불어 군부의 최고 수뇌라 할 수 있는 것이 바로 하북성의 도지휘사인 것이다.

곽영이 병영에 들어서자 창검을 세운 수많은 병력들이 일제히 연무를 멈추었다.

곽영은 그런 이들을 말없이 지나쳤고 그가 지나가자 다시금 정병들의 우렁찬 기합이 병영을 채우기 시작했다.

금의위의 수장에서 도지휘사가 된 것이 고작 일 년 반 남짓인데, 그사이 소오태산의 병영이 완전히 그의 것이 되었다는 느낌이 들 정도였다.

아울러 여전히 자금성 내 금의위가 그를 하늘처럼 믿고 따르니 대내제일고수라는 그의 위명과 더불어 곽영이 지닌 힘과 세력은 그야말로 막강하다고 할 수 있는 것이었다.

또한 그런 곽영이 태공공의 수족이라는 것은 아직까진 은밀하게 떠도는 이야기일 뿐이었다.

그렇게 병영으로 들어선 곽영은 자신의 거처로 사용하는 전각으로 향했다.

평소 그의 성품을 보여 주기라도 하듯 웅장한 전각 안은 의외로 썰렁했다.

전임자는 어떨지 모르나 그는 대전 안쪽을 아예 연무장처럼 만들어 놓고, 그 한편에 딸린 내실만을 자신의 거처로 이용했다.

그렇게 내실로 들어선 곽영이 한순간 멈칫했다.

예상치 못한 이를 발견하기라도 한 듯 전에 없이 놀란 눈빛이었다.

하나 그 놀람의 눈빛은 어느새 잔잔한 떨림으로 변했다.

또한 그 떨림 속에 한없는 동경과 존경이 있음은 누구라도 알아볼 수 있을 정도였다.

황제 앞에서도 또한 태공공 앞에서도 결단코 보여 주지 않았던 눈빛.

"대인!"

역시나 나직하지만 놀라움을 지우지 못한 음성.

무슨 대단한 예를 취한 것도 아니고 그저 내실 안에 자리하고 있는 중년인을 부른 것이 전부였다.

순간 중년인의 너무나도 깊은 눈이 곽영의 모든 것을 훑고 지나가는 것처럼 보였다.

그 후 이어지는 중년인의 음성.

"좋아 보이는구나."

참으로 맑고 청아하게 이어지는 음성이었다.

그러한 한마디 말에 곽영은 이전까지 한 번도 보지 못한 미소를 머금었다.

"감사합니다."

곽영은 그렇게 말했다.

"내게 감사할 것이 무엇이더냐?"

"제 목숨을 귀히 여겨 주신 것. 오늘날의 저를 있게 해 주신 모든 것을 감사드립니다."

곽영은 진심이었다.

아니, 눈앞의 중년인에게는 일말의 거짓도 통용되지 않음을 너무나 잘 알고 있는 것이 바로 곽영이란 사내였다.

이만의 정병이 주둔하는 병영 안으로 소리 소문 없이 들어올 수 있는 존재, 세상은 그를 알지 못하지만 곽영만은 알고 있었다.

때마침 중년인의 음성이 들려왔다.

"네게 모진 일을 시키는 날 이해할 수 있겠더냐?"

중년인에게서 이어진 나직한 물음, 곽영 또한 더없이 조심스러웠다.

"저는 감히 대인을 이해할 수 없습니다. 어찌 감히 저같이 하찮은 이가 대인을 이해하고 말고 할 수 있겠습니까."

"네가 보는 나는 어떠할지 모르겠지만 나는 아직도 부족하다. 그래서 더욱 많은 것을 보려 하고 더욱 많은 것을 알기 위해 노력한다."

"대인이 부족하다면 저 같은 이는 무엇이란 말입니까? 제 평생은 오직 대인을 향해 나아가는 것뿐입니다."

"그래. 그것이 너를 죽일 수 없게 했다. 너의 그 마음이……."

"……."

"영! 나는 너를 용서하지 않았다. 너로 인해 내 여인이 죽었음을 어찌 지울 수 있겠느냐. 내 세상 누구에게도 함부로 말하지 않으나 너와 중살이란 이들에게만은 공경할 수 없는 것은 모두 그 때문이다. 그런 내가 어찌 부족하지 않겠느냐?"

"송구합니다. 원하신다면 언제든지 가져가실 수 있는 목숨입니다."

"아니다. 너를 안다. 너야말로 부족하지 않은 무인이다. 너보다 강한 이가 몇 있음을 알지만 그들은 너와 다르다. 종국엔 네가 그들을 넘을 것이다."

"감당키 어려운 말씀입니다. 하나 대인을 제외하고 누가 제 앞에 있을 수 있는지 궁금합니다."

"하하하하. 나는 이래서 네가 좋다. 나조차도 때때로 이는 호승심마저 없는 네가…… 무를 대하는 너에게는 참으로 맑음만이 보이는구나."

"……"

"한 분은 내 의형이시고 한 분은 네가 알지 못하는 이인이시다."

중년 사내의 말에 곽영의 눈동자가 나직하게 떨렸다.

그의 의형이 누구인지 알기에 이는 의문 하나와 자신이 알지 못하는 이인이 있다는 것까지 못내 가슴을 설레게 하는 일이었다.

"대인처럼 까마득하옵니까?"

"글쎄다. 공의 경지를 나누는 것이 의미가 없음을 너도 알 터. 다만 아직은 네가 두 분에 못 미친다는 것을 알 수 있을 뿐이다."

중년 사내의 말에 곽영은 고개를 끄덕였다.

한 점의 의문을 지니지 않은 채 그 말을 받아들인 것이다.

도왕 금도산이라면 이미 한 차례 검을 섞었던 적이 있었다. 분명 강하지만 따로 유념할 필요가 없다 생각했던 자였다.

검륜쌍절 정도, 좀 더 나아간다 해도 불성이나 일공 이상일 것이라곤 생각되지 않았다.

물론 대단한 경지인 것이 분명했다.

최선을 다한다 해도 쉽게 이길 수 없는 무인들, 하나 곽영은 그들을 이기는 것이 목적이 아니었다.

다만 그 경지를 넘으면 무엇이 있는지가 궁금할 뿐이었다.

하나 이젠 그곳에 무엇이 있는지 눈앞의 사내를 통해 알게 되었으니 그들을 이긴다는 것은 아무런 의미가 없는 일인 것이다.

"우선은 그 두 분을 넘어 대인께 다가가겠습니다. 부디 길을 일러 주십시오."

곽영의 음성은 나직했지만 그 안에는 간절함이 담겨 있었다.

영원히 그 뒤를 따를 수밖에 없는 존재.

그렇기에 평생을 모신다 해도 후회하지 않을 수 있는 존재가 바로 눈앞의 중년 사내 유기문이라 생각했다.

"해 줄 말이 없다. 스스로 나아갈 수밖에 없는 벽 앞에 섰으니."

"······."

"다만 하나. 근자에 들어 자그마한 것을 하나 알았는데 대부분의 무학들이 극에 이르면 대동소이하다는 것이다. 만류귀종이라 하지만 나는 그 말이 틀렸다 여긴다. 강한 것은 다르다. 극에 이르러도 같지 않은 것, 무는 그 같은 이들에게 극을 넘을 길을 허락하느니라."

유기문의 말에 곽영의 눈에 급격히 떨렸다.

알 듯 말 듯한 무언, 하나 그러면서도 너무나도 막연하게 느껴지기는 말이기에 더욱 간절해질 수밖에 없는 마음이었다.

이제껏 그가 던진 화두를 하나씩 넘으며 지금에 이르렀기에 결코 흘려들을 수 없었다.

그때 다시 유기문의 음성이 묘한 울림을 담고 곽영의 귓가로 파고들었다.

"조급해하지 말거라. 세상의 이치란 참으로 오묘해서 네게 그 길을 보여 줄 이가 언젠가는 나타나기 마련이니라."

순간 곽영의 낯빛이 굳어졌다.

"대인이 아니고서야 누가 있어······."

"내 말하지 않았더냐. 세상의 이치란 오묘하다고. 천지안의 모든 것이 음과 양으로 나뉘는 것처럼 사람에겐 저마다의 인연들이 있는 것이다. 너는 네 인연을 통해 그 길을 보게 될 것이고 나 또한 그런 이들 만나게 될 것이다."

곽영은 도저히 믿을 수 없다는 얼굴이었다.

자신이야 그렇다 쳐도 눈앞의 이 거대한 존재에게 무언가를 깨우쳐 줄 수 있는 이가 있을 것이라곤 상상조차 할 수 없었다.

"음양이 나뉘기 전 일원이 존재하나 일원은 영원토록 존재치 못하고 또다시 음양으로 나뉜다. 세상은 이처럼 한 사람에게 영원을 허락지 않는다. 내가 역천을 꿈꾸니 어딘가에 이를 바로잡기 위한 이가 세워지는 것이 천하의 이치인 것이다."

"……."

"피를 묻히고 나니 느껴지는 것들이 있었다. 마땅히 두려워해야 할 존재들이 세상 속에 있음을 말이다."

곽영은 도저히 믿을 수 없다는 듯 눈을 치켜떴다.

그렇게 유기문의 모습을 확인하며 곽영은 알 수 없는 안도감을 느꼈다.

두려워해야 한다고 말하고 있으면서도 일말의 두려움을 찾을 수 없는 눈빛이었다.

아무리 그의 말이라고 해도 이번만은 거짓일 것이라고 생각했다.

환우오천존과 삼종불기가 전부 살아 돌아온다 해도 이 사내를 두렵게 할 수 없다는 것을 확신하기 때문이었다.

하물며 지금 세상에 이 사내를 두렵게 할 존재가 하나도 아니고 여럿이라는 말은 도저히 믿을 수가 없었다.

아니 믿고 싶지 않은 것일지도 몰랐다.

그것이 진실이라면 어쩌면 그곳을 향해 나아가고자 하는 의지마저 꺾일지 모른다는 생각 때문이었다.

그런 것을 아는지 모르는지 유기문은 한동안 말없이 없었다.

늘 그렇듯 심연을 헤매는 듯한 너무나도 깊은 눈빛을 한 채 그렇게 무언가 깊은 상념에 빠진 모습이었다.

第七章

강림(降臨)

흙먼지를 잔뜩 뒤집어쓴 마차 한 대가 가욕관을 향해 들어섰다.

　가욕관은 감숙의 북쪽 끝이라 할 수 있는 기련산과 맞닿아 있는 도시이면서 중원으로 들어오는 관문이나 다름없었다.

　가욕관에서 북서로 향하면 돈황과 옥문관이 있지만 북원의 발호로 폐허가 되어 버린 것이다.

　그 때문에 병영 역시 가욕관에 주둔하고 있었다.

　그것이 불과 넉 달 전에 벌어진 일이니 가욕관의 관문을 지키는 병사들의 눈빛이 살벌한 것은 어쩔 수가 없는 일이었다.

그런 이유로 근자에는 서역을 내왕하는 상단을 찾아볼 수가 없는 실정이었다.

그나마 사단이 벌어지기 전에 떠났던 이들이 이따금 피폐한 몰골로 드문드문 가욕관을 넘을 뿐이었다.

그도 그럴 것이 옥문관과 돈황이 폐허가 되었다는 것을 모른 채 사막과 초원을 가로지른 이들이 거기서 다시 이곳 가욕관까지 거의 굶다시피 하며 이동해야 했으니 그 몰골이 정상이면 오히려 이상한 일인 것이다.

그렇게 들어오는 상인들 중에 심심치 않게 북원의 간세들마저 숨어들고 있으니 어찌 관문의 경계를 소홀히 하겠는가.

가뜩이나 도발을 주도하는 북원의 기마병들이 악독하기로 소문난 삼황자의 군대이며 그들 사이에 초원의 푸른 늑대라 칭하여지는 북원의 무신까지 있으니 더더욱 방심할 수가 없었다.

특히나 그들의 수괴인 북원의 삼황자는 모든 병사들에게 증오의 대상이었다.

그는 사내라면 아이고 어른이고 할 것 없이 살려 두는 법이 없었다. 그뿐 아니라 중원의 여인이라면 눈을 뒤집힐 정도로 좋아해 부하들과 윤간을 한 뒤 간살마저 서슴지 않는 이였다.

또한 그것을 자랑 삼듯 죽은 여인마저 욕보이길 서슴지

않는 것이다.

보름 전엔 옥문에서 생포된 여인들을 죽인 뒤 그녀들의 음부에 창두를 꽂아 가욕관으로 보내온 인물이 바로 삼황자이니 어찌 그를 증오하지 않을 수 있겠는가.

그런 삼황자에 대한 적개심 때문에라도 가욕관의 경비는 더욱더 삼엄할 수밖에 없었다.

내왕이 거의 없으니 관문이 닫혀 있는 것 역시 당연한 일, 마차는 그렇게 거대한 성문 앞에 멈출 수밖에 없었다.

때마침 성벽 위에서 날카로운 음성이 들려왔다.

"웬 놈들이냐! 모두 마실 밖으로 나서거라."

관문의 경비를 담당하는 소초장의 눈빛은 음성만큼이나 날카로웠다.

하급 무관으로 보이지만 눈빛만은 여느 장수에 비할 바 없이 강렬했다.

그 뒤에 창대를 세운 십여 명의 병사들 또한 의심이 가득한 눈빛으로 경계를 늦추지 않았다.

그도 그럴 수밖에 없는 것이 이전까지의 상단들에 비하자면 마차의 상태나 마부석의 사내 모습이 너무나 멀쩡했기 때문이었다.

평범한 이들이라면 저런 모습일 수는 없다고 생각했다.

하나 소초장의 으름장에도 마부석에 앉은 사내는 잠시 간 난처한 눈빛을 내비쳤을 뿐이었다.

때마침 마실이 열리며 젊은 사내 한 명이 나섰다.

그는 내리자마자 늘어지게 하품을 하며 기지개부터 폈다.

"아아아합! 벌써 도착했어요?"

젊은 사내의 말에 마부석의 사내가 불만 어린 표정으로 입을 열었다.

"벌써라니요. 덕분에 얼마나 고생했는지 잊으신 것입니까? 차라리 천산이나 곤륜을 넘는 것이 나았지……."

"하하하! 뭐 지난 일 가지고 그래. 누가 그런 놈들이 있을 줄 알았겠냐고? 대주 아저씨도 보면 은근히 뒤끝이 있어."

"혁 공자! 놈들이 언제 따라붙을지 모릅니다. 아가씬 그렇다 쳐도 주모님께서도 벌써 한계십니다."

"참 나. 알았다고."

그렇게 티격태격 대화를 나누는 두 사람은 단목세가 음자대의 대주 암천과 혁무린이었다.

탑리목을 출발해 북으로 향한 것까진 좋았다.

용화부인에게 천산이나 곤륜을 넘는 것은 무리라는 것을 잘 알기 때문이었다.

한데 오로목제에서부터 문제가 생겼다.

수시로 출몰하는 북원의 기병들과 마찰을 빚기 시작한 것이다.

물론 대단한 충돌이랄 것도 없었다.

무엇을 어찌한 것인지는 모르나 혁무린이 나서기만 하면 그 드세다는 북원의 병사들이 넋이 빠져 버리기 때문이었다.

그 뒤로도 추적대가 따로 붙는 것도 아니었으니 마주치는 이들만 피하면 되는 길이었다.

비록 그로 인해 시일이 걸리기는 했으나 적어도 옥문관까진 별 탈 없이 도착할 수 있었다.

문제는 옥문관과 돈황에 깔린 기병들이었다.

한데 모으면 이천을 넘길 정도로 어마어마한 숫자였다.

조심에 조심을 더한다 해도 마주치지 않을 수가 없었다.

한데 그때부터 혁무린의 태도가 돌변한 것이다.

실전 기회가 왔다며 단목연화를 그들 앞에 내세워 버린 것이다.

물론 이천의 기병 전부와 한꺼번에 싸운 것은 아니었다.

적게는 오십. 많게는 이백까지 몰려다니는 북원의 병사들과 서너 차례 마찰을 빚으며 이곳까지 이른 것이다.

그사이 단목연화는 탈진해 버렸고 암천 또한 부지런히 그녀를 지키기 위해 검을 빼 들어야만 했다.

그리고 그동안 혁무린은 정말 얄미울 정도로 아무 일도

하지 않았다.

그저 마실 안에 틀어박혀 용화부인과 담소를 나누는 것이 전부였으니 암천으로선 화가 날 만도 했다.

그럼에도 마차나 말의 상태가 이처럼 양호했다는 것은 그만큼이나 단목연화가 성장했다는 것을 뜻하는 것이었다.

암천이 적의 수장들 몇을 베었을 뿐 실질적으로 그들을 무력화시킨 것은 그녀의 옥소와 조화만상곡이었기 때문이었다.

하니 이걸 고맙다고 해야 하나 원망을 해야 하나 갈피를 잡을 수 없는 암천이었다.

때마침 그런 암천의 내심을 들여다보기라도 한 듯 무린의 음성이 이어졌다.

"뭐 별일 없었잖아. 덕분에 저 녀석도 꽤나 단단해졌고. 다 계산하고 했던 거 알죠?"

친근하게 웃는 혁무린을 보면 차마 화를 낼 수가 없었다.

"어서 들여보내 주시죠. 그나저나 정체를 숨겨야 함을 잊지 마십시오."

어찌 되었다 해도 저들은 대명의 관병들이었다.

그들에게 용화부인이나 단목연화는 역도의 잔당들일 수밖에 없는 것이다.

당당히 신분을 밝히고 들어설 수 없다는 말이었다.

"하하! 걱정 말라구. 열 수밖에 없을 테니."

그렇게 당당하게 말한 혁무린이 성벽 위에 선 소초장을 바라보았다.

내내 의심의 눈초리를 지우지 못했던 소초장의 얼굴은 더욱 굳어져 있었다.

"멋진 장군 아저씨!"

소초장의 얼굴이 기가 차다는 듯 일그러졌다.

"대체 웬 놈들이냐! 허튼소릴 지껄인다면 고슴도치를 만들어 줄 것이다."

소초장의 으름장과 함께 창대를 들고 있던 병사들이 일제히 등에서 각궁을 꺼내 들었다.

그러곤 화살을 시위에 건 뒤 혁무린과 암천을 향해 겨누었다.

하나 무린은 아랑곳하지 않고 입을 열었다.

"아이 참! 이 아저씬 강호의 고수예요. 그런 건 안 통한다구요."

참으로 어이없는 말에 성벽 위의 병사들은 물론 암천마저 당황한 얼굴이었다.

여기서 강호 고수란 말이 왜 나온단 말인가?

아니나 다를까 소초장의 눈빛은 더욱 흉하게 변했다.

본디 성정이 신중한 자인지 당장 활을 쏘라 명하진 않

앗지만 눈빛이 번들거리는 것이 조짐이 심상치 않았다.

하나 무린은 전혀 상관없다는 얼굴이었다.

"우선 정체부터 밝힐게요. 혹시 유가장이라고 알아요?"

당황한 소초장과 병사들.

이 변방 오지의 하급 무관인 소초장과 군역을 위해 끌려온 병사들이 유가장을 알 리 없지 않겠는가.

"흠…… 북경에 있는 유가장 모르시나? 그럼 자운공주는 아시나요? 봉명궁의 군주이자 황제 폐하의 금지옥엽인 자운공주요."

무린은 참으로 친근하게 그녀를 언급했지만 그 순간 암천의 눈은 치켜떠졌다.

왜인지 모르지만 자운공주의 이름이 나오자마자 소초장의 눈빛이 살기로 번뜩였기 때문이었다.

아니나 다를까.

"쏴라! 삼황자의 개들이다."

난데없이 터져 나온 명령에 주저함도 없이 쏘아지는 십여 개의 화살들.

핑핑핑핑!

지척에 있기 때문에 시위를 튕겨는 화살 소리마저 금은처럼 들렸다.

그 상황이 되자 혁무린도 잠시 뜨악한 표정이었다.

물론 여유를 잃지 않은 것은 분명했으나 암천마저 그럴

수는 없었다.

무린은 여전히 나설 생각이 없어 보였으니 스스로 마부석을 박찰 수밖에 없었다.

혁무린이 말한 강호 고수의 위용을 어쩔 수 없이 보여야 할 순간이었다.

암천의 허리춤에서 뽑힌 얇은 검신이 쇄도해 들어오는 화살을 남김없이 쳐 냈다.

티티티티팅!

콩을 볶는 것 같은 소리가 검 끝에서 울리며 화살들이 모조리 튕겨졌다.

그렇게 암천이 화살을 쳐 내며 내려서자 병사들의 눈이 경악으로 물들었다.

그가 북원의 장수라면 백기장급 이상이라 느껴졌기 때문이었다. 아니, 어쩌면 천기의 기병을 부린다는 천기대장일 수도 있었다.

삼 장 거리에서 날아든 화살 십여 개를 순식간에 쳐 낼 정도의 검술이란 것은 그들로선 듣도 보도 못한 것이기 때문이었다.

하나 소초장의 눈빛은 더욱더 분노했다.

"네놈들! 무슨 목적인지 모르겠으나 절대로 살려 두지 않을 것이다. 감히 공주마마를 넘보려는 삼황자의 개들!"

그는 분노하고 있었다.

하급 무관이라고 하나 듣고 본 것들이 있는 듯했다.

아니, 이번 옥문관과 돈황의 전쟁이 왜 벌어졌는지 잘 알고 있는 것이 확실했다.

삼황자가 자운공주를 자신의 첩으로 삼기 위해 벌인 일, 그녀를 보내면 옥문과 돈황을 넘겨주겠다고 큰소리를 뻥뻥 치던 삼황자의 모습을 직접 목도한 소초장이기에 더욱 분노하고 있는 것이다.

북원의 병력이 있는 곳을 지나쳐 온 무린 일행이 자운 공주를 언급했으니, 두말할 것도 없이 삼황자의 심복들이라 여긴 것이다.

소초장은 나팔수를 향해 전군에 출진을 명할 채비를 했다.

그런 자들을 그냥 놓아 보낼 수는 없는 일이라 생각하며.

한데 그 순간 혁무린의 너무도 예기치 못한 음성이 들려왔다.

"이봐! 그거 무슨 말이냐!"

전에 없이 가볍게만 보이던 사내의 음성이라곤 도저히 믿을 수가 없었다.

귓가에서 속삭이는 것처럼 들리는 음성, 그럼에도 뇌성벽력처럼 머릿속을 때리는 그 음성에 소초장은 잠시간 온몸에 힘이 빠져나가는 기분이었다.

그렇게 다시 보게 된 혁무린의 눈빛.

순간 소초장은 왜 그런지도 모른 채 자신의 속내를 털어놔야만 했다.

"짐승만도 못한 놈이 감히 공주님을 노리고 옥문과 돈황을 공격했다. 대명의 장수라면 어찌 그것을 참을 것이냐!"

순간 혁무린의 눈빛이 꿈틀했다.

"누가 누굴 노린다고?"

"이미 말했다. 짐승 같은 놈이 공주마마를 노리고 있다고!"

"그러니까 그 짐승만도 못한 놈이 누구냐?"

또다시 물어오는 혁무린의 음성에 소초장이 대꾸했다.

"북원의 삼황자. 그 색마 놈이다."

소초장의 답에 혁무린은 잠시간 말이 없었다.

하나 소초장도 어찌 된 일인지 더 이상 다른 행동을 취하지는 않았다.

그저 그렇게 성벽과 마차 사이에 무거운 침묵이 이어질 뿐이었다.

덕분에 병사들만 쭈뼛거리고 있는 상황.

때마침 무린이 입을 열었다.

"여기 이 사람들 잘 모셔라."

무린의 음성이 전에 없이 나직하게 흘러나오자 소초장

은 무언가에 홀린 듯 저도 모르게 답했다.

"네? 아…… 넷!"

상황이 그렇게 돌아가자 답답한 것은 암천이었다.

"혁 공자. 대체 뭘 어쩌시려고?"

"친구 마누라가 될지, 어쩌면 제수씨가 될지도 모르는
여인한테 껄떡거리는 놈을 어떻게 그냥 둬. 나 그렇게 빡
빡한 사람 아니야."

"……."

"응구야! 애들 좀 모아 봐라."

일순간 무린의 음성이 허공중에 흩어지자 까마득한 하
늘 위를 배회하던 매 한 마리가 기성을 터트렸다.

끼아아아아아악!

그리고 그 순간 기경할 일이 벌어지기 시작했다.

갑작스레 여기저기서 날아든 새 떼들이 하늘을 새까맣
게 뒤덮어 간 것이다.

새까만 구름처럼 모여든 새 떼들.

이미 한 차례 겪어 본 암천이 새삼 놀라고 있는데 평범
한 병사들이야 어떤 심정이었겠는가.

듣도 보도 못한 괴사에 그저 두려워 떨 뿐.

"응구야!"

그때 다시 울린 무림의 음성에 세 떼의 중심이 출렁였
다.

연이어 거대한 흑색 구름이 지면으로 떨어져 내리는 것처럼 하강했고 무린이 그 위로 폴짝 뛰어올랐다.

"금방 올게요."

무린은 그 한마디를 암천에게 남긴 채 새 떼와 함께 날아가 버렸다.

그렇게 새 떼가 사라져 가는 곳은 마차가 지나온 방향이 틀림없었다.

이렇게 보는 이가 많은 곳에서 행한 일이기에 암천은 당황할 수밖에 없었는데, 순간 소초장이 넋이라도 나간 듯 소리쳤다.

"성문을 열어라!"

하나 그 명령에도 불구하고 병사들은 주춤거렸다.

아직 정체조차 파악하지 못한데다가 괴이한 일을 벌인 사내와 동행인 이들을 어찌 관내로 들인단 말인가.

하나 소초장의 믿기지 않는 말이 이어지자 결국 병사들은 성문을 열 수밖에 없었다.

"보지 못했느냐? 근두운을 타고 노니는 제천대성(齊天大聖)의 신위를……. 저분들은 현장법사 일행일 것이다."

참으로 얼토당토않은 말에 암천마저 당황할 수밖에 없었다.

그러면서도 소초장이 그런 소릴 내뱉은 이유가 정말로 혁 공자를 제천대성이라 여긴 것인지, 그도 아니면 혁무린이 또 무슨 기묘한 술법을 부린 것 때문인지 구분하기 힘들었다.

어찌 되었든 그 덕에 가욕관을 넘게 되었고 뜻하지 않게 소초장의 호위까지 받으며 병영 가운데 있는 막사로 안내되었다.

한데 알고 보니 소초장이 그저 하급 무관만은 아니었다.

그의 이름은 임백찬으로 종칠품에 해당하는 부백호였다.

딱히 대단한 품계는 아니지만 아예 말단 장수는 아니란 뜻이었다.

그런데 정작 놀라운 것은 그가 이곳 병영의 총책임자란 사실이었다.

지난 옥문관과 돈황에서의 전투로 정천호와 부천호가 모두 죽었고, 그의 상관인 정백호 다섯마저 모두 전사했다는 것이다.

해서 부백호 중 가장 선임인 그가 이곳 가욕관을 책임지게 되었다는 이야길 들었으니 어안이 벙벙할 수밖에 없었다.

종칠품의 부백호가 맡기에는 천이백이란 가욕관의 병사는 과한 것이 분명했다.

하나 그는 한 달째 수성에 성공하며 병사들은 물론 관

내로 피신해 있는 주민들의 신망까지 두텁게 받고 있는
이였다.

그런데도 어찌 된 일인지 중앙에선 증원군이나 하다못
해 장수조차 파병해 주지 않고 있는 실정이었다.

그런 상황에서 병사들을 독려하여 삼황자의 기병을 상
대로 이만큼이나 가욕관을 지키고 있는 임백찬은 여간내
기가 아니란 뜻이었다.

여하간 그 덕에 암천을 비롯한 단목연화와 용화부인은
오랜만에 평안한 시간을 가질 수가 있었다.

사실 단목연화는 완벽히 탈진해 거의 하루 밤낮 동안이
나 혼절해 있는 상태였고, 용화부인은 그런 그녀 옆을 지
키느라 밖에서 무슨 일이 벌어지고 있는지도 모르는 상태
였던 것이다.

*   *   *

폐허가 되다시피 변한 돈황 여기저기에 군막들이 들어
차 있었다.

비어 있는 장원이나 가옥들이 허다한데 북원의 기병들
은 그것들은 외면한 채 오직 군막만을 사용했다.

이는 원이 패망한 이유가 중원인들의 안락함에 젖어들
었던 탓이라 여기는 삼황자의 평소 지론 때문이었다. 실상

그는 색탐을 제외하곤 원의 전사로선 손색이 없는 인물이었다.

특히나 그를 패황 칸의 자질을 지닌 유일한 황자라 인정하는 이가 있으니 그가 바로 북원의 무신으로 불리는 골패륵이었다.

그런 골패륵이 뒤를 밀어주는 삼황자의 곁에는 골패륵을 동경하여 모인 전사들이 가득했다.

당연히 삼황자의 기병들은 명실 공히 북원 최강의 부대라 불리고 있는 것이다.

하니 옥문관과 돈황의 오천 병력이 힘 한 번 써 보지 못하고 쓸려 버린 것이다.

그만큼이나 막강한 이들.

수성의 이점이 세 곱절이라 했으니 이천 기병으로 일만 오천을 상대하고도 경미한 피해만 입었다는 말이었다.

그럼에도 지금 그들의 분위기는 기묘했다.

패잔병이나 다름없이 변한 전사들의 수가 며칠 만에 사백을 넘나들었음을 알게 되었기 때문이었다.

대체 무엇 때문인지 이유조차 알 수 없었다.

최초엔 옥문관에 남겨 두었던 병영에서 연락이 두절되었을 뿐이었다.

하여 오십의 전사들이 탐문 보냈는데 옥문관엔 넋이 나간 이들밖에 없다는 연락이 전해진 것이다.

당연히 삼황자로선 팔짝 뛸 수밖에 없는 일.

해서 이백씩 기병을 나누어 사방으로 흉수를 쫓았는데 그들 중 두 부대가 모조리 고막이 터진 채 나뒹굴고 있음이 또다시 보고된 것이다.

특하나 백기장 넷은 모두 머리가 뚫린 채 죽어 버렸으니, 삼황자의 눈매가 서슬 퍼렇게 변할 수밖에 없는 것이다.

때마침 옥문관으로 보내었던 이들이 반치가 되어 버린 전사들을 들쳐 메고 거대한 군막 앞에 이르렀다.

사위는 이미 어두워져 여기저기 모닥불이 타오르기 시작한 시간이었다.

그 사이에 자리한 삼황자의 눈매가 번들거렸다.

누구보다 용맹해야 할 자신의 기병들이 초점을 잃은 눈으로 침을 흘리는 모습을 지켜보는 것이니 살기마저 넘실거리기 시작했다.

스르릉!

허리춤에 차고 있던 대도를 직접 빼 든 삼황자.

"차라리 죽어라."

그가 바닥에 실성한 이들처럼 주저앉은 수하들을 향해 걸어 나갔다.

그 성격에 직접 참수하고도 남을 것이 당연함을 알기에 주변을 에워싼 이천의 정병들은 아무런 말도 할 수 없었다.

순간 삼황자의 등 뒤에서 나직한 음성이 들려왔다.

"태자! 경거망동 마시게."

언제 나타났는지 칠 척에 이르는 중년 사내가 삼황자 곁으로 걸어 나왔다.

흰색 수리의 깃털로 장식된 투구를 쓰고 있으며 흉부에는 용린이 박힌 갑옷을 패용한 사내.

엄청난 키에도 불구하고 크다는 느낌보단 날카롭다는 느낌이 먼저 풍기는 이였다.

그가 바로 대초원의 무신으로 불리는 골패륵이었다.

그가 나서자 삼황자도 걸음을 멈추었다.

"사부! 이놈들은 내 명을 지키지 못했다. 더구나 푸른 늑대의 이름에 먹칠을 했다. 살려 둘 이유가 없어."

"태자! 죽일 때 죽이더라도 상대가 누군지는 알아야 할 것 아닌가?"

골패륵이 그렇게 나오자 삼황자 또한 표정이 바뀌었다.

가능하겠느냐 하는 눈빛.

골패륵은 그런 삼황자를 지나쳐 바닥에 널브러진 이들 앞에 자리했다.

"사술(邪術) 따위!"

골패륵의 눈매가 일변했다.

동시에 골패륵의 손이 가장 가까이 자리한 사내의 머리통을 움켜쥐었다.

손바닥이 어찌나 큰지 사내의 머리통이 그 안에 완벽히 붙잡힐 정도였다.

　그런 뒤 일순간 공력을 끌어올렸다.

　우우웅!

　흉갑에 박힌 금빛 용린이 거세게 요동쳤고 이를 지켜보는 북원의 기병들은 숨을 죽였다.

　하나 잠시간 일었던 진동은 한순간에 사라져 버렸다.

　전에 없이 굳어진 골패륵의 눈빛, 두 줄기로 흘러내린 멋드러진 콧수염이 씰룩인 것도 그 순간이었다.

　"이런 정도의 사술이 존재한다니……."

　나직하게 흘러나오는 음성, 하지만 그 눈빛은 이내 오연하게 변해 갔다.

　무신이란 칭호가 결코 과하지 않은 듯 형용할 수 없는 거대한 기세가 그의 전신에서 들끓기 시작했다.

　"북천(北天)의 하늘만이 유일한 것. 중원의 사술 따위 단 번에 날려 주마!"

　그의 일갈과 함께 그의 몸에서 뿜어진 강렬한 파장이 삽시간에 전방을 향해 퍼져 나갔다.

　그 여파는 순식간에 이지를 잃고 있던 오십의 병사들을 휩쓸고 지나갔다.

　순간 그들이 일제히 핏물을 토해 냈다.

　그와 동시에 서서히 초점을 찾아 가는 전사들은 하나둘

지금의 상황을 파악하지 못하고 좌우를 두리번거렸다.

그러다 자신들 앞에 선 골패륵의 존재와 그 뒤에 눈을 부라리고 있는 삼황자를 확인했다.

그제야 사태를 파악한 듯 오십의 전사들이 하나둘씩 골패륵과 삼황자 앞에 부복했다.

"과연! 사부! 내 오늘 또 한 번 북천신공(北天神空)의 위력을 새삼 느꼈소."

"태자께서는 오늘의 교훈을 잊지 마시길. 오늘 보셨듯 중원을 삼키려면 중원의 무학을 넘어야만 가능한 것이오."

"크하하하하! 사부가 내 곁에 있는데 무엇이 두렵겠는가."

삼황자의 광소가 터져 나왔고 그는 다시 골패륵 앞에 나섰다.

그러곤 부복한 이들 중 하나를 가리켰다.

"사부는 너희를 살렸으나 나는 너희를 죽일 것이다. 물론 네놈들이 이런 꼴을 당했던 이유가 합당하다면 조금은 더 살지도 모른다."

삼황자의 말에 지목당한 병사 하나가 부들부들 떨었다.

"마차…… 큭!"

그는 떨리는 음성을 내뱉다 갑작스레 자신의 머리통을 부여잡고 고통에 떨었다.

가장 당황한 것은 골패륵이었다.

북천신공은 패도적이면서도 만사 만악의 항마력을 내포한 절대의 신공절학이었다.

원이 중원을 지배할 때부터 모은 중원의 모든 무학을 다시 백 년 동안이나 연구하여 만들어 낸 것이 바로 북천신공이었다.

이로 인해 중원의 수복이 가능할 것이라 확신할 수 있게 해 주는 절대의 무학.

한데 사술 하나를 완벽히 깨지 못한다는 것이 이해되지 않았다.

골패륵의 눈매가 머리를 쥐어뜯는 병사를 향해 고정되었다.

하나 삼황자는 그런 꼴을 두고 볼 생각이 없는 듯 보였다.

슈악!

부여잡은 팔목마저 전사의 머리통과 함께 잘려 바닥을 나뒹굴었다.

하나 골패륵은 그걸 만류하지 않았다.

그저 어떻게 이런 금제가 가능한지 몰라 고민하고 있을 뿐.

그사이에도 몇 명이 같은 꼴을 당했다.

하나 누구도 마차란 말 이외에 다른 말을 내뱉진 못했다.

그렇게 조금 지나면 오십의 목이 모조리 참수될 것이

뻔할 것 같은 순간이었다.

한데 그 어느 순간 골패특의 눈이 번쩍 떠졌다.

그런 그의 눈이 향한 곳은 저 멀리 새까만 하늘 끝자락
이었다.

"무엇인가?"

음성마저 나직하게 떨렸다.

이미 어두워진 하늘을 더욱 시꺼멓게 덧칠하며 날아오
는 기이한 형상.

하나 그것이 어마어마한 새 떼들이 모여 만들어 낸 것
임을 파악하는 것은 그리 오래 걸리지 않았다.

시간이 지나자 삼황자도 또한 병사들도 그 기이한 새
떼들을 파악하고 긴장하고 있는 것이다.

상식으로 납득할 수 없는 기사, 그들은 본능적으로 반
응할 수밖에 없는 것이다.

그렇게 날아든 새 떼들이 군막이 자리한 하늘 위까지
가득 메웠다.

원의 병사들이 하나둘 목이 꺾어져라 고개를 쳐들고 하
늘 위를 바라보기 시작했다.

그 순간 도저히 믿기 힘든 음성이 들려왔다.

"생각보다 더 못된 놈이구나. 네 녀석!"

이천이 넘는 병사들 모두가 바로 옆에서 들은 것 같은
목소리였다.

다만 한 사람.

삼황자만이 그 음성을 듣고 휘청이며 물러섰다.

"크흑!"

고통에 찬 신음을 내뱉으며 어디에 있는지도 모르는 적을 향해 칼을 휘두르는 그 모습은 한눈에도 두려워 떠는 것이 분명했다.

"좋게 타이르고 사라질까 했는데 안 되겠다."

또다시 들려온 또렷한 음성에 모두가 당황해 주변을 두리번거렸다.

하나 그 순간에도 골패륵만은 시선이 허공 위를 향했다.

그런 그의 눈에 잡히는 모습.

어느 순간 구름이 갈라지듯 한 무리의 새 떼들이 빠르게 지면으로 떨어져 내리는 것이다.

또한 그 위에 분명한 사람의 모습이 자리하고 있으니 두 눈이 더욱 부릅떠질 수밖에 없었다.

그는 그렇게 군영의 정가운데로 폴짝 뛰어내렸다.

이제 스물 중반이나 되었을 법한 사내.

이천이 넘는 병력에 둘러싸여 있지만 그는 너무나도 태연했다.

그러면서도 삼황자에게 목이 베인 이들을 씁쓸하게 바라보았다.

"며칠 지나면 멀쩡해질 사람들에게 뭔 짓을 한 거야?"

그 말을 끝으로 그의 시선이 골패륵을 향했다. 그가 다시 입을 열었다.

"남의 일에 이래라저래라 간섭하는 건 미안하지만 나도 사정이 있어."

하나 골패륵은 그 어떤 대꾸도 할 수가 없었다.

두렵다는 느낌 때문이 아니었다.

그가 눈앞에서 나타나며 벌인 일이 놀라운 기사임은 분명했지만 그를 마주함에 있어 두려움이 인 것은 아니었다.

다만 아무것도 느껴지지 않아서, 그런 정도의 기사를 부릴 수 있는 존재에게서 그 무엇도 느껴지지 않아서 고민할 수밖에 없었다.

더구나 이천의 정병들 사이로 아무렇지도 않게 뛰어든 담대함까지 감안하면 상대를 쉽게 볼 수 없음이 당연했다.

이 정도 병력에 이 정도 전사들이라면 자신이라 해도 이길 수 없다.

도주하는 일이라면 몰라도 싸워 이긴다는 것은 불가능한 일인 것이다.

하나하나가 일당백이라 할 수 있는 대초원의 전사가 무려 이천이었다.

명의 정병 일만을 상대로도 승리를 자신할 수 있는 병력인 것이다.

한데도 사내는 그들을 안중에 두고 있지 않았다.

더구나 자신을 지목하여 말한다는 것이 무엇을 의미하는지도 분명했다.

알아본다는 것.

본래부터 정체를 알았든지 아니면 자신의 강함을 느끼고 있든지 둘 중 하나였다.

둘 모두 좋지 않았다.

자신을 알면서도 태연하다면 그 이상의 강함에 자신이 있는 것이며, 오늘 처음 본 자신을 알아보는 것이라면 한눈에도 그에게 파악되고 있다는 의미였다.

그래서 더욱 말을 아꼈다.

때마침 삼황자의 노성이 터져 나왔다.

"뭣들 하느냐! 중원의 방술을 쓰는 자다. 당장 죽여!"

그의 명령에 언제 당황했냐는 듯 이천의 전사들이 일제히 무기를 움켜쥐었다.

전장에 서는 순간만큼은 그 어떤 두려움도 이겨 낼 수 있다 자부하는 이들이 일제히 살기를 일으킨 것이다.

하나 그 중심에 선 사내는 너무나 태연했다.

"아, 진짜! 이렇게까지 할 생각은 없었는데."

마치 산책이라도 나온 듯 태평하기만 한 음성.

하나 그 순간 골패륵은 도저히 믿을 수 없는 광경을 볼 수 있었다.

순식간에 사내의 등 뒤로 뻗친 새까만 암흑!

이천의 병사들이 살기를 품은 순간 자라난 새까만 암흑은 너무나도 두려운 느낌이었다.

그리고 그 암흑의 빛이 거미줄처럼 폭사되어 전사들 전체를 관통해 버렸다.

너무나 찰나지간 벌어진 일이었다.

그와 동시에 초점을 잃어 가는 전사들의 눈빛을 뚜렷하게 볼 수 있었다.

항거할 수 없는 두려움에 잠식되어 버리는 눈빛들, 그리고 골패륵 자신을 향해 쏘아지는 암흑 역시 똑똑히 볼 수 있었다.

망설일 시간도 없었다.

북천신공을 최대한 끌어올렸다.

허리춤에 차고 있던 반월도에는 싯누런 광망이 어렸고 이를 통해 날아드는 암흑의 섬광을 가까스로 절단할 수 있었다.

하나 너무나 기이한 느낌이었다.

분명 베었으나 아무것도 베지 못한 느낌, 흑색 섬광은 사라졌으나 사내에겐 어떤 영향도 미치지 못했다.

또한 그것을 예상이라도 했다는 듯 사내는 여전히 태연한 눈빛으로 자신을 바라볼 뿐이었다.

주변은 이제 사내가 만들어 낸 어둠의 장막에 완전히 갇혀 버렸다.

그 안에서 오직 온전한 이는 그 암흑의 주인인 사내와 골패륵뿐이었다.

그때 다시 사내의 입이 열렸다.

"말했지만 한 사나흘쯤 지나면 멀쩡해져. 내가 필요한 건 이 녀석뿐이야. 물론 이 녀석도 죽일 생각은 전혀 없어."

그가 가리키는 이는 당연히 삼황자였다.

"대체…… 대체 누구냐!"

"누구라고 말해 줘도 몰라. 그냥 모른 채 사는 게 나을 거야. 어때? 이쯤 하는 게. 당신 정도를 제압하려면 쓰기 싫은 힘을 써야 하니까."

사내의 말에 골패륵은 쉽게 답하지 않았다.

그의 말이 거짓이 아니란 것쯤은 알 수 있었다.

사실 그를 이길 수 없다는 것마저 순순히 인정하는 중이었다.

북원 최강의 전사 이천을 단숨에 백치로 만들어 버린 기경할 능력을 보인 이였다.

하나 그 순간 골패륵이 느낀 단 하나의 감정은 오직 호승심뿐이었다.

최강이라 믿는 북천신공의 끝이면 그를 벨 수 있지 않을까 하는 순수한 호승심.

오늘 이전까지 기회만 주어진다면 변복을 하고서라도 강호무림을 주유하고 싶었던 것이 골패륵이었다.

천중십좌라는 이들의 허명을 꺾고 도불쌍성이라는 이들을 제압하여 북천신공의 강함을 증명하고 싶었다.

물론 자신이 있었다.

하나 그들과는 만나기도 쉽지 않을뿐더러 무를 논할 수도 없는 처지기에 어쩔 수 없이 접고 지내던 꿈이었다.

한데 그런 이들보다 더욱 대단한 존재라 느껴지는 이를 마주했으니 자신의 모든 것을 쏟아 내고 싶음이 당연한 것 아니겠는가.

북원에는 자신을 보아 줄 이가 없음이니 이런 기회가 두 번 다시 오지 않음을 알고 있었다.

골패륵이 말없이 반월도의 도신을 세웠다.

순간 도신을 타고 뿜어진 싯누런 광망이 태산처럼 치솟았다.

후아아앙!

하늘을 꿰뚫을 듯 치솟은 반월형의 도신이 어둠의 장막을 찢어발길 듯 요동쳤다.

천공을 뚫고 월신(月神)이 하강이라도 한 듯한 놀라운 광경!

그제야 마주한 사내도 조금은 심각한 눈이었다.

"이건 정말 쓰고 싶지 않은데……."

사내 또한 골패륵의 뜻을 이했다는 듯 나직한 음성이었다.

하나 그 순간 골패륵은 온몸에 소름이 돋아났다.

무극지경이라는 내려오는 북천신도(北天神刀)를 구현한 자신에게 도저히 생겨날 수 없는 변화였다.

도와 혼연이 되어 있는 상태에서 돋아난 소름.

그리고 그것이 무엇 때문인지 깨닫는 데는 그리 오래 걸리지 않았다.

어둠 속에 또 다른 어둠이 생겨났다.

사내의 몸 가운데서 시작된 어둠.

눈으로 보이지 않으나 그저 느껴지기만 하는 어둠이었다.

그 어둠이 본래의 암흑을 찢는 듯한 너무나도 생경한 느낌이 똑똑히 전해졌다.

오싹!

소름이 전신으로 퍼져 나갔다.

걷잡을 수 없는 두려움이 밀려들었다.

무언가가 어둠보다 더 짙은 암흑에서 튀어나와 모든 것을 빼앗아 갈 것만 같았다.

그래서 움직일 수밖에 없었다.

비겁하다 해도 어쩔 수가 없었다.

이대로라면 북천신도를 움직여 보지도 못할 것이라는 사실을 본능적으로 깨달았기 때문이었다.

후아아아앙!

태산처럼 치솟았던 반월의 광망이 사내를 향해 떨어져

내렸다.

사내의 주변으로 확장되고 있는 칠흑보다 더 짙은 어둠을 향해 떨어지는 거대한 반월의 광망!

순간 거짓말 같은 충격음이 터져 나왔다.

쿠쾅!

어둠 속에서 불쑥 튀어나온 무언가가 거대한 반월의 광망을 그대로 붙잡아 버린 것이다.

골패륵의 눈이 다시금 파르르 떨렸다.

그것은 분명 손의 형상을 하고 있었다.

너무나 거대한 손, 그 손아귀가 광망에 휩싸인 북천신도를 움켜쥔 것이다.

그렇게 어둠을 뚫고 나온 존재가 점점 뚜렷한 모습을 드러내기 시작했다.

북천신도는 그 힘에 서서히 밀려났고 이윽고 그 거대한 손의 주인도 온전한 모습을 드러냈다.

콰지직!

그 손이 힘을 더하자 북천신도는 그대로 산산조각 났고, 골패륵은 시커먼 핏물을 토하며 의식을 잃어 갔다.

점점 무거워져 가는 눈꺼풀 사이로도 그는 그 기괴한 손의 주인을 바라보고 또 바라보았다.

사람이 아닌 존재.

하나 낯설지만은 않았다.

분명 조금씩은 다르지만 그와 같은 형상을 지닌 석상이
나 벽화를 숱하게 보았기 때문이었다.

마귀의 얼굴과 여덟 개의 팔을 가진 존재.

그것은 분명 명왕(冥王)의 형상이었다.

물론 석상이나 불화 속에서 보았던 것과는 전혀 다른 느
낌이었으나 그것이 명왕의 현신임은 의심할 이유가 없었다.

자신이 다시 그린다 해도 그 이상으로 눈앞의 존재를
표현할 수 없다는 생각이 들었기 때문이었다.

다만 한 가지 의문이 밀려들었다.

참으로 묘하게도 오른팔 중 하나가 싹둑 잘려 있는 것
이 보였다는 것이다.

골패륵은 의식을 잃어 가면서도 대체 누가 저 팔을 잘
랐을까 하는 생각을 하고 있었다.

第八章

미몽(迷夢)

명부당의 혈사가 있은 직후 연후는 참으로 뜻하지 않은
이들을 만나 그들을 따르게 되었다.

　만추선생이란 중년인과 만리표객(萬里표客)이란 초로인
이었다.

　이들 두 사람이 안강에서부터 자신을 뒤따르던 이들 중
유독 연후의 기감을 자극하던 이들의 정체였다.

　그런 두 사람이 연후와 사다인의 앞을 가로막은 뒤 내
뱉은 첫 마디였다.

　"사다인 공자시지요? 곁에 계신 분은 유가장의 후손이
라 짐작됩니다만……."

　만추선생이란 중년인이 먼저 입을 열었고, 만리표객이

란 초로인이 연이어 나섰다.

"이 사람과 노부는 단목세가의 녹을 먹고 있는 사람들이라오."

의심할 필요가 없는 말이었다.

사다인은 사 공자라 불리는 것을 극도로 싫어했다. 성과 이름을 따로 쓰지 않는 부족의 전통 때문인데 그런 자신을 중원의 방식으로 부르는 것을 용납지 않은 것이다.

별것 아니라 할 수 있는 일이었지만 사다인은 이에 대해서만큼은 무척 단호했고, 이를 아는 이들은 죽은 유가장의 식솔들과 오직 연후와 무린, 그리고 단목강뿐이었다.

단목강이 보내서 왔다는 말을 의심하지 않은 것은 그 때문이었다.

더구나 상황이 매우 좋지 않을 때였다.

사다인은 말할 것도 없고 강일찬과 난중표국 표사들까지 온전한 이가 없었다.

그들 중 시급한 치료가 필요한 이들도 있었다.

연후는 의술을 알고 있었다.

물론 서책으로 접한 것이 전부였고 직접 행한 적이 없기에 사다인의 상처를 직접 치료할 순 없었다. 하지만 그동안 내내 의원 곁에서 기본적인 처지를 익혀 두었다.

그런 정도의 실력으로 표사들의 상세를 회복시키기엔 분명 무리였다.

더구나 그런 상태로 명부당 주위에 널려 있는 이목을 따돌릴 방법은 아무리 생각해도 찾기 어려웠다.

결국 가로막는 이들을 힘으로 뚫고 나가리라 다짐하던 차에 두 사람이 나타났으니 천군만마와도 같은 느낌이었다.

그들은 매우 노련했으며 또한 철저히 준비를 하고 있었다.

언제 준비했는지 명부당의 후문에는 십여 대의 마차가 있었고 그 마차는 각기 다른 방향으로 흩어졌다.

그중 하나를 만리표객이란 초로인이 직접 몰았고 그 마차에 사다인과 연후, 그리고 중상을 입은 표사들이 동승했다.

다른 마차는 만추선생이 몰았으며 거기에 강일찬을 비롯하여 경상을 입은 표사들이 탔고 이 두 대의 마차는 삼일을 내달린 뒤에야 깊은 산자락 입구에서 다시 만났다.

그곳이 무산이란 사실은 산을 타기 시작한 후에야 알게 되었다.

혹시 모를 추적자들을 따돌리기 위해 꽤나 먼 길을 돌아온 것이라 했다.

또한 그곳에는 이미 단목세가의 무인들이 기다리고 있었고 그들은 부상자들을 옮길 수 있도록 철저히 준비를 갖춰 놓았다.

강일찬은 더 이상은 폐가 될 수 없으니 난주로 돌아가 겠다고 했지만, 만리표객이란 노인이 다가가 무어라 속삭 이자 꽤나 놀란 표정을 지은 뒤 마음을 바꾸었다.

저도 모르게 표왕 어쩌고 하는 이야길 들어 버린 연후 였지만 그것이 예가 아님을 알고 애써 청력을 차단해야만 했다.

그 후에는 일사천리였다.

단목세가의 무인들은 이인 일조의 거치대로 환자들을 옮긴 뒤 망설임 없이 산을 타기 시작했다. 그럼에도 그들 은 놀랍도록 빠른 움직임을 보였다.

그곳엔 오직 만리표객이란 노인만이 남았을 뿐이다.

그렇게 산을 타고 난 뒤에도 근 하루 길을 내달려서야 비로소 목적지가 가까워 옴을 알 수 있었다.

보통 사람들이라면 족히 삼 일은 걸리고도 남았을 거 리, 그동안 연후는 만추선생이란 중년인과 나란히 내달렸 다.

그는 특이하게도 등에 칠현금을 메고 있었는데 얼핏 보 아도 범상치 않은 현기가 느껴지는 악기였다.

한 줄 한 줄 현에 서린 기운이 섬뜩할 정도로 날카로웠 고 자칫 손가락을 대었다간 그대로 잘려 나갈 것만 같았 다.

기회가 된다면 한 번쯤 그가 이 칠현금으로 어떤 무공

을 펼치는지 보고 싶은 마음이 일 정도였다.

그사이 만추선생으로부터 많은 이야길 들을 수가 있었다.

"저를 비롯한 번 어르신을 세가의 칠대가신이라 부릅니다."

"아니 될 말씀입니다. 가법이 엄연한데 곧 가주 되실 분의 의형에게 하대가 가당키나 하겠습니까?"

"소가주께서 어디 계신지는 저희들만 알고 있습니다. 하나 두 분이라면 충분히 알아도 된다 생각합니다. 이는 중요한 문제이니 홀로 결정할 수 없습니다. 성부(星府) 안에 들면 말씀드리겠습니다. 특히나 본가를 위해 나서 주신 사다인 공자께는 모두가 진심으로 감사하고 있습니다."

"그래도 천하제일이라 불리었던 곳입니다. 고목이 잘린다고 뿌리까지 뽑히는 것은 아니지 않겠습니까. 비파봉이 머지않았으니 나머지 이야긴 그 후에 나누시지요."

만추선생이란 이는 이동하는 동안 궁금한 것들을 조금씩이나마 풀어 주었다.

연후와 사다인 또한 단목강이 무사함을 확인한 후라 급하게 서두를 이유가 없다 여겼다.

한시바삐 북경으로 가고자 했던 가장 큰 이유는 단목강의 안위 때문이었으니 이제 그럴 필요가 없어진 것이다.

그렇게 비파봉이라 불리는 곳에 이를 수 있었다.

무산십이봉 중 가장 험준하다는 곳이 바로 비파봉, 그곳에 도달한 순간 연후는 하마터면 탄성을 내지를 뻔했다.

도도한 장강의 물줄기가 한눈에 내려다 보였다.

거대한 푸른 용이 대륙을 가로질러 가는 듯 굽이쳐 흐르는 모습은 그저 장관이라는 말로는 표현할 수 없는 무언가를 느끼게 해 주었다.

절로 이는 마음의 흥취는 시(詩)라도 짓지 않고는 못 배길 정도로 가슴을 떨리게 했다.

그것은 참으로 생경한 느낌이었다.

머릿속에 이미 수많은 시인과 가객들의 노래가 담겨 있었으나, 이제껏 한 번도 스스로 마음의 무언가를 풀어내고 싶다는 생각을 해 본 적이 없었다.

단연코 지금과 같은 떨림을 가져 본 적이 없는 것이다.

하나 그 떨림이 어디에서 기인하는지 연후는 알지 못했다.

압도될 만큼 아름답고 위대한 풍광 때문이 아니라, 그 풍광마저 자신 안에 담아내고자 하는 무상경(無想境)의 인도가 시작되고 있는 중이라는 것을.

그것이 얼마나 찾아오기 힘든 순간의 일인지도 모른 채, 그저 스스로의 마음이 낯설다는 것을 느낄 뿐이었다.

그저 싫지 않음을 알기에 온전히 마음의 떨림을 느끼고

있는 것이 지금의 연후였다.

상황만 아니라면 하염없이 몇 날이고 이 느낌을 반추하고 싶었다.

그것만이 연후가 인지할 수 있는 의식이었다.

그 순간 만추선생이 말을 걸어왔다.

"언제 보아도 참으로 아름다운 풍경이랍니다. 이를 보면 사람이 참으로 하잘것없다는 생각이 들곤 합니다."

딴에는 연후의 흥에 취한 듯한 모습에 화답하기 위해 내뱉은 말이었다.

하나 그 음성과 함께 연후는 무언가 잡힐 듯 말 듯 했던 것이 흩어지는 진한 아쉬움을 느껴야만 했다.

그 아쉬움이 가슴을 격동시킬 정도로 기이한 것이긴 했으나 굳이 그것을 붙잡으려 하지 않았다.

그저 말없이 눈앞에 펼쳐진 모습을 바라보기만 했다.

이윽고 상념에서 깬 듯 연후가 만추선생을 향해 물었다.

"대체 이곳에 무엇이 있는 것인지요?"

언뜻 훑어보아도 눈앞에는 깎아지른 절벽과 강물뿐이요, 뒤쪽으론 험준한 산세뿐이었다.

물론 절벽 아래 비파봉보다 나직한 몇 개의 봉우리가 더 있었으나 이는 도저히 내려갈 수 있는 지형이 아니었다. 거기다 기이한 운무까지 더해져 있으니.

한데 어이해서 이곳이 목적지가 되었는지 이해하기 힘든 것이다.

그런 연후의 의문이 당연하다는 듯 만추선생이 묘하게 웃었다.

"곧 알게 되실 겁니다."

만추선생이 그리 말할 때 마침 만리표객이라 하던 초로인의 모습이 보이기 시작했다.

산을 타고 나는 듯이 이동하는 그의 움직임은 실로 놀라운 것이 아닐 수 없었다.

연후 역시나 눈이 절로 그를 향할 수밖에 없었다.

상승의 경신공부라고 해 봐야 괴개의 취리건곤보를 한 차례 견식한 것이 전부였지만, 한눈에도 노인의 경신법이 보통 절기가 아니라는 생각이 들 정도였다.

그런 생각을 읽기라도 했는지 옆에 선 만추선생이 자랑스러운 듯 입을 열었다.

"번 어르신보다 빠른 사람은 없었지요. 어르신의 절기가 바로 전궁만리영(電弓萬里影)이니 말입니다."

연후가 고개를 갸웃거렸다.

들어 본 적이 없는 무공이었다. 하나 노인의 경신법과 너무나 잘 어울린다는 생각은 할 수 있었다.

그러자 만추선생이 오히려 무안한 듯 머리를 긁적였다.

"하하, 역시 모르시는군요."

때마침 만리표객이란 노인이 도착해 만추선생에게 면박을 줬다.

"쓸데없는 소릴! 자네 그렇게 노부를 놀리고 싶은 것인가?"

"그럴 리가요!"

만추선생이 손사래를 쳤지만 만리표객은 쌍심지를 켜고 그를 노려보았다

연후로선 전혀 이해할 수 없는 대화였다.

한데 만리표객이란 노인이 연후를 보며 전에 없이 진중하게 입을 열었다.

"언제고 기회가 오면 유 공자와 겨루고 싶소이다."

삼 일간 마차로 이동했던 때에는 전혀 내비치지 않던 적의가 짙게 배어 있는 눈이었다.

강호인들이 강자를 보면 무공의 고하를 견주고 싶은 것이 당연하다 들었으나 조금 과하다 싶을 정도의 태도였다.

당연히 거절하고 싶었다.

한데 만추선생이 슬쩍 한마디를 했다.

"삼협에서 유 공자를 놓친 것 때문에 꽤나 욕을 먹으셨지요."

연후는 또 한 번 고개를 갸웃할 수밖에 없었다.

"사다인 공자께서 본가의 일로 인해 위기에 처함을 알게 되었는데 어찌 두고 볼 수 있었겠습니까? 게다가 소가

주께서 목숨보다 소중하다 입버릇처럼 말씀하신 의형이시니 말입니다. 번 어르신과 저는 사다인 공자와 한 배를 타고 있었습니다."

연후는 그제야 대강의 사정이 짐작되었다.

"한데 그야말로 기우였습니다. 하하하하! 정말이지. 그렇게나 강할 수 있다는 건 지금도 믿기지가 않았습니다."

멀찌감치 대화를 듣던 사다인이 슬며시 인상을 찌푸렸다.

자신의 대한 이야기를 다른 이들이 나누는 것이 한눈에도 기분 나쁘다는 표정이었다.

하나 만추선생이란 이는 조금 눈치가 없는 듯 보였다. 사다인은 의식치 않고 제풀에 흥이 난 것이다.

"하하. 괜히 주제도 모르고 나선 것이 부끄러웠습니다. 솔직히 암왕이라 뻐기던 자마저 그리 되었는데 창천검룡이 사다인 공자를 상하게 할 줄 어찌 짐작했겠습니까! 또한 유 공자가 나타난 상황까지도……."

"……."

"그런데 말입니다. 유 공자가 사다인 공자를 안고 사라져 버린 것입니다. 번 어르신께서 부리나케 뒤따랐다가 반나절 만에 고개를 내저으며 오시더군요."

"끄응!"

때마침 만리표객이란 노인이 신음을 삼켰다.

그리고 이내 작심한 듯 연후를 향해 입을 열었다.

"눈앞에서 본 것이 있으니 부정할 생각은 없소. 하나 얼마 전까지 천하에서 노부를 경신공부로 이길 자가 없다고 자부했소. 그저 다시 한 번 이를 확인코자 하는 것뿐이니 기회를 주시오."

노인의 말을 듣자 그의 사정을 이해할 수 있었다.

예전이라면 그렇다고 해도 안 될 말이라고 펄쩍 뛰었을 것이다.

하나 지금은 알고 있었다.

보다 높은 경지를 향한 무인의 열망을 스스로도 수없이 느꼈으니, 다른 이들이라고 다를 이유가 없음을 알게 된 것이다.

더구나 박투를 펼치자는 것도 아니고 단순히 경신법이라면 못 들어 줄 이유가 없었다.

또한 그것은 연후 자신에게도 큰 도움이 될 수 있는 일이었다.

지금 자신의 빠름은 오직 광해경에 의존한 것이었다.

솔직히 만추선생을 쫓아오는 것도 버거울 정도였다.

그보다 훨씬 정순하고 훨씬 강한 내력을 지니고 있으면서도, 정작 경신의 묘를 제대로 터득하지 못했으니 하루를 내달리는 것이 버거운 것이다.

또한 만리표객이 본 빠름이란 것도 광안을 연 상태에서

그저 진기를 폭발하듯 내달리는 것이 전부였고 이는 너무나 공력의 소모가 심했다.

물론 그 빠름이란 것은 상상을 초월할 경지였으나 결국 한계점을 경험한 후였기에 경신법은 연후에게 또 다른 화두 같은 것이었다.

만일 제대로 된 경신공부를 익혔다면, 또한 이 경신공부를 광안을 운용하는 상태에서 펼칠 수 있었다면 적어도 사다인을 구하지 못할 것 같았던 조바심은 없었을 것이란 생각이었다.

연후가 마음을 세웠다.

"좋습니다. 대신 저도 부탁이 하나 있습니다."

연후의 말에 만리표객이 고개를 갸웃거렸다.

"부탁이라 했소?"

"제게 경신의 기본이 되는 진기의 운용을 가르쳐 주십시오."

너무도 예상치 못한 말인지라 만리표객은 물론 만추선생까지 당황한 얼굴이었다.

천하제일신이라 자부하던 만리표객 번우가 도저히 따라잡을 수도 없었다는 사내였다.

그것도 혼절한 이까지 안고 움직인 상태에서.

그런 이가 오히려 경신공부의 기본 운용을 가르쳐 달라하니 기가 막힐 노릇이 아닐 수 없었다.

광안의 공능을 이해하지 못하는 그들로선 당연한 반응.

하나 연후는 그들의 반응에 자신이 실기를 했다 여겼다.

그간 많은 이들을 만나 도움을 받다 보니 강호인들이 쉽게 타인에게 절기를 전수하지 않는다는 사실을 간과했으며, 그 때문에 두 사람의 표정이 좋지 않아졌다 여긴 것이다.

"결례를 범했습니다. 조금 전 드린 말씀은 못 들으신 것으로⋯⋯."

"아니오. 어차피 죽으면 무덤으로 가져갈 수도 없는 것. 노부와 겨루어 준다면 내 전궁만리영을 내놓으리다. 천하제일이 못 되는 경공이라면 아낄 이유가 무엇이겠소."

노인의 말에 만추선생은 꽤나 놀란 눈빛이었으나 연후는 오히려 담담하게 대꾸했다.

"그리해 주신다면 저 또한 제가 빠를 수 있는 이유를 알려 드리겠습니다. 제가 배운 것은 시간과 공간 속에 존재하는 완급의 도라는 것입니다."

너무나 뜻하지 않은 연후의 말에 만리표객은 물론 만추선생까지 두 눈을 부릅떴다.

이미 연후의 어마어마한 신위를 두 눈으로 확인한 후였기에 침이 꼴깍 넘어갈 수밖에 없는 말이었다.

그 때문에 만추선생은 부러움을 가득 담은 눈으로 만리

표객을 바라보았다.

그러다 이내 조심스레 입을 열었다.

"유 공자? 혹시 말이오. 금음이나 옥소, 비파 같은 것
에는 관심이 없으시오?"

"……?"

"하하하. 나도 몇 가지 재주가 있는데 그걸 알려 드릴
터이니 같이 좀 듣고 싶소이다. 시공 속에 있다는 완급의
도라는 것을……."

"그러실 필요 없습니다. 원하신다면 함께 계셔도 무방
합니다."

연후의 말에 입이 찢어질 듯 귀까지 걸리는 만추선생,
순간 주변에서 쭈뼛쭈뼛하는 단목세가 무인들의 움직임이
시작되었다.

아닌 척하면서도 그들의 대화에 잔뜩 귀를 기울이고 있
던 것이다.

그들마저 함께 듣게 되길 간청하는 눈빛.

한데 그런 기색을 느낀 만추선생이 호통 어린 음성을
내뱉었다.

"뱁새가 황새 따라가려면 가랑이가 찢어지는 법이다.
이만 내려가자. 저를 따라오시면 됩니다. 유 공자."

그 음성을 끝으로 만추선생이 비파봉 아래쪽으로 훌쩍
몸을 날렸다.

그 갑작스런 움직임에 연후가 저도 모르게 비명을 내지를 뻔했다.

한눈에도 까마득한 천장단애로 보이는 절벽으로 몸을 날렸으니 놀랄 수밖에 없는 것은 당연했다.

하나 만리표객이란 노인이 입가에 미소를 지으며 이야기했다.

"길이 있소이다. 이 아래 위치한 협곡을 인근에선 무곡(霧谷)이라 부르지요. 하나 본가는 이곳을 성부(星府)라 칭한답니다. 본가의 시조모이신 지다성께서 안배하신 곳이며 또한 한때는 무곡(武谷)이라 불리기도 했다 들었소이다."

＊　　　＊　　　＊

봉명궁 아래 은밀하게 위치한 계단을 내려서는 자운공주의 걸음은 더없이 무거워 보였다.

평소라면 그곳을 내려가는 걸음은 결코 무겁지 않았다.

하나 지금의 자운공주는 한눈에도 짙은 근심이 서려 있는 것이 보일 정도였다.

그렇게 한참이나 계단을 내려선 자운공주가 거대한 석벽 앞에 이르러 조심스럽게 입을 열었다.

"단목 공자."

그녀의 음성이 가로막힌 석벽에 부딪힌 뒤 잔잔하게 울

려 퍼지자 석벽을 뚫고 맑은 사내의 음성이 전해졌다.

"신 단목강 공주 마마를 뵈옵니다. 감히 옥체를 알현하지 못하는 불충을 용서해 주시옵소서."

보지 않아도 그 안쪽의 사내가 자신을 향해 대례를 취하고 있음을 알 수 있었다.

평소에는 늘 웃게 만드는 모습이었지만 오늘은 그마저도 자운공주에게 서글픈 미소를 짓게 했다.

"당신은 정말로 한결같은 사람이로군요."

어딘지 슬픔이 묻어나는 그녀의 음성에 밀실 안쪽의 음성도 변화가 있었다.

"마마의 근심이 느껴지옵니다. 무슨 일이 있으신지요?"

이어지는 단목강의 음성 역시 무척이나 조심스러웠다.

매일처럼 얼굴을 보지 않고 대화를 나누는 사이니 목소리만으로도 서로의 감정을 느낄 수가 있는 두 사람이었다.

"근심은요. 좋은 소식들이에요. 오늘은 정말로 기쁜 소식이 두 가지나 있어요. 오늘은 참 기쁜 날이랍니다."

"하오나 마마. 신에게는 오직 근심만이 느껴지옵니다."

"단목 공자가 느낄 수 있는 것은 근심뿐입니까?"

자운공주의 음성은 전에 없이 딱딱했고 이번만은 어떠한 대답도 들려오지 않았다.

이럴 때의 단목강이 무슨 생각이며 어떤 표정을 짓고 있을지는 그녀 역시 짐작하지 못했다.

그가 바보가 아니라면 자신의 마음을 모를 리 없으니.

"첫 번째 소식은 가욕관에서 들려온 승전 소식이에요. 북원의 삼황자를 생포해 북경으로 압송 중이라는군요. 더구나 그 일을 종칠품의 부백호가 해냈다고 하니 아바마마께서 친히 그 공을 치하하신다 하셨어요. 그 덕에 북원으로 팔려 갈 일은 모면했어요."

지금 자금성을 휩쓸고 있는 단 하나의 이야깃거리였다.

가욕관에서의 믿을 수 없는 승전 소식!

"실로 경하드립니다. 모든 것이 황상과 공주 마마의 은덕 때문일 것입니다."

"휴우, 그랬으면 좋겠네요. 그 은덕이란 것이 남아 있으면……."

"……."

두 사람은 한동안 말이 없었고 자운공주의 눈빛엔 더욱 짙은 그늘이 드리워졌다.

"다른 하나는 단목 공자나 제게 더없이 기쁜 소식이에요."

기쁜 소식이라 말하는 표정은 전혀 그렇지 못했다.

"진 법사께서 전해 달라 하시더군요. 사다인 공자와 유 공자가 안가에 들었다고."

순간 격하게 되돌아오는 석부 안쪽의 음성!

"분명! 형님들이라 말씀하셨습니까?"

"단목 공자께서 좋아하실 것이라더니 정말이군요."

"……"

"알고 계시죠? 유 공자께서 이곳에 온다는 것이 어떤 의미인지를?"

또다시 들려오지 않는 답에 자운공주의 눈빛이 아련히 떨렸다.

하나 그녀는 더 이상 그의 답을 듣는 것을 포기했다.

그는 곧은 사람.

너무 곧아 부러질지언정 타협을 하지 않는 사람임을 알고 있기 때문이었다.

그렇기에 한때나마 의형의 내자로 정해졌던 이를 연모한다 말하지 못할 사내라는 것을.

자운공주가 힘없이 발걸음을 돌렸다.

어쩔 수 없었다.

천재일우라 할 수 있는 반격의 기회가 찾아온 것이다.

변방의 젊은 영웅이 북원의 기세를 꺾은 뒤 삼황자를 생포하는 쾌거를 이뤄 냄으로써, 그간 증병을 반대하던 태공공의 무리들이 더없이 위축되고 있는 때였다.

그야말로 포기 상태라고 할 수밖에 없던 상황에 들려온 단 하나의 낭보 중에 낭보였다.

그간 숨죽이고 있던 대신들이 목소리를 높일 수 있는 기회.

이런 때 황사가문의 후예가 등용되어진다면 더없는 구심점이 될 수 있었다.

영락대제께서 내리신 유훈이 지엄한 이상 유가장의 후손이 살아 있다면 그야말로 여느 내관들보다 비할 바 없이 가까이서 황제를 보필할 수 있는 것이다.

아무리 태공공이라도 이를 막을 수는 없는 일.

지금 황궁에 누구보다 필요한 존재가 바로 유가장의 후예인 것이다.

그렇기에 그가 온다면 그의 곁에 있어야 했다.

그에게 힘을 실어 주기 위해서, 그것은 자운공주에게는 피할 수 없는 숙명 같은 것이다.

연모의 정 때문에 저버릴 수 없는 숙명, 그렇기에 한없이 무거운 짐을 진 듯 그녀의 걸음은 힘을 잃어 갈 수밖에 없었다.

한데 그 순간 침묵하던 석벽을 뚫고 또렷한 의지가 담긴 음성이 들려왔다.

"신은 연후 형님을 믿습니다."

예상했던 것과는 다른 말이라 자운공주의 눈빛은 더욱 아련해졌다.

그런 그녀의 눈빛이 다시금 생기를 되찾기 시작했다.

연이어 들려온 단목강의 음성 때문이었다.

"그렇기에 확신합니다. 신이 마음에 둔 여인이 누구일

지라도 진정으로 기뻐해 줄 수 있는 분임을……"

순간 자운공주는 입술을 꽉 깨물어야만 했다.

하마터면 기쁨에 겨워 탄성이 나올 것 같았기 때문이었다.

너무도 기뻤고 너무도 두근거리는 음성이었다.

모든 것을 걸고 믿을 수 있는 단 하나의 음성.

쉽게 말하지 않아서, 쉽게 약속하진 않으나 내뱉는 말 한마디에 진심이 담겨 있지 않은 것이 없는 사내.

그 음성이 연이어지며 가슴을 울리고 결국 눈가에 이슬마저 맺히게 했다.

"신 단목강 아둔한지라 하나의 길뿐이 모릅니다. 혹여 마마께서 그 길에 상하실 수도 있기에, 혹여 제 부족함으로 마마를 지키지 못할까, 혹 저 같은 하찮은 이로 인해 마마의 성총이 사라질까 하여 차마 처음 본 순간부터 가슴속에 새긴 것을 드러낼 수 없었습니다."

자운공주의 눈가에서 조용히 이슬이 떨어져 내렸다.

가슴속엔 천둥치는 듯한 소리가 들렸고 호흡마저 가빠졌다.

그를 처음 본 날이 생각났다.

눈을 마주치자 바닥에 엎드린 채 귀까지 빨개지던 어린 청년의 모습을.

또한 그런 이가 헌헌장부가 되어 나타나 자신의 부친과

함께 했던 맹세의 언약을 잊을 수가 없었다.

평생 자신을 지키는 강호의 검이 되어 주겠다 말하던 흔들림 없던 그의 눈빛.

그것이 얼마나 큰 떨림이 되었는지 그는 알지 못하는 것 같았다.

그로부터 마주할 수 없는 석벽을 두고 시작된 만남의 시간이 설렘이 되고 연모가 되었으나 그는 언제나 한결같았다.

부끄러움을 무릅쓰고 마음을 내비쳐 보기도 했으나 그럴 때마다 이어진 것은 묵묵부답.

한데 오늘 처음 그의 마음을 들은 것이다.

가볍지 않아서.

결코 지키지 못하는 말을 내뱉는 이가 아님을 믿기에 그의 음성이 그녀를 울게 만들었다.

눈물은 흘러내렸지만 한없이 기뻤다.

가로막고 있는 석벽만 없다면 그대로 달려들어 그의 품에 안겨도 이 순간만큼은 흠이 되지 않을 것 같았다.

하나 이것만으로도 너무나 행복했다.

길지 않은 삶을 오직 조정의 안위만을 생각하며 보내던 중 찾아온 단 하나의 설렘이기에 이 순간만큼은 참으로 행복하다 여겨도 좋다 생각했다.

그런 공주의 떨림 속으로 전에는 들을 수 없는 단목강

의 음성이 들려왔다.

"자운!"

"아!"

그가 처음으로 불러 준 이름.

"그대의 이름을 부를 수 있는 단 하나의 사내가 될 것입니다."

*　　　　*　　　　*

대기마저 얼어붙을 것 같은 혹한만이 가득한 공간.

그곳에 나란히 누워 동면하고 있는 두 구의 시신이 있었다.

하나는 필설로 형용할 수 없을 정도로 아름다운 여인이었고, 또 하나는 광인과도 같이 치렁치렁한 흑발을 길러 얼굴을 도저히 분간할 수 없는 사내였다.

때마침 허름한 마의를 입은 노인 하나가 사내를 뒤덮은 빙결 앞에 무릎을 꿇었다.

"주모께선 주군이 알고 계신 그분이 아니옵니다. 부디 눈을 뜨고 세상을 돌보아 주시옵소서."

노인의 애원은 너무나 간곡했으나 이미 영면에 든 사내의 시신은 아무런 답도 해 주지 않았다.

그런 사내를 바라보며 들려오지 않을 목소리를 한참이

나 기다리던 노인.

"미천한 자부의 마지막 종이오나 노신에게도 사명이 있사오니 더는 두고 볼 수 없사옵니다. 하여 선문의 법을 세상에 뿌리고자 하니 후일 목숨으로 대죄를 사죄코자 하옵니다."

마의 노인은 그 말을 남기고 그곳을 떠나갔으나 남은 것은 움직일 줄 모르는 시신 두 구와 지독한 한기뿐이었다.

그렇게 시간은 흘렀다.

얼마의 세월이 흘렀다고 계산할 수도 없을 만큼의 시간이 가고 그곳을 찾은 또 하나의 인영이 있었다.

그는 마의 노인과는 달리 나이를 분간할 수 없는 이였다.

흑발과 백발이 뒤섞인 기이한 풍모에 학사의 분위기를 풍기는 그는 도저히 나이를 짐작게 할 수 없었다.

그의 눈엔 참으로 묘한 기운이 서려 있었고 그 눈은 두 구의 신을 천천히 살핀 뒤 경탄을 지우지 못했다.

"나는 진명이란 사람이외다. 나는 무무선인이라 불린 이의 족적을 찾아 이곳에 이르렀소. 그대, 깨어 있는 존재는 누구인 것이오?"

그의 음성은 참으로 기이해 그 지독한 한기 속에서도 한 줄기 미풍을 일으키고 있었다.

하나 이미 영면한 이가 대답을 해 줄 것 같진 않았다.

한데 그 순간 놀라운 일이 벌어졌다.

빙결 속에서 꽁꽁 얼어 있던 흑발 사내의 머리칼 사이로 번쩍이는 안광이 내비친 것이다.

그와 함께 혹한의 동부를 울리는 기이한 공명.

― 나의 잠을 방해치 말아라. 나를 깨울 자격이 부족하다.

그 음성을 들은 진명이란 사내는 한동안 그 자리를 지키다 말없이 사라져 갔다.

그때부터 시간은 참으로 더디게 흘렀다.

빙결 안의 사내가 눈을 뜬 후부터 생긴 기이한 변화였는데 그 시간이 영겁의 세월처럼 느껴질 만큼 지난 후 다시금 진명이란 이가 찾아왔다.

그는 세월을 역행하기라도 한 듯 젊으면서도 늙은 기묘한 모습이었다.

"나는 자격을 얻었소?"

그는 물었고 다시 한 번 동부를 울리는 음성이 이어졌다.

― 나를 베어 줄 수 있겠느냐?

그 물음에 진명이란 이는 선뜻 답하지 못했다. 긴 침묵 끝에 이어진 그의 답은 오히려 한 가지 물음이었다.

"내가 베어야 할 것이 당신의 육신이요, 아니면 당신의 고통이오?"

순간 빙결 안에 동면한 사내의 얼굴이 꿈틀거렸다.

그와 함께 너무도 희미하게 입가에 지어지는 미소.

"좋은 공부를 이루었구나. 너는 내 고통을 알고 베어줄 수 있겠느냐?"

전과 달리 뚜렷이 귓가로 전해지는 음성에 진명이란 이의 눈가에도 잔잔한 떨림이 일었다.

"그 법을 알았으나 잊었소이다. 사람으로 남고자 했기 때문이오. 마음을 도려 낸 이가 어찌 사람이 될 수 있겠소?"

"명쾌하구나. 너라면 대신해 줄 수 있으리라 여겨지는구나. 나는 할 수 없기에 네게 청한다. 북빙해로 가라. 어쩌면 그곳에서 네가 인간으로 남은 천명을 얻을 수 있을 것이다."

그 음성을 끝으로 사내의 눈이 감겼고 진명이란 이는 한 줄기 바람으로 변한 듯 그곳에서 사라졌다.

'미안하구나. 아이야. 하나 나는 아직도 이 여인을 믿는다. 내게 진실로 소중한 단 하나의 사람임을 알기에…… 그래서 인간의 법을 아는 너 또한 믿고자 한다.'

그렇게 마음속으로 되뇌는 사내의 흑발이 서서히 움직이더니 이내 뚜렷한 얼굴을 내비쳤다.

그렇게 드러난 사내의 얼굴은 너무나 익숙한 얼굴이었

다.

그 얼굴은 분명 혁무린, 미몽 속을 헤매고 있는 자기 자신이었다.

"헉!"

혁무린의 상체가 튕겨지듯 일어섰다.

그런 혁무린을 향해 걱정 가득한 음성이 들려왔다.

"괜찮아요?"

수줍음을 감춘 채 걱정 가득한 눈망울을 한 여인이 코앞에 있었다.

요 근자에 더욱 조신해져 버린 단목연화였다.

"또 악몽을 꾸셨나 봐요. 전에는 이런 일이 없으셨는데……. 돈황에서 대체 무슨 일이 있으셨던 건가요?"

걱정 가득한 단목연화의 음성에 무린이 어색하게 웃으며 손을 내저었다.

"일은 무슨!"

말은 그렇게 하지만 사실 별일이 아닌 것은 아니었다.

부친이 지워 놓았던 기억들이 요 근자에 꿈으로 하나둘 나타나기 시작하는 것이 꺼림칙하기 이를 데 없는 것이다.

또한 그것이 무엇 때문인지 알기에 더욱 마음에 걸릴 수밖에 없었다.

쓰지 않겠다고 다짐했던 힘을 사용한 후유증이리라.

"그나저나 어디쯤이야?"

무린이 묻자 단목연화가 조심스레 답했다.

"난주를 떠난 것이 이틀 전이에요."

"이틀?"

"네. 그래도 다행이지 뭐예요. 처음엔 꼬박 닷새를 주무셨잖아요. 차차 좋아지겠죠."

"흠……."

"한데 정말 이래도 괜찮을까요? 정체가 탄로 나기라도 한다면……."

단목연화는 근심을 지우지 못한 음성이었다.

"너나 네 모친의 얼굴을 아는 사람이 군부에 있어?"

"그건 아니지만……."

"대주 아저씬 원래 얼굴이 드러나지 않았잖아. 그런데 뭐가 문제야?"

"그래도 이대로 군부 행렬에 끼어 있다는 게. 더구나 지나는 도시마다 모여드는 군중들로 떠들썩해요."

"그러니까 더 안전하지. 누가 단목세가 사람이 이 행렬 안에 있다고 생각할까? 북경까지 이보다 안전한 길은 없을걸."

듣고 보니 그렇긴 해도 불안감을 쉬 떨쳐 낼 수 없는 것도 사실이었다.

"그나저나 그 사람은 어때?"

"많이 좋아졌어요. 정말로 궁금해서 묻는데 그는 누구죠? 대주님께서 그러는데 굉장히 위험한 자라고……."

단목연화는 조금 전보다 더욱더 걱정스러운 눈빛이었다.

그도 그럴 수밖에 없는 것이 혁무린이 북원의 삼황자와 함께 데려온 인물이기 때문이었다.

물론 삼황자는 꽁꽁 묶인 채 말에 끌려왔지만 무린이 데려온 중년인은 안장에 조심스럽게 얹혀진 모습이었다.

반라의 몸이긴 했으나 분위기는 어딘지 북원의 무장인 듯 보이는 이.

어찌 그럴 수 있는지는 모르겠지만 삼황자는 즉시 옥에 처박혔고, 그는 혼절한 채로 무린과 함께 와 병영에서 치료까지 받았다.

다만 부상은 꽤나 심해서 나흘이 꼬박 지나서야 겨우 눈을 떴다.

깨어난 후로도 그는 단 한 마디의 말도 내뱉지 않았으며 무린 또한 그가 누구라고 얘기하지 않은 채 며칠씩이나 잠이 들어 버렸으니 단목연화나 암천은 꽤나 답답한 마음일 수밖에 없었다.

하나 사실을 알게 되지 않은 것이 다행임을 그녀는 알지 못했다.

그가 바로 북원의 무신이라 칭송받으며 북방의 병사들

에게 공포로 군림하는 초원의 푸른 늑대임을 알게 된다면 삼황자의 생포 사실보다 몇 배는 파장이 클 것이기 때문이었다.

하지만 무린은 그에 관해서 누구에게도 말하지 않았다.

골패륵 또한 자신이 어디 있는지, 어디로 가는지, 그도 아니면 혁무린의 정체에 대해 아무것도 묻지 않았다.

그는 그런 상태로 암천과 함께 무린 일행을 따르고 있는 것이다.

엄밀히 말하면 군부의 승전 행렬이랄 수 있는 곳에 그들이 끼어 있는 것이었지만 누구도 그들을 이상타 여기지 않았다.

부백호에서 일약 정오품의 정천호로 승차하며 새로운 영웅으로 등극한 임백찬이 그들을 더없이 공경하며 모시기 때문이었다.

그렇게 군부의 행렬이 향하는 곳은 당연히 북경이었다.

第九章

무곡(霧谷)

비파봉 아래로 내려선 연후는 눈앞에 펼쳐진 놀라운 절경에 다시 한 번 어안이 벙벙해졌다.

비파봉 아래쪽으로 움푹 들어간 공간에 나 있는 길 때문이었다.

위쪽에선 아무리 용을 쓴다 해도 볼 수 없는 촉도가 절벽을 따라 아래로 이어져 있었다.

그 촉도에서 내려다본 절벽의 아래쪽은 비파봉에서 볼 때와는 전혀 다른 모습이었다.

당연히 삼협의 물줄기가 보일 것이라 여겼던 절벽 아래에 너무나도 짙은 안개의 계곡이 있었다.

안력을 높인다 해도 도저히 뚫어 볼 수 없을 정도로 짙은 안개, 어째서 이곳이 무곡이라는 지명을 얻었는지 이해할 수 있었다.

그럼에도 속도를 내려가는 이들의 걸음은 망설임이 없었다.

한 발만 삐끗해도 추락사를 면키 어려운 높이였건만 단목세가의 무인들은 누구 하나 주저하는 이가 없었다.

그렇게 한참을 내려가니 그들 또한 안개 속으로 진입할 수밖에 없었다.

그때부턴 어마어마한 물줄기 소리가 들려왔다.

어딘가에 삼협의 물기가 흐르고 있는 듯 물살이 요동치는 소리가 절로 살을 떨리게 할 지경이었다.

그런 소리를 들으면서도 한참을 더 내려선 후에야 평평한 지면을 밟을 수 있었다.

때마침 옆에 자리한 만추선생이 입을 열었다.

"제 족적을 따르셔야 합니다. 만상운무진은 보통 안개가 아닙니다."

그제야 연후도 이 짙은 안개가 말로만 들었던 진법의 한 종류라는 것을 깨달았다.

어려서부터 서가에 잡서라는 잡서는 모조리 섭렵하였던 연후였지만 이렇듯 정말로 조화를 부리는 진이 가능하다고는 생각지 못했었다.

하니 당연한 듯 호기심이 짙어질 수밖에 없었다.

'흠…….'

만추선생을 따르는 중에 일부러 숨을 크게 들이키며 안개를 잔뜩 들이켜 보았다.

'위험한 것은 아니로군.'

무상검결이 반응하지 않는다는 것은 안개 자체가 별다른 것은 아니란 말이었다.

'어디 좀 볼까?'

걷는 와중 또다시 호기심이 일어 일부러 다른 곳에 발을 내디디려 했다.

순간 전에 없는 떨림이 발끝을 타고 일었다.

'역시!'

만추선생의 족적을 벗으려는 순간 무상검결이 자신의 걸음을 제동하고 나선 것이다.

그러자 연후는 나직이 고개를 끄덕이며 다시금 만추선생의 족적을 따랐다.

호기심은 이 정도로 족하다는 생각이었다.

그로 인해 다른 이들에게 폐를 끼칠 수 없으니 더 이상의 행동은 하지 않았다.

자칫 안개 어딘가에 있는 물줄기에 휩쓸리기라도 한다면 장강의 고기밥이 될 수도 있는 일.

그럼에도 진법이란 것에 대한 궁금함은 더욱 짙어졌다.

마음 같아선 당장이라도 뛰어들어 진의 효용을 더 알아

보고 싶었으나, 처음 찾은 곳에서 그같이 무례한 행동을 할 순 없다는 생각이었다.

하지만 확인하고 싶은 것이 남아 있었다.

광안을 열면 이 안개가 어찌 보이는지를 말이다.

광안은 빛의 흐름마저 느낄 수 있는 지고한 공능을 지녔으니 이 지독한 안개 속에서 어떠한 현상을 일으킬지 궁금한 것이다.

순간 연후의 눈에 기이한 광망이 넘실거렸다.

딱히 공력의 운용이 필요치 않으니 남에게 들킬 이유 또한 없었다.

그렇게 광안을 연 순간 연후는 하마터면 외마디 비명을 내지를 뻔했다.

뿌옇던 안개가 너무나 급격히 팽창하면서 마치 두 눈을 파고들어 오는 것처럼 보였기 때문이었다.

예기치 못한 사태에 당황하였으나 광안을 닫진 않았다. 위험하다면 마땅히 무상검결이 반응해 줄 것이라 믿었기 때문이었다.

변화가 없다는 것은 해가 되지 않는다는 것, 하니 광안을 닫을 이유가 없었다.

하나 그 순간에도 눈에 보이는 기이한 현상은 계속되었다.

계속해서 무언가가 빨려드는 것 같더니 어느 순간 눈앞

에 자그마한 알갱이들이 비치기 시작한 것이다.

또한 그 알갱이의 수는 너무나 엄청나 하늘의 별무리보다도 수천, 수만 배는 많아 보였다. 그런 것들이 어지럽게 얽혀 마치 살아 있는 것처럼 움직였다.

참으로 이해하지 못할 일이었다.

안개를 보았는데 정작 보이는 것이 자그마한 알갱이들이며 그것들이 천지를 가득 메우며 요동치고 있으니 기사라면 분명 기사라 할 수 있는 것이다.

왠지 호기심이 더해진 연후는 전에는 시도하지 못했던 일까지 행하려 했다.

삼문을 일기관통 하여야 완성할 수 있다는 광령의 끝.

이를 이루기 위해 불이곡에서부터 틈틈이 행해 왔던 수련이 있었다.

하단전의 공력을 일으킨 뒤 중단전의 화염지기를 더하고 그 상태에서 무상검결을 운용하며 광안을 여는 수련.

물론 한 번도 성공해 본 적은 없었다.

하나 지금이라면 왠지 자신이 있었다.

전에는 무상검결과 염왕진결을 동시에 펼칠 수 없다 생각했기에 불가능하다 여겼지만, 그것이 아님을 알게 된 지금은 조금 다른 느낌이었다.

충분히 해 볼 만한 시도라 생각했다.

하지만 연후는 원하던 일을 할 수 없었다.

끝이 없어 보이던 안개의 길이 생각보다 너무나 빨리 끝나 버렸기 때문이었다.

"다······ 왔······습······니······다."

광안을 연 상태에선 소리마저 느리게 들려오는 것이 당연한 일, 연후가 화들짝 놀라 광안을 지워 냈다.

그리고 그 순간 연후는 너무나 놀란 표정을 지어야 했다.

시야에서 거짓말처럼 사라진 안개를 뚫고 그야말로 선경이라고밖에 할 수 없는 공간이 눈에 들어왔기 때문이었다.

무릉도원이 인세에 있다면 이러할까 하는 생각이 들었다.

가장 먼저 보인 것은 좌측 절벽에서 떨어져 내리는 장엄한 폭포의 물줄기였다.

그 물줄기가 아래쪽에 자리 잡은 연못에 부딪히며 짙은 물보라를 일으키고 있었는데 그것들이 한데 모여 연기처럼 흐르고 있었다.

이토록 짙은 안개가 어디에서 기인하는지, 또한 두렵도록 느껴지던 물줄기 소리가 무엇 때문인지 알 수 있었다.

그렇게 폭포가 있는 절벽 옆으로 그보다 훨씬 높은 절벽들이 병풍처럼 자리하고 있었다.

그렇게 병풍으로 둘러싸인 공간은 족히 이삼백 장은 넘

을 것처럼 넓었고, 그 안에는 온갖 기화요초들이 가득 피어 있어 어느 계절에 머무르고 있는지를 분간할 수 없게 했다.

연후 또한 절곡 안의 절경에 잠시간 넋이 나간 듯했으며 그것은 뒤따라 들어온 난중표국의 표사들 또한 모두가 마찬가지였다.

유독 단 한 사람, 거치대에 실려 내내 불만 가득한 얼굴이던 사다인만이 칫 하는 외마디 소리를 내뱉었을 뿐이었다.

여하간 그렇게 연후와 사다인, 그리고 강일찬을 비롯한 난중표국의 표사들이 그곳에 들어올 수 있었다.

또한 그들은 전에는 보지 못했던 새로운 인물들을 마주할 수 있게 되었다.

열 명 정도나 되는 이들이 각기 독특한 분위기를 풍기며 연후 일행을 마중하였고, 그들 뒤로 다시 이백은 넘어 보이는 무인들이 오와 열을 맞춰 도열해 있었다.

만추선생과 만리표객이 그들 사이로 연후와 사다인을 이끌었다.

연후가 먼저 그들을 향해 예를 표하기도 전 만추선생이 나섰다.

"이분께서 이곳 성부의 부주이십니다."

만추선생이 제일 먼저 거론한 이는 앞서 있는 이들 중

유독 기감이 느껴지지 않는 중년인이었다.

그는 만추선생의 소개에도 불구하고 민망한 듯 입을 열었다.

"하하하하. 오해 마시오. 다른 분들과 달리 빈객에 불과하니 말이오. 반갑소이다. 구양복이라 하오."

"유연후라 합니다."

연후가 그리 인사를 하며 옆에 누운 사다인을 힐끔거렸다.

하나 사다인은 이미 심기가 많이 상한 눈치였다.

연후라면 몰라도 또 다른 이들에게 몸을 맡긴 것도 짜증나는데 구경하듯 몰려 있는 이들까지 보게 되니 말할 마음이 싹 가시고 없는 것이다.

그렇다고 단목강의 집안사람들에게 막 대할 수도 없으니 그저 슬쩍 눈을 감아 버렸다.

사다인의 성격을 너무 잘 아는지라 연후가 대신 나섰다.

"지기가 위중한지라 예를 더 표하지 못함을 이해해 주십시오. 우선 쉴 곳을 청할 수 있겠습니까?"

그러자 만추선생이 미안한 얼굴로 나섰다.

"죄송합니다. 반가운 마음에 그만, 두 분 공자의 상황도 살피지 못했습니다. 따르시지요. 쉴 곳을 안내해 드리겠습니다."

"그럼······ 부탁드리겠습니다."

연후가 장읍을 하고 따르려 하자 사다인이 눈을 부릅뜬 뒤 갑작스레 몸을 일으켜 버렸다.

마차에서부터 이곳에 오는 동안 꼼짝달싹하지 않던 사다인이 갑자기 일어서자 만추선생이나 만리표객마저 꽤나 놀란 눈빛이었다.

그런 사다인이 앞서 있는 이들을 향해 무뚝뚝하게 말했다.

"사다인이오. 사정 때문에 신세를 지게 되었소. 중원 사람이 아니니 본래 이런 놈인 줄 아시오."

참으로 황당한 인사법이라 할 수 있었지만 누구 하나 얼굴을 찡그리는 이가 없었다.

본래들 성품이 좋은 것인지 아니면 사다인에 대해 알고 있어서 그런 것인지는 알 수 없었으나 모두가 별다른 불쾌감 없이 사다인을 바라볼 뿐이었다.

때마침 구양복이란 이곳의 부주가 나섰다.

"만추! 우선 정양케 해 주시게. 찾아뵙고 인사를 드리는 것은 나중에 하시고."

"그러지요. 사다인 공자, 유 공자. 저를 따르시지요."

"괜찮소."

사다인은 그리 짧게 말한 뒤 연후 옆에 나직하게 말했다.

"더 이상 다른 이들에게까지 신세지게 하지 마라. 며칠만 지나면 움직일 수 있으니까."

그런 사다인의 말에 연후가 피식 웃었다.

무슨 마음인지 알 것 같았기 때문이었다.

단목세가 무인들에게 자신을 맡긴 것을 원망하고 있는 것이리라.

연후 딴에는 조금이라도 사다인이 편할 것 같아 한 배려였지만 낯선 이들에게 몸을 맡긴 채 하루 동안 산을 타야 했던 일에 꽤나 자존심이 상한 것 같았다.

이를 바꿔 말하면 자신이라면 괜찮다는 뜻이니 기분 나쁠 이유가 없었다.

"하하하하! 이거 두 분의 우애가 참으로 보기 좋소이다. 하면 간단히 소개를 드리지요."

구양복이라 하는 이가 다시금 분위기를 바꾸었다.

"제 오른쪽에 서신 분들이 단목세가의 칠대가신으로 불리는 분들입니다. 이곳에 없는 진월 법사가 지금 단목 공자의 곁을 지키고 있소이다."

구양복의 말에 연후나 사다인 모두 표정이 변할 수밖에 없었다.

다시 생각해 보니 이들이 왜 이곳에 모여 있는지 짐작되었기 때문이었다.

만추선생이 말하길 단목강이 어디 있는가에 대해서는

함부로 발설할 수 없다 했다.

아마도 그 때문에 자신과 사다인을 살피기 위해 모였으리라.

"만추와 번 노야는 이미 보셨을 터이고 이분은 방인이란 함자를 지닌 분으로 당대제일의 권사라 칭송받을 만한 분이시지요."

"반갑소이다. 패천권사(覇天拳士)라는 허명을 가진 부끄러운 가신이외다."

육 척 반에 이르는 체구를 가진 호목의 장년인이 장중한 음성으로 입을 열자 연후가 그를 향해 예를 표하려 했다.

하나 그러기도 전에 다시 구양복의 음성이 이어졌다.

"그 곁에 계신 분은 표풍이절(漂風二絕) 임하중 대협으로 좌도(左刀) 우검(右劍) 모두로 절정을 보신 고수시지요."

"임하중이오."

등 뒤로 도와 검 한 자루를 교차하여 멘 날카로운 인상의 중년인이 공손하게 예를 표했다.

"또한 그 곁에 계신 목 노사께선 산서 목가의 전인으로 산화삼수(散花三手)라 불리십니다."

"두 분 공자, 모쪼록 잘 부탁드리외다."

선풍도골의 노인마저 자신을 낮추자 연후로선 참으로 부담스럽기만 했다.

하나 이미 만추선생으로부터 들은 이야기가 있어 뭐라 할 수도 없었다.

그러거나 말거나 구양복은 이번엔 왼편으로 선 이들을 소개했다.

"여기 계신 여협은 절정각의 각주로 능히 검후라 불릴 수 있는 검경을 보신 분이십니다. 저와 함께 빈청에 거하시던 분이십니다."

앞선 이들 중 홍일점인 중년 여인이었다.

그녀는 가볍게 눈인사를 한 것이 전부였다.

"그 옆에 계신 단 노사께선 천룡사의 절기를 이으신 분이십니다."

구양복이 마지막으로 소개한 이는 다른 이들과는 또 다른 무언가를 느끼게 하는 인물이었다.

기감이 월등하기도 했지만 그것과는 별개의 또 다른 자연스런 위엄이 느껴지는 것이다.

보통 사람이라면 그것이 무엇인지 알 수 없을 것이나 연후에겐 그렇게 낯설다고 할 수만은 없는 것이기도 했다.

"단운이라 하네."

그가 입을 열었고 연후 또한 그를 향해 공경의 포권을 취했다.

그의 성이 단씨라는 것을 듣자 천룡사와 연관 지어 자연스레 그의 정체를 유추할 수 있었기 때문이었다.

대리국과 천룡사가 밀접하다는 것은 사서에도 누누이 기록되어 있으니 모를 이유가 없었다.

또한 대리단가의 피가 중원의 황족에 준하는 공경을 받았던 기록을 알고 있는데 그의 정체를 파악치 못할 이유가 없었다.

그에게서 느껴지는 자연스러운 위엄은 그러한 황족들이 날 때부터 지닌 천품임이 틀림없었다.

그렇다고 해도 적지 않게 놀랄 수밖에 없는 일이었다.

원의 기병에 패망했다는 대리국의 황족이 아직까지도 맥을 이어 오고 있다는 것은…….

그렇게 생각하자 자연스레 한 가지 의구심이 일었다.

혹여 이들이 대리국을 다시 세우고자 하는 것이 아닌가 하는 의문.

생각이 이에 미치자 슬그머니 본래의 성품이 튀어나왔다.

패망의 세월이 언제이며 운남이 명의 땅이 된 세월이 언제인데 대리국이 용인될 리 없지 않겠는가?

그간에도 수차례 대리단가의 적손임을 주장하여 봉기하였던 이들이 몰살을 당한 기록이 있으니, 자칫 엉뚱한 곳에서 혈풍이 일지나 않을까 노심초사하게 되는 연후였다.

한데 그때 단운이란 중년인이 나섰다.

"유가장의 후인이라 하니 내가 누군지 짐작할 수 있겠지? 하나 걱정 말게. 망국의 한 따위는 까마득한 선대에서

이미 지워지고 없으니. 내 소망은 천룡사를 불사른 중살이
란 놈들을 단죄하는 것일 뿐이니."

"아……."

연후는 저도 모르게 탄식을 내뱉을 수밖에 없었다.

또한 그가 중살을 언급하는 순간 그 옆에 선 중년 여인
의 눈에서 서릿발 같은 기세가 치밀어 올랐다.

그것만 보아도 사정을 대강 짐작할 수 있었다.

가신이라는 이들과는 달리 두 사람은 오직 그것을 목적
으로 하고 있는 듯 보인 것이다.

그렇게 모두의 소개가 끝나고 나자 연후가 다시 한 번
정중히 자신을 소개했다.

"유가장의 후예인 유연후입니다."

한데 그 순간 또다시 전혀 의외로 사다인이 나섰다.

"미안하지만 놈들은 내 거야. 끼어들면 용서 없어. 아
무리 당신들이라도!"

일순간 뜨악한 표정을 지을 수밖에 없는 연후였다.

*   *   *

연후와 사다인이 처소로 안내되고 성부를 이끄는 이들
이 은밀히 회동했다.

하나 그들은 한동안 침묵을 하기만 했다.

그런 분위기를 참지 못하고 만추선생이 먼저 나섰다.

"점괘가 나왔소?"

조심스럽게 이어지는 물음, 하나 대답하는 구양복은 난처한 표정이었다.

"하다하다 이러한 괘는 처음이외다."

구양복의 답에 침중하던 이들의 눈이 빛났다.

"무엇 때문에 그러시는 것이오?"

"길흉화복 어디에도 속한 점괘가 아니올시다. 산대가 미치지 않고서야 이러한 점괘가 나올 리가 없는데……."

"어허! 신산이라 불리던 분의 후예가 아니시오? 부주가 못 뽑는 점괘라면 어찌해야 한단 말이오? 자칫 신임 가주께 해가 될 수도 있을 터인데……."

"내 누누이 말씀드리지만 제 사부의 사부의 사부, 그리고 그 사부의 사부의 사부를 거치는 동안 조사의 비술은 유실되기를 거듭하였습니다. 내 재주는 그리 대단한 것이 아닙니다."

구양복의 말에 분위기는 더욱 무겁게 가라앉았다.

때마침 만리표객이라 했던 노인이 나섰다.

"내 보기엔 도움이 되었으면 되었지 해가 되진 않을 것 같습니다. 사다인 공자의 성품이 무공만큼이나 급박한 것은 사실이나 그 고강함은 두말할 필요가 없지 않습니까? 그런 이가 곁에 있다면 어린 가주께는 천군만마보다 든든

할 것입니다."

한데 그 순간 패천권사라 불리었던 사내가 나섰다.

"내 생각은 다르오. 그는 강하지만 필요 없는 적을 만들 소지가 많소. 가뜩이나 황실을 적으로 둔 입장에서 다른 적들까지 만들 이유는 없지 않겠소?"

그러자 만리표객이 다시 입을 열었다.

"표왕의 뜻은 알겠으나 우리가 황실을 적으로 삼자는 것이 아니질 않소이까? 전대 가주께서 하시려 했던 것처럼 태공공과 그 추종자들을 베려는 것일 뿐, 그 후 본가의 무고함이 밝혀진다면 문제가 없질 않겠소이까?"

두 사람의 대화를 듣고 있던 표풍이절이 나섰다.

"그 때문이라도 더욱 신중해야 할 것입니다. 황실의 일이 해결된다 해도 강호의 은원이 더해진다면 어찌 온전히 세가가 바로 설 수 있겠습니까?"

서로 다른 의견들이 이어지는 동안 다른 이들은 깊게 침묵했다.

"유 공자는 어떠한가요? 그도 신임 가주께 해가 될 것 같나요?"

검후라 불리던 중년 여인의 나직한 음성이었다.

그러자 모두가 더욱더 무거운 침묵을 표할 수밖에 없었다.

사실 그에 대해선 정말로 어떤 판단도 내릴 수가 없었다.

장중하고 사려 깊은 성품은 한눈에도 알 수 있으나 그가 북궁세가의 후인인 것은 도저히 그냥 넘길 수가 없는 문제였다.

　뇌령마군의 후예인 사다인이야 그 스스로가 만든 은원뿐이 없다지만 북궁세가의 후인이란 입장은 전혀 달랐다.

　현존하는 거의 모든 문파들이 합세하여 이 땅에서 지워버린 것이 북궁세가이고 보면 누가 그 일에서 자유롭겠는가.

　어찌 되었든 그가 폭풍의 핵이 될 소지는 다분했다.

　비록 단목세가가 그 일에 무관하다 해도 대외적인 기반이 거의 사라진 지금 그를 끌어안고 가기엔 무리가 있는 것이 분명했다.

　그렇다고 여기 모인 이들이 사다인과 연후를 어쩌자는 것은 절대 아니었다.

　그저 그들과 신임 가주의 연이 깊은 것을 알고 있기에 앞으로 벌어질 수 있는 일들을 미리 대비하고자 하는 것이었다.

　그들이 청한다고 신임 가주가 그들과의 연을 끊을 리 없다는 것도 알고 있지만 그렇다고 대책도 없이 두고 볼 수는 없는 일이었다.

　이런 논의마저 신하 된 도리로 큰 죄를 짓는 것임을 알고 있으나 사안이 사안인 만큼 어쩔 수가 없었다.

분명 신임 가주는 연륜이 부족하며, 이곳에 몸을 의탁하고 있는 그의 의형 두 사람은 현재의 단목세가가 감당하고 가기엔 너무나 위험한 이들인 것이다.

　여기 모인 이들의 면면이 일파의 종주급이라 자신한다 해도 강호무림 전체를 감당할 수는 없는 일이기 때문이었다.

　내칠 수도 없고 또한 끌어안을 수도 없으며 또한 그저 방관만 하고 있을 수도 없으니 고민은 깊어만 갈 수밖에 없었다.

　그렇게 고민이 깊어 가던 차에 구양복이 하는 수 없다는 듯 입을 열었다.

　"어쩔 수 없지 않겠습니까? 되도록 오래 이곳에 머물게 하는 수밖에……. 번 노사께서 수고를 좀 해 주셔야겠습니다."

　"노부 또한 바라는 바외다. 하나 너무 기대는 마시오. 사람을 하나 안고 노부를 따돌릴 정도의 운신을 지닌 이외다. 그런 이에게 노부의 절기가 무슨 가치가 있겠소?"

　만리표객의 음성에는 쓸쓸함이 진하게 묻어나 있었다.

　사실 그것 하나만 해도 유 공자의 무위는 어마어마한 것이었다.

　천하제일신 번우가 그림자조차 밟지 못했다는 사실은 시사 하는 바가 적지 않은 것이다.

때마침 검후란 여인이 나섰다.

"해서 당분간 린이를 보낼까 하는데, 어떻습니까?"

그녀의 말에 침중했던 분위기가 갑작스레 싸해졌다.

다들 꽤나 놀란 표정.

"괘…… 괜찮겠습니까?"

구양복은 말까지 더듬었다.

하나 정작 검후의 표정만은 변치 않았다.

"유 공자라면 그 아이를 감당하지 않을까 해서요."

*   *   *

사다인과 연후가 머무는 곳은 통나무로 만들어진 모옥
이었다.

밖에서 보기엔 어떨지 모르겠지만 모옥 안은 어느 내실
보다 안락한 느낌이었다.

그 안에는 두 개의 침상이 놓여 있었고 그중 하나에 사
다인이 몸을 눕힌 채 눈을 감고 있었다.

연후는 반대편 침상에 앉은 채로 그런 사다인을 말없이
바라보기만 했다.

하지만 더 나눌 말이 없는지 누구도 먼저 입을 열지 않
았다.

그렇게 시간이 흐르던 차에 문밖에서 뜻하지 않은 여인

의 음성이 들려왔다.

"실례해도 되나요?"

말은 대답을 기다려야 하는 것이 분명했지만 문은 이미 열리고 있었다.

그리곤 뭐가 그리 신이 났는지 너무나 들떠 있는 표정의 여인이 보였다.

특이하게도 가슴에 은색 장검을 끌어안고 선 여인은 대답도 기다리지 않고 발을 모옥 안으로 들어섰다.

그러다 문설주에 발이 걸린 여인.

"악!"

날카로운 비명과 함께 여인의 얼굴이 그대로 바닥에 처박힐 것만 같았다.

그런 상황인데도 검을 붙잡고 있는 손을 움직이지 않으니 참으로 이상한 여인이었다.

창졸간에 연후가 몸을 움직여 여인을 낚아챘다.

낯선 여인의 면상이 바닥에 처박히는 것을 두고 볼 수는 없기 때문이었다.

그러느라 연후는 자연스레 여인을 낚아 휘돌린 채 자신의 무릎 위에 놓을 수밖에 없었다.

"아!"

무릎베개를 하고 연후를 쳐다보던 여인의 입에서 나직한 탄성이 나왔다.

또한 너무나 초롱초롱 빛나는 그 눈빛은 여간 부담스러운 것이 아니었다.

이제 스물이나 되었을까 말까 한 나이의 여인이었다. 딱히 어떤 느낌이 들지는 않았으나 예쁜 것만은 분명한 여인이었다. 더구나 여인의 얼굴을 이처럼 가까이서 마주 대한 적이 없는 연후이기에 저도 모르게 헛기침을 했다.

"큼. 괜찮으시오?"

그제야 상황을 깨달은 듯 여인의 안색이 급격히 변했다.

"아! 죄송해요. 전 왜 이 모양인지!"

여인이 정신을 차리며 다시 얼굴을 붉혔다.

그런 뒤 은근한 손길로 연후의 손을 밀어내었다.

연후는 그제야 상황을 깨닫고 여인을 바로 세워 준 뒤 한 걸음을 물러섰다.

"결례를 범했습니다."

연후의 음성에 갑자기 시무룩해진 여인이었다.

꼭 결례가 아닌데라는 말을 하는 듯한 표정이었다.

하나 여인은 어느새 다시 밝아졌다.

여전히 품에 검을 꼭 안은 모습이었지만 연후를 향한 그녀의 음성은 마치 세상에 처음 나온 아이와도 같은 느낌이었다.

"죄송해요. 유 공자시죠? 저기 계신 분은 흑면수라……. 아참! 그렇게 말하면 안 된다고……. 분명 이름을 들었는데. 사…… 사 뭐라고. 앞으로 사 공자라 부를게요."

사다인의 감긴 눈매가 미약하게 꿈틀거렸으나 다른 일
은 벌어지지 않았다.

하나 여인은 잠시도 쉬지 않고 재잘거렸다.

"헤헤! 얼마나 기쁜지 몰라요. 사부님께서 제게 뭘 부탁
하신 게 얼마 만인지 모르실 거예요. 게다가, 검제의 후인
이라는 유 공자와 흑면수라…… 아니 사 공자를 모시라
니. 정말 꿈만 같아요!"

여인의 음성은 봄나들이를 처음 나온 어린애마냥 들떠
있어 연후는 난감할 지경이었다.

"뜻은 고맙지만, 감당할 수 없습니다. 이렇게 폐를 끼
치는 것만으로도 송구하다 전해 주십시오."

연후는 정중한 태도로 거절을 했다.

한데 연후는 여인의 반응에 황당한 표정을 지을 수밖에
없었다.

그녀가 갑작스레 울먹이기 시작한 것이다.

'대체 왜!'

연후가 그런 생각을 할 때는 이미 여인의 울음은 터져
나오기 직전이었다.

"역시 저 같은 건…… 저 같은 건 아무짝에도 쓸모가
없어요! 흑!"

그렁그렁한 눈물을 뿌리며 그대로 문밖으로 뛰어나가는

여인!

쾅당탕!

하나 여인은 또다시 문설주에 걸려 넘어지고 말았다.

이번만은 연후도 당황하여 그런 여인을 도와주지 못했다.

문밖의 흙 속에 얼굴이 박힌 그녀는 그대로 다시 대성통곡을 했다.

꺼이꺼이 하는 울음을 터트리는 동안 입에 흙이나 들어가지 않을까 하는 걱정이 일었으나 여인은 그렇게 울다 일어서 다시금 뛰쳐나갔다.

연후는 물론 사다인에게마저 참으로 황당한 순간이 아닐 수 없었다.

그녀가 누구인지는 얼마 후 알게 되었다.

단목세가의 빈객 중 절정각의 각주라는 중년 여인이 찾아왔기 때문이었다.

"린이 때문에 많이 놀라셨죠?"

물론 그랬지만 대놓고 그렇다고 답할 연후는 아니었다.

그저 가당치도 않게 시중을 받을 수는 없다 말하려 했을 뿐이다.

하나 중년 여인은 그런 연후의 내심도 듣기 전 린이라는 여인에 대한 이야기를 꺼내 놓았다.

"참으로 맑은 아이입니다. 덤벙거리는 것이 흠이긴 해도 악의는 없습니다. 절정각의 마지막 제자이기도 한 아이지요."

"네, 하지만 저와 이 친구 모두 그런 대접을 받을 순 없습니다."

연후의 말에 중년 여인이 빙그레 웃었다.

"두 분 공자 때문이 아닙니다. 그 아이 때문입니다. 일가친척 하나 없이 홀로 남겨진 아이며, 오직 저 하나를 보고 사는 아이이기에 지기 또한 없었습니다. 마침 헌양한 두 분 공자를 뵈오니 좋은 기회다 싶어 차 시중이나 들라 일렀을 뿐입니다."

"그렇다고 해도……."

"부디 사양치 말아 주십시오. 검을 배우긴 했으나 이 세계에 대해선 무지한 아이입니다. 또한 저의 실수로 그 검조차 온전하지 못하게 된 아이이니 계시는 동안만이라도 곁에 머물게 해 주십시오. 그 아이의 스승 된 이로서 부탁드립니다."

중년 여인의 음성은 나직했지만 그래서 더욱 간곡함이 느껴졌다.

그렇게까지 나오니 더 이상 거절하기도 마땅치않았다.

연후가 슬쩍 고개를 돌려 사다인을 바라보았다.

검후라는 중년 여인이 들어왔지만 내내 침상에 누워 두 눈을 감고 있는 사다인.

때마침 사다인의 눈이 살짝 떠져 연후와 마주쳤다.

한눈에도 싫다는 것이 분명한 눈빛, 하지만 연후는 피식 웃어 버렸다.

"좋습니다."

연후의 갑작스런 대답에 사다인이 쌍심지를 켠 듯 연후를 노려보았으나 연후는 그 시선을 슬쩍 외면했다.

검후란 여인은 장읍을 취한 후 나갔고 그제야 사다인이 연후를 향해 한마디를 쏘아붙였다.

"네 녀석! 왜 멋대로 결정을?"

"어? 싫다는 뜻이었느냐? 무언(無言)은 긍정이라 했으니 그저 동의한 줄 알았다. 다음부턴 무언가 이견이 있으면 꺼내거라. 여인이라 하지만 강호의 선배라 할 수 있는 분이 정중히 청하는데 말 한 마디라도 꺼내서 거절하는 것이 마땅한 예가 아니겠느냐?"

사다인의 얼굴이 소태를 씹은 듯 일그러졌다.

연후의 말이 무엇을 말함인지 충분히 알고 있기 때문이었다.

이곳에 들고부터 있어 왔던 자신의 행동을 꼬집는 것이리라.

하여 사다인은 그냥 다시 눈을 감아 버렸다.

지금은 다른 것에 신경 쓸 때가 아니었다.

몸을 회복하기 위해, 특히나 심맥의 상처가 아물게 하기 위해선 손끝 하나 움직이지 않는 것이 가장 좋은 길임을 깨닫고 오직 옴짝달싹하지 않는 일에 매진할 뿐이었다.

연후는 석 달을 말하였지만 한 달이면 몸 상태를 완전히 회복할 수 있다 자신했다.

그것이 지금 자신이 할 수 있는 최선이었다.

연후를 위해서도 또한 언제 이곳에 올지 모르는 단목강을 위해서라도 그것이 지금 자신이 해야 할 일이었다.

또한 이곳의 무인들에게 싸늘하게 대했던 이유 역시 그저 성격이 그래서만은 아니었다.

자신이 벌인 일은 자신이 끝을 맺는 것이 당연하다 생각했다.

괜한 인연을 더하여 다른 인과가 얽히는 것이 싫은 것이다.

또한 단목세가의 인물들이 다 죽었다고 생각했던 때와 그들이 살아 있음을 알게 된 지금과는 입장이 전혀 달랐다.

비록 단목세가를 들먹이긴 했지만 단목강 때문에 피를 본 것이지 생면부지인 단목세가 인물들 때문에 오수련과 마찰을 빚은 것이 절대 아니었다.

하니 그들의 예를 받을 이유 또한 없다 생각하는 것이 바로 사다인의 본심이었다.

하지만 사다인은 그런 내심을 구구절절 꺼내 놓을 사내는 아니었다.

그렇기에 그저 눈을 감은 채 내심 은은한 투기를 일으

키고 있을 뿐이었다.

'흥! 녀석! 뇌령을 회복하면 우선 네 녀석과 붙어 봐야겠다.'

사다인이 그런 생각을 하고 있다는 것을 연후는 전혀 생각지도 못했다.

하나 정작 사다인은 연후의 결정으로 자신이 겪게 될 일을 꿈에도 짐작치 못했다.

"어머! 불쌍해라! 사 공자는 많이 약하신가 봐요."

"진짜인가 봐! 어쩜 좋아. 내공이 하나도 느껴지질 않네요."

"저…… 괜찮다면 제가 무공 좀 가르쳐 드릴까요? 저이래 보여도 기초는 정말 튼튼해요."

다음 날부터 듣게 된 그녀 은서린의 말에 사다인은 피를 토하는 나날을 보내야 했던 것이다.

第十章

인연의 고리는 이어짐을 더하여

군부의 승전 행렬은 감숙을 지나 섬서로 이어졌다.

　성도인 서안에 도착한 임백찬과 삼백의 병사들은 섬서
의 포정사사의 치하와 함께 백성들의 극진한 환대를 받았
고, 이후 임백찬과 장수들은 따로 서안 지부대인의 사택에
서 벌어진 연회에 참석했다.

　무린 일행 역시 그 덕에 지부대인의 사택에서 하루를
유할 수 있었다.

　말이 사택이지 관사보다 더욱 거대한 장원이기에 외원
에서 떠들썩하게 연회가 펼쳐지고 있었지만 정작 안쪽은
적막함을 느낄 정도였다.

　그 무렵 무린이 조용히 골패륵을 찾아갔다.

또한 그곳엔 암천도 함께 있었다.

이동하는 내내 두 사람은 한 방에 머물러야 했는데 그럼에도 이제껏 거의 말 한 마디 나누지 않은 사이였다.

당연히 어색할 수밖에 없는 두 사람, 무린이 그런 두 사람의 거처로 발을 들인 것이다.

무린이 들어오자 암천이 반가움에 겨워 인사를 건네려 했으나 그보다 먼저 골패륵이 반응했다.

"오셨습니까?"

극존칭을 하며 한쪽 무릎을 꿇는 그의 모습에 암천이 당황한 것은 어쩔 수가 없었다.

그것이 북원의 장수들이 군마에서 내려 취하는 예법임을 알고 있었기 때문이었다.

그저 놀랄 수밖에 없었다.

그가 북원의 무장이라는 짐작은 당연히 하고 있었지만 무린에게 군례를 취하는 모습은 너무나 의외였기 때문이었다.

더구나 그는 요 근자에 만난 누구보다도 강한 이라는 느낌을 주는 이였다.

'자부의 숨겨 둔 신하인가?'

딴에는 그렇게 짐작할 수밖에 없었다.

정확히는 모르겠지만 꽤나 위험해 보이는 무장이 무린에게 깍듯하게 대하니 그렇게 생각할 수밖에 없었다.

역시나 그런 무장의 예를 무린이 너무나 당연시 받아들이고 있고.

하나 전에 없이 근엄하게 골패륵을 바라보던 무린이 살짝 인상을 찌푸렸다.

"내가 왜 당신을 데려왔는지 알겠어?"

무린의 말에 가장 당황한 것은 암천이었다.

'뭐야? 모르는 사이란 건가?'

북원의 무장 골패륵은 아무런 답도 하지 않았다.

다만 여전히 무린 앞에서 한쪽 무릎을 꿇은 채 가볍게 머리를 숙이고 있을 뿐이다.

그때 다시 무린이 입을 열었다.

"스스로에게 했던 다짐 때문이야. 앞서 살았던 이들처럼 살진 않을 생각이기에. 뭐 죄지은 게 있다고 그럴 필요가 있겠어?"

암천은 어느 정도 짐작할 수 있는 이야기였지만 골패륵에겐 전혀 이해할 수 없는 말이기도 했다.

하나 그는 일말의 변화조차 없이 처음 그 모습을 유지했다.

"당신처럼 상문(上門)이 열려 있는 사람들은 가둬 둔 채 두고두고 기억을 잡아먹어야 해. 그런 짓을 하고 싶진 않거든."

순간 암천은 흠칫했다.

무린의 말을 통해 뭔가 생각나는 것이 있어서였다.

'설마! 무제께서 동부에 무공을 남기신 것이?'

그런 생각으로 머릿속이 복잡할 때 골패륵의 입이 열렸다.

"성왕이시여! 소장은 알지 못합니다. 다만 한 가지를 생각했을 뿐입니다. 성왕의 환생을 보았고 명왕의 강림을 보았으니 그저 따르겠다 마음먹은 것입니다."

골패륵의 나직한 음성에 무린은 잠시간 말이 없었다.

그런 두 사람을 가만히 지켜보는 암천만이 고개를 갸웃거릴 뿐.

하나 두 사람의 대화에서 딱히 무언가를 알게 된 것은 아니었다.

임백찬 같은 이는 혁무린을 제천대성이라 철썩같이 믿고 있는 눈치였다. 그가 다른 이들에게도 그렇게 말하는지 아닌지는 모르겠지만 하여간 너무나 극진하게 무린을 대했다.

하물며 무린이 눈앞의 이 사내에게 성왕이니 명왕이니 하는 존재로 보였다 해서 그다지 이상할 일은 아니었다.

더구나 성왕이니 명왕이니 하는 것들이 정확히 무엇인지도 몰랐다.

불가에서나 언급되는 신들의 이름들이라는 것 정도만 어디서 흘러들었을 뿐.

때마침 침묵하던 무린이 입을 열었다.

"뭐 상관은 없어. 당신을 데려온 건 부탁할 것이 있어서니까."

"말씀하십시오."

"저기 눈동자를 굴리고 있는 사람 말이야."

"헙!"

갑작스레 자신을 지목하는 무린 때문에 숨이 턱 막히는 암천.

불길한 느낌이 엄습해 왔다.

아니나 다를까.

"저 사람, 꽤나 오래 데리고 있어야 할 사람이거든. 한데 너무 약해. 뭐 나중엔 당신보다 강해지겠지만 그래도 그사이 무슨 일을 당할지 모르거든. 쭉 옆에서 지켜 줄 수도 없는 입장이라……."

'왜! 여기서 그런 이야길!'

암천의 눈에 불길함을 넘은 두려움이 채워져 갔다.

"그래서 수련을 부탁했으면 해! 그럼 삼황자란 녀석을 무사히 돌아가게 해 줄게? 어때?"

"헉! 무린 공자!"

암천이 소스라치게 놀라 입을 열었지만 골패륵은 이미 무린의 청을 받아들였다.

"성왕의 실존함을 알았는데 북원의 영화가 무슨 의미가

있겠습니까? 제게 그의 생사는 이제 한 점의 의미도 없습니다. 그저 명을 따르겠습니다."

흔들림 없이 흘러나오는 골패륵의 음성에 무린은 히죽 웃었고 암천은 사색이 되어 버렸다.

"죽여선 안 되겠지만 그렇다고 너무 살살 해서도 안 되겠지? 기왕 말이 나왔으니 말인데 연단을 할 수 있도록 호위도 가끔 서 줘. 뭐가 그리 바쁜지 도통 수련을 안 해! 저러다 엄한 곳에서 칼 맞아 죽는다고."

"혁…… 혁 공자."

암천은 다급히 다시 한 번 무린을 불렀지만 무린은 히죽 웃으며 할 말을 마저 했다.

"대주 아저씨! 초노가 알면 지하에서 통곡해요. 거기다 아버지까지 나서 천하를 아우를 힘을 주었는데 대체 그 꼴이 뭐예요? 나더러 앞에 나서지 않는다고 인상이나 쓰고. 다 자업자득이에요. 그럼 이만……."

무린은 그렇게 말하고는 밖으로 나가 버렸다.

방 안에 남은 암천에겐 참으로 뜨악한 상황.

슬쩍 눈을 돌려 옆에 선 북원의 무장을 바라보았다.

어색함밖에 느껴지지 않는 상황, 하는 수 없이 웃을 수밖에 없었다.

"아하하하하. 혁 공자는 참 재미있는 사람입니다. 그렇지요?"

암천의 어색하지만 제법 친근한 말에도 불구하고 골패륵은 아무런 반응도 하지 않았다.

당연히 더욱 어색할 수밖에 없는 분위기, 하는 수 없이 암천은 조금은 비굴한 방법을 생각했다.

단목세가의 안주인과 여식을 호위하는 임무 중에 수련이라니, 당연히 안 될 말이었다.

"늦었지만 인사드리겠소. 나는 대 단목세가 음자대의 대주이자 항간에 수신일위(守身一衛)라는 별호로 알려진 암천이라 하오. 세가의 주모님과 그분의 따님을 모시고 있소."

암천은 전에 없이 당당하면서도 은은한 위압감이 담긴 음성으로 입을 열었다.

실제로도 수신일위라는 암천의 별호는 강호를 진동하고 있는 중이었다.

단목세가의 혈사 중에 보인 그의 신출귀몰함은 당대 제일의 호위라는 별호를 주기에 충분했기 때문이었다.

암천이 이 같은 것을 말하는 의중은 뻔했다.

나 유명한데다가 제법 뒤도 든든하니 괜한 일로 얼굴 붉히지 말자는 의도.

또한 눈앞의 사내가 강함을 알지만 그간 자신도 수많은 실전을 겪으며 놀고만 있진 않았다는 자신감의 발로였다.

한데 그 순간 상대의 음성이 들려왔다.

"패륵 그것이 이름이며 북쪽에선 나를 푸른 늑대라 부르네."

순식간에 커진 눈동자와 연이어 터진 외마디 암천의 비명.

"헉!"

암천은 머릿속이 하얗게 변해 가는 느낌이었다.

방 안에 있으면서도 찬바람이 몸을 뚫고 있는 느낌.

그가 누군지 알고 있었다. 음자대의 대주이기에 모를 수가 없는 이.

더구나 그렇기에 세상이 알고 있는 사실보다 더 자세히 그에 대해 알고 있었다.

북원의 무신.

그 무위가 천중십좌를 넘어 도불쌍성마저 감당할 정도라는 이가 바로 초원의 푸른 늑대라는 북원 제일의 무장이었다.

암천이 사색이 된 것은 너무나 당연한 일이었다.

한데 그가 전혀 의외의 질문을 해 왔다.

"성왕과는 어떤 관계인가?"

그 뜻하지 않은 물음에 암천은 쭈뼛거리기만 했다.

성왕이 대체 무엇을 말함인지 전혀 떠올릴 수 없었기 때문이었다.

"대체 성왕이라니……?"

암천의 말에 골패륵의 음성이 더욱 나직해졌다.

하나 그 음성은 암천이 아닌 자기 자신에게 다짐하는 것처럼 흘러나왔다.

"전륜성왕(轉輪聖王)이 아니고서야 어찌 부동명왕을 부릴 수 있단 말인가!"

자조하듯 이어진 그의 음성을 가만히 듣고 있던 암천은 천만다행이라는 생각으로 가슴을 쓸어내렸다.

뭐가 되었든 무린에게 단단히 홀렸다는 생각이 들었기 때문이었다.

전륜성왕이라면 자세히 모르겠지만 부동명왕이라면 알고 있었다.

여래가 악신으로 환생하여 지옥의 악귀를 처단하던 모습이라는 것 정도는 들어 보았기 때문이었다.

참으로 허무맹랑한 이야기, 제천대성보다 더욱 가당치도 않은 이야기였다.

당연히 무린의 술법 비슷한 것에 걸려 헛것을 본 것이라 생각할 수밖에 없었다.

그렇게 이어지는 암천의 생각을 끊은 것은 골패륵의 나직한 음성이었다.

"우선 보아야겠네. 전륜성왕을 지키는 단 하나의 호위라는 자네의 실력을! 내 오늘 최선을 다하겠네."

'허거걱! 좆 됐다!'

＊　　　＊　　　＊

"유 공자님! 그런데 사 공자는 원래 저렇게 말이 없나
요?"

문밖에서 안쪽을 힐끔거리며 천진난만하게 물어오는 은
서린의 음성에 연후는 대답을 할 수 없었다.

그러면서도 웃음이 터져 나오는 것을 참기가 어려웠다.

세상에 상극이란 것이 있다 들었지만 사다인과 은서린
같은 상극은 어디에도 없을 것 같았다.

과거에 보았던 무린과 사다인의 마찰은 그 축에도 끼지
못하는 것 같았다.

"한 번만 더 그 계집이 이 안에서 종알거리면 너부터
죽이겠다."

지난 밤 들었던 사다인의 으름장!

그게 아니더라도 은서린의 행동은 사다인의 상세에 치
명상을 더할 정도였다.

물론 그녀의 마음이 전혀 그럴 의도가 없다는 것을 연
후도 알고 사다인도 알았다. 그래서 뭐라고 할 수도 없었
다.

하지만 사다인은 그녀의 과한 호의가 담긴 말들 때문에
울혈까지 토해야만 했다.

누구보다 자존심이 강한 사다인이 자신을 불쌍히 여기는 여인을 향해 변명할 사내도 아니었으며, 더욱이 여인을 대놓고 윽박지를 성격도 아닌 것이다.

그저 은근한 눈빛으로 위협을 가할 뿐, 하나 그녀는 전혀 그런 사다인의 분노를 눈치채지 못했다.

"또 아파요? 저런. 불쌍해라! 웃는 게 환자한테 좋다던데!"

사다인이 살기 진득한 눈으로 바라보면 은서린은 대략 그렇게 말을 하며 더욱 안타까워했다.

하니 상극도 이런 상극이 있을 수 없단 생각이었다.

그러니 연후는 그녀의 기척을 느끼자마자 서둘러 밖으로 나온 것이다.

그러고 나니 딱히 할 것이 없었다.

오늘도 사다인을 치료하겠답시고 무언가를 들고 오긴 했지만 그다지 도움이 되지 않을 것을 확신하는 연후였다.

"사부님을 졸라 침술을 배워 왔는데, 이거 한 방이면 사 공자가 나을지도 몰라요!"

그녀가 아쉬움 가득한 눈으로 자신의 왼손에 들린 대침을 바라보았다.

그걸 꽂지 못한 것이 못내 아쉬운 듯한 눈빛.

그런 은서린의 손마디 여기저기는 침에 찔린 자국이 가득했다.

한눈에도 얼마나 열심히 침술을 익히려 했는지 그 정성이 느껴질 정도였다. 연후 또한 의술을 알지만 침술은 엄두도 못 낼 정도의 숙련이 필요한 것이다.

하니 그녀의 노력이 느껴져 도저히 뭐라고 할 수가 없었다.

어쨌든 문밖에 그녀와 둘만 서게 되니 딱히 할 말도 없고 할 일도 없었다.

그냥 가라고 하면 그대로 또 울먹울먹할 것임을 알기에 그럴 수도 없었다.

하는 수 없이 무언가 대화라도 해 볼 수밖에.

"은 소저. 한데 왜 그렇게까지 검을 아끼고 계십니까?"

그녀를 처음 볼 때부터 지녔던 의문이었다.

그녀는 어떤 상황에서도 자신의 품에서 은색 장검을 떼어놓지 않았다.

무엇을 하든 적어도 한쪽 손은 그렇게 검을 패용하고 있었던 것이다.

물론 그렇게 대단히 궁금한 일은 아니었다. 연후 딴에는 그저 대화를 이어 나가기 위해 던진 말이었는데, 그녀의 표정이 전에 없이 싸늘하게 굳어졌다.

그녀를 만난 후 처음 느껴지는 기세까지 더해진 상황.

그때만큼은 그녀가 검후라 불리는 존재의 제자라는 사실을 충분히 납득할 수 있었다.

연후가 일순간 당황함을 내비쳤는데 그것도 잠시였다.

여인은 이내 갑자기 잔뜩 풀이 죽어 버렸다.

그 종잡을 수 없는 행동에 연후가 어찌할 바를 몰라 할 때 참으로 뜻하지 않은 구원자가 나섰다.

"허허! 유 공자! 마침 밖에 계셨구려."

이곳 성부의 부주라는 구양복이었다.

이곳에 들어온 후 지난 닷새 동안 한 번도 밖에 나오질 않았던 연후였다.

당장은 밖에 나왔다가 만리표객이란 이를 마주해야 하는 것이 부담스러웠기 때문이었다.

그와 대결을 하기로 약속을 하였기에 사다인의 상세가 조금 더 호전되면 그 일을 행하리라 마음먹고 있었던 것이다.

하니 그간 마주친 이들이라고는 은서린과 그녀의 사부, 그리고 때마다 끼니를 가져다주는 과묵한 중년 무인 하나뿐이었다.

그런 상황 때문에 그래서인지 구양복이 더없이 반가울 수밖에 없었다.

"부주님을 뵙습니다."

연후의 음성에 구양복이 입가에 사람 좋은 웃음을 내걸었다.

"허허! 부주라니. 그런 거 아닐세. 그나저나 린아! 오늘은 내게 양보해 주겠느냐?"

구양복의 친근한 말에 갑작스레 은서린의 표정이 변했다.

한데 그 변화가 너무나 의외였다.

갑자기 두 볼이 빨갛게 변하더니 귀밑까지 홍조가 가득해지는 것이 아닌가?

연후로선 구양복과 은서린이 서로 연모라도 하는 사이가 아닌가 하는 의심이 들 정도였다.

한데 역시나 은서린은 부끄러워 어쩔 줄을 모르겠단 표정으로 너무나 작게 입을 열었다.

"부주님! 그거. 절대. 절대 비밀이에요. 아! 어떻게, 어떻게. 너무 부끄럽잖아."

혼자서 연방 재잘대더니 멀리 떨어진 절벽으로 뛰어가는 은서린. 그러다 서너 번을 더 넘어지고서야 연후의 시야에서 사라졌다.

그 광경을 지켜본 연후로선 황당한 눈으로 구양복을 바라볼 수밖에 없었다.

"별일 아닐세. 사실 내가 며칠 전 점괘 하나를 집어 주었기 때문이야!"

구양복이 은은한 미소를 지으며 연후를 바라보았다.

한데 연후가 그 순간 너무나 뜻하지 않은 반응을 했다.

"아하! 은 소저의 방심이 흔들릴 만한 괘가 나온 것이

군요."

구양복으로선 가슴이 덜컹 내려앉을 소리였다.

실제로도 그랬기 때문이었다.

두 사람을 찾기 전 그녀를 만나 사주를 꼼꼼히 되짚어 본 것이다.

그러다 근일 내 인연이 이어지는 때임을 발견하고 산 대까지 뽑아 들었다. 한데 그 또한 기가 막히게도 풍화가 인(風火家人)의 괘가 나온 것이다.

바다 속에서 옥을 줍고 과실에서 열매가 맺는다는 괘, 또 이는 나비가 꽃을 찾아들고 원앙이 짝을 맺는다는 괘 이기도 했다.

두말할 필요도 없이 천생의 배필감이 나타날 때나 뽑아 지는 괘효인 것이다.

하여 그녀에게 아주 넌지시 말을 꺼내 놓은 것이 전부 였다.

유 공자와 좋은 인연이 될지도 모르니 성심으로 다가가 라고.

더 이상의 간섭은 자칫 인연을 틀어지게 할 수 있기 때 문에 더 꺼내지도 않았다.

한데 그것을 연후가 알아 버린 것이니 어찌 황당하지 않을 수 있겠는가.

눈을 동그랗게 뜨고 연후를 바라보는 구양복.

한데 연후는 그때 전혀 다른 생각을 하고 있었다.

'확실히 두 사람, 인연이로군. 녀석을 격분하게 만들 정도니 인연도 보통 인연은 아닌 것이야.'

구양복은 전혀 짐작치도 못하겠지만 연후 또한 주역에 관한 공부만큼은 모자란 수준이 아니었다.

복자로 나설 정도는 아니라지만 길흉화복이나 사람의 연이 변화하는 도리에 대해 조금은 풀어낼 수 있다 할 수 있는 경지였다.

거기다 본시 총명함이 비할 바 없는 이가 연후이니 은 서린의 반응과 구양복의 이야기, 그리고 사다인과 그녀의 기이한 상극 관계를 떠올리며 상황을 유추해 낸 것이다.

물론 구양복이 생각하는 인연과 연후가 짐작하는 인연은 그야말로 오월동주(吳越同舟)요 동상이몽(同床異夢)이라 할 수 있지만 말이다.

그런 상황이니 구양복은 애써 화제를 바꿔야만 했다.

사실 그는 연후가 나오기를 며칠간 학수고대하고 있던 차였다.

검마라는 그의 별호가 심상치 않은 속도로 퍼지고 있는 상황이니 좀 더 단속을 해 둘 필요가 있다 여긴 것이다.

이참에 아예 오랫동안 이 안에 머물게 할 속셈으로 나선 것이다.

"하하! 인연이 어디 정해진 것이겠나? 그야 자연스레

흘러가는 것이지. 그나저나 마침 나왔으니 이곳의 절경이나 감상하세. 또한 다른 분들이 어디 머무는지도 알아두면 좋을 듯하고, 또 원한다면 수련 장소를 제공할 수도 있네."

구양복의 말에 연후는 잠시 고민하다 고개를 끄덕였다.

사다인이 걱정되어 곁을 지키겠다는 말은 이곳 사람들을 믿지 못한다는 말과 다르지 않았다.

이는 신의와도 직결되는 말, 하지만 강호의 일은 실로 알다가도 모르는 것이라 들었기에 구양복을 따르면서도 사다인에게 신경을 쓰지 않을 수 없었다.

넓다 하나 삼백 장 공간이 전부인 협곡이었다.

누가 들으면 말도 안 되는 소리라 하겠지만 그 거리라면 광안의 공능 아래 반 호흡 안에 이동이 가능했다.

그렇게 구양복을 따르며 성부라는 곳 여기저기를 둘러볼 수 있었다.

먼저 서편 절벽에 자리한 폭포를 지나쳐 연못을 둘러보고, 동부들 이곳저곳을 지나치며 누가 그 안에 자리했는지를 들을 수 있었다.

그렇게 두 사람은 동편의 절벽 아래 이르렀다.

마주 보고 있는 비파봉엔 못 미치지만 그 아래에서 올려다보는 절벽의 높이란 것은 참으로 까마득한 것이 아닐 수 없었다.

얼마나 높은지 중턱부터 구름에 걸려 있어 그 끝이 보이지 않을 정도였다.

생각해 보니 비파봉에서 이곳 무곡의 지형이 완벽하게 가려진 것도 다 이 동편 절벽의 구름과 만상운무진이 만들어 내는 조화 때문인 것 같았다.

연후가 천천히 고개를 들어 그 끝을 가늠해 보려는 차에 구양복의 음성이 나직하게 이어졌다.

"이곳이 성부라 불리게 된 이유가 바로 이곳 때문이지."

연후가 고개를 갸웃거렸다.

"이곳은 또한 금지인지라 단목세가에게도 허락할 수 없는 곳이네. 내가 이곳의 주인이라 칭해지는 것도 그 때문이고."

연후가 여전히 이해 못하겠다는 표정을 짓자 구양복이 조심스레 말했다.

"그러니까 내 사부의 사부의 사부, 그리고 그 사부의 사부의 사부께서 이곳에서 만통문을 개파했네. 하나 실상은 한 분을 모시는 곳에 지나지 않았지."

"……?"

"들었는지 모르겠지만 이곳은 강호에 지다성녀라 칭송받던 분이 생을 보내신 곳이네. 하여 성부라 하는 것이고."

연후가 절로 고개를 끄덕였다.

언젠가 친우들과의 대화 중 들어 본 이름이었다.

강호의 비사를 정리하여 숱한 분란을 막았다는 여인, 그것이 연후가 기억하는 지다성녀였다.

"사실 나를 비롯하여 사부의 사부의 사부, 아니 그냥 만통문의 문주는 조사님을 빼고 전부 고아 출신일세. 나 또한 사부께 택하여져 구양 성을 받은 것이고."

"……"

"개파조사께선 강호에 신산(神算)으로 알려진 분이시며 이는 또한 만병천왕의 스승 되는 이름으로 더욱 유명하지. 이곳에 단목세가가 들어올 수 있었던 이유 역시 이와 무관치 않다네."

구양복의 음성엔 그야말로 자부심이 가득했다.

만병천왕이라면 환우오천존 중 무제를 뜻하는 말, 연후 역시 그 이야기가 사뭇 흥미로워 빠져들 수밖에 없었다.

"실상 이곳과 단목세가가 직접 연을 맺은 것은 그리 오래 되지 않았어. 내 사부께서 돌연 여길 떠야 한다고 말씀하시며 쫓기듯이 단목세가에 갔기 때문이네."

"대체 무슨 연유로?"

"모르지. 그때 나는 어렸어. 그냥 괘가 그렇다고 나왔다니 내가 뭘 어쩔 수 있겠나? 이곳에 있었다면 필사(必死)라는 점괘였다 하셨으니까. 본래부터 그런 일이 생기면

단목가로 찾아가 하나의 패를 보이라는 조사님의 유훈이
있었으니 두말 않고 간 것이지."

"아!"

연후는 저도 모르게 나직한 탄성을 내뱉었다.

듣고 보니 조사라는 이가 어찌하여 신산이라 불리었는
지 짐작할 수 있는 대목이었기 때문이었다.

그 후 구양복에게 들은 이야기 역시 꽤나 흥미로운 것
들이었다.

자신의 사부가 죽은 뒤 홀로 이곳에 되돌아왔던 때가
벌써 삼십 년이 넘었다고 하니 당시 구양복의 나이가 어
느 정도였는지 짐작할 수 있었다.

하나 되돌아온 무곡엔 변화가 없었다는 것이다.

자신이 부족하여 못 본 것일 수도 있었으나 누군가 들
어왔다 나간 흔적 따윈 없었다는 것.

그 뒤로 복술을 홀로 수련하며 이따금 단목세가를 찾아
가 연을 이어 오던 이들 몇을 만났다는 것이 그의 과거였
다.

그리고 단목세가의 혈사가 벌어진 후 이곳에 그 생존자
들이 모이게 되었다는 것.

그것이 구양복에게 들은 이야기의 전말이었다.

다 듣고 나니 강호의 인연이란 것이 때때로 얼마나 큰
힘이 되는 것인지 새삼 느낄 수 있었다.

이런 절곡이 존재하지 않았다면 어찌 이들이 역모에 얽히고도 이만큼이나 살아 있을 수 있었겠는가 하는 생각이 든 것이다.

그것이 또한 까마득한 과거의 인연 때문이라 하니 더더욱 선연과 악연에 대한 생각을 하게 만들었다.

하나 정작 연후를 놀라게 한 이야기들은 그 다음에서나 들을 수 있었다.

"사실 본문이 이곳에 있긴 했으나 정확히 저 위에 뭐가 있는지는 알지 못한다네. 그저 전해 내려오는 믿기 힘든 이야기가 몇 개 있을 뿐이지. 하지만 영 믿지 못할 소린 아닌 것 같고."

"네?"

"저 위가 바로 천무선인이 도를 깨우친 곳이란 이야기가 있어. 무선이라 불리는 그 사람 말이야."

"아!"

"그것만이 아닐세. 사실 저 위엔 집도 한 채 있고 무덤도 하나 있다는 것이네. 이대 사조께서 그리 기록하셨으니 그건 틀림없을 거야."

"……?"

"다만 무덤의 주인이 무명살수라는 특이한 자라고 하고 그 집은 지다성녀가 등선한 곳이라고 하니 그것이 참 믿기 힘들단 말일세."

"등, 등선이란 말씀이십니까?"

다른 것은 몰라도 그것만은 쉬 믿기지 않는지라 연후의 음성도 조금은 높아졌다.

한데 구양복의 반응은 예상 밖이었다.

"사실 우리로선 믿지 않을 도리가 없어. 이 위엔 절진이 설치되어 있네. 그 누구에게도 허락지 않는. 모산법문의 후계자인 진 법사가 자신 있다고 나섰다가 혼쭐이 났지."

"아!"

"진뿐인 줄 아는가? 영물까지 살고 있다 하네. 물론 확실한 것은 아니지만……."

"영물이라니요?"

"어렸을 때 말일세. 그러니까 내가 처음 사부의 손에 이끌려 이곳에 들었을 무렵 딱 한 번 보았을 뿐이네. 그 무시무시한 놈을!"

과거를 회상하는 듯한 구양복의 눈 속에 실로 표현할 수 없을 정도의 두려움과 경외감이 가득한 느낌이었다.

"글쎄! 그때는 꿈이었다 생각했지만 사부께서도 어린 날에 같은 꿈을 꾸었다 하더구먼. 또한 사부의 사부도, 또한 그 사부의 사부께서도. 사실 영물이 단 한 번 내려와 우리의 냄새와 모습을 기억하고 간다는 이야기는 이대 조사의 기록이기에 영 믿지 못할 것은 아니라네."

듣고 있던 연후의 얼굴엔 조금은 허탈함이 묻어났다.

그러니까 실재한다는 증거는 없다는 말이었다. 그런 연후의 반응을 읽었는지 구양복의 음성도 조금 씁쓸해졌다.

"하긴, 이대 조사님의 말씀처럼 진짜 그놈이 있었다면 이곳에 단목세가를 들게 하진 않았을 것이야. 그게 아니라면 저들 또한 나와 같은 꿈을 꾸었어야지. 하니 마냥 자신할 수는 없는 이야기지."

그 후로 구양복도 잠시간 무언가 상념에 빠진 눈빛이었다.

연후 또한 꽤나 흥미로운 이야길 들은 직후라 절로 호기심이 동했다.

"제가 올라가 봐도 되겠습니까?"

너무나 뜻하지 않은 연후의 말에 구양복이 화들짝 놀랐다.

"안, 안 되네."

그 반응이 너무 격한지라 말을 꺼낸 것이 무안할 지경이었다.

"다른 뜻은 없습니다. 다만 진에 대한 호기심 때문에 꺼낸 말입니다. 결례였다면 송구합니다."

"허허! 아닐세. 하여간 아니 될 말일세. 뭐가 있는지는 모르지만 누가 들어가야 하는지는 전해져 오니 말일세."

"네?"

"이대 조사께서 기록하신 내용이라네. 영물의 주인, 그만이 허락된 진을 뚫고 안으로 들어갈 수 있다 했으니 말일세."

구양복의 말에 연후는 새삼 궁금함이 일었다.

영물이 실재하는지 안 하는지도 모르면서 영물의 주인에게만 진법이 열린다니.

그 말이 정말이라면 어찌 그 진을 뚫을 수 있겠는가 하는 생각이었다.

한데 그 순간 다시 구양복의 음성이 이어졌다.

"하지만 누구인지 짐작할 수는 있지. 아마도 만병천왕일 것이야. 지다성녀 목소하가 만병천왕 단이천의 부인이었음은 이미 널리 알려진 이야기니……. 그녀가 기다리던 이가 그 외에 누가 있을 수 있겠는가?"

"……"

"그저 돌아오지 못할 님을 그리며 생을 끝낸지라 어느 누구에게도 허락지 않는 진을 만든 것이겠지. 내 사부께서 그리 말씀하셨지. 또한 사부의 사부께서도……."

연후는 그저 묵묵히 구양복의 음성을 듣고 있었다.

그러던 어느 순간 은은한 놀람을 내비칠 수밖에 없었다.

"한데 나는 다르다네. 얼마 전 단목세가에 무제의 진산절기가 고스란히 전해진 경사가 있었다네."

"……!"

"또한 그것이 단목강 소가주에게 전해졌고."

"아!"

"그라면 어쩌면 이 기나긴 기다림을 끝낼 수도 있을 것이라 믿네. 내 자네에게 이 이야길 꺼낸 것은 그 때를 함께 보아 달란 부탁을 하기 위해서일세. 어떠한가? 그래 주겠나?"

구양복이 외인이라 할 수 있는 연후에게 이 모든 이야기를 가감 없이 털어놓은 이유였다.

물론 그 호기심 때문에라도 되도록 오래 이곳에 붙잡아 두려는 의중이 깔린 것이기도 했고.

하나 연후는 쉽게 대답을 하지 않았다.

딱히 답을 요구한 질문이 아니라 여겼기 때문이었다.

다만 고개를 들어 가만히 절벽 위로 자리한 운무를 바라볼 뿐.

한데 그 모습이 구양복의 눈에 예사롭게 보이지 않았다.

"이런 이만 가세나. 내 바쁜 사람을 붙잡고 괜한 넋두릴! 아까도 말했지만 여긴 이곳 성부의 제일 금지라네. 잊어선 안 될 것이야."

구양복은 심상치 않은 기분에 쐐기를 박듯 새삼 강조했다.

만통문의 가장 큰 비밀을 털어놓긴 했으나 이유는 그저 그를 이곳에 붙잡아 두려는 것이었다.

괜히 저 위에 올라갔다가 연후의 몸이 상하기라도 하면

단목강의 얼굴을 대하기 껄끄러울 수밖에 없었다.

대외적으로 알리진 못하였으나 그는 이미 가주 위에 올라 있는 실질적인 단목세가의 수장이었다.

그런 이에게 미움 받고 싶은 마음은 추호도 없었다.

한데 연후의 태도가 정말로 심상치 않았다.

재차 말을 꺼내는데도 그 분위기가 달라지지 않는 것이다.

그러던 어느 순간 그 눈에 믿기지 않는 안광이 번뜩였다.

그리고 벌어진 너무도 믿지 못할 일!

크르르르르!

기괴한 짐승의 울음소리가 절벽을 타고 내려오는 것이 선명하게 들린 것이다.

구양복의 눈이 희번뜩거린 것은 너무나도 당연한 일.

어린 시절.

그 지독하게 두렵던 기억으로 남은 꿈속에서 들었던 바로 그 소리였다.

크르르릉!

한데 꿈이 아니었다.

또 한 번 이어진 그 짐승의 울음소리는 처음보다 몇 배는 커졌다.

반대편 비파봉의 절벽까지 또렷한 울림이 전해질 정도였다.

무곡 여기저기서 연무를 하던 이들부터 동부 안에 자리한 칠대가신들까지 하나둘 모습을 드러냈다.

그러나 한동안 쥐 죽은 듯한 침묵만이 이어졌다.

그리고 이내 절벽 전체를 무너뜨릴 것처럼 터져 나온 어마어마한 포효!

크르렁!

협곡 안에 자리했던 이백이 넘는 무인들 중 고막을 부여잡지 않은 이는 한 손에 꼽을 지경이었다.

그들이 단목세가의 최정예임을 감안하면 얼마만큼이나 거대한 포효였는지 충분히 짐작할 수 있을 것이다.

수많은 이들이 당황하며 오직 동편 절벽을 바라볼 수밖에 없는 상황.

그러나 그들의 눈은 포효를 들었을 때보다 더욱 경악스럽게 변해 갔다.

그 강렬했던 포효와 함께 언제까지나 절벽 끝자락을 휘감고 있을 것 같던 운무가 거짓말처럼 걷혔기 때문이었다.

그렇게 드러난 절벽의 장엄한 광경과 그 끝에 두 다리를 걸친 채 오연하게 서 있는 거대한 붉은 늑대의 모습 앞에 소름이 돋지 않은 이가 없었다.

그리고 그 순간 까마득한 단애를 사이에 두고 혈랑의 거대한 눈동자와 광안을 열고 있는 연후의 눈이 허공중에 교차했다.

크르르르릉!

연후의 모습을 확인한 거대한 붉은 늑대는 전에 없이 나직한 울음을 흘렸다.

＊   ＊   ＊

산서의 동북에 위치한 오대현을 둘러싼 다섯 봉우리를 각기 망해봉(望海峰), 괘월봉(挂月峰), 협두봉(叶斗峰), 금수봉(錦繡峰), 취암봉(翠岩峰)이라 한다.

하여 다섯 봉우리로 인해 오대산(五臺山)이란 이름을 지니게 된 그곳은 불문의 성지로 더없이 이름이 높은 곳이었다.

강호의 무인들에겐 숭산과 아미산만이 각인되어 있으나 외려 일반 백성들에게는 사찰 하면 오대산을 떠올릴 정도로 알려진 곳이 바로 그곳이었다.

무려 삼백 개가 넘는 고찰들이 어우러져 저마다의 법통을 확고히 유지하고 있는 오대산은 평시에도 대륙 각지에서 모여드는 향화객들로 언제나 문전성시를 이루는 곳이었다.

그 고찰들 중 특히 현통사와 보살정, 라후사와 수상사가 사대고찰로 유명했는데 최근 들어 탑원사(塔院寺)란 절의 명성이 다른 사대고찰을 앞지르고 있었다.

그 이유는 탑원사 내에 자리한 백탑(白塔)에서 벌어지

는 한 가지 놀라운 기현상 때문이었다.

백탑은 사리탑으로 그 높이가 무려 이십 장을 넘으며 외형 또한 중원에서는 볼 수 없는 둥근 지붕을 얹은 기이한 형태를 한 탑이었다.

그렇게나 거대하며 특이한 모양의 탑이 오직 새하얀 빛깔로 칠해져 있으니 보는 것만으로도 탄성이 나올 지경이었다.

하나 백탑에 향배객들의 발걸음이 끊이지 않게 된 것은 단지 겉으로 보이는 위용 때문이 아니었다.

사실 이전까지의 백탑은 오히려 불자들에게 외면받기 일수였다.

길지 않은 백탑의 역사와 더불어 그 모습마저 서역의 사찰을 모방한 것임이 알려지며 외려 탑원사에 거하는 승려들이 외양에만 치중하는 불법 없는 탕승(蕩僧)들이라고 배척받았던 것이다.

그러던 것이 한 달 전부터 완전히 뒤바뀌게 되었다.

새하얀 백탑 주위로 부처의 광휘와 같은 기운이 모여들기 시작했기 때문이었다.

또한 그 광휘의 기운은 연일 그 빛을 더하니 마치 억조창생의 기운이라도 서린 듯 찬란한 불광으로 화해 백탑을 휘감아 버린 것이다.

거대한 백탑 주위에 서린 그 뚜렷한 금빛 광휘가 기세

를 잃지 않고 나날이 그 빛을 더하고 있으니, 이를 본 향배객들의 입소문을 타고 구름처럼 사람들이 모이기 시작한 것이다.

여래의 재림이라는 억측부터 고승 사리의 신묘함이 마침내 탑원사의 불통을 세우기 위해 영험함을 발하기 시작했다는 이야기까지 온갖 소문이 더해졌다.

한데 마침 이 기현상을 살피기 위해 오대현의 현령과 그가 모시는 지부대인이 백탑을 찾게 되었다.

수많은 이들이 백탑의 서광 아래 저마다의 기원을 담아내던 때였으나 지체 높은 관인들이 나서자 백성들은 뒤로 물러날 수밖에 없었다.

백성을 현혹하는 일이라면 관리 된 자로서 마땅히 그 인과를 파악하는 것이 당연한 일, 그들은 수하들을 풀어 백탑을 면밀히 조사했다.

그리고 모인 이들 앞에 나아가 공표한 것이 이를 들은 이들의 입을 타고 다시 세상 곳곳으로 퍼져 나갔다.

보국불탑(保國佛塔)!

지부대인의 발표는 그것이었다.

서광이 일기 시작한 것이 가욕관의 기적적인 승전이 일었던 날이라는 것이 밝혀짐으로 누구도 이를 의심하는 이가 없게 된 것이다.

그 일로 보국의 영이 서린 불탑이라 하여 백탑은 보국불

탑이라 불리게 되었으며, 나라님마저 탑의 영묘함을 인정했다는 소문이 더해져 더 많은 이들의 발걸음을 모이게 했다.

연일 사람들로 북새통을 이루니 탑원사의 경내는 물론 그 주변의 산자락에도 오직 백탑을 보기 위한 이들로 가득했다.

이십 장 높이가 넘는 광휘의 탑은 산세로 가로막힌 곳이 아니라면 어디든지 볼 수 있었고, 이는 낮과 밤의 구분조차 없었다.

인산인해라는 말이 이처럼 어울린 곳이 없다 할 정도로 모여든 사람들.

그렇게 모여든 인파 속에 노인 셋이 자리했다고 해서 눈여겨 볼 사람은 없었다.

한눈에도 별달리 특이할 것도 없어 보이는 노인들이었으니 누구도 그들을 주목치 않았다.

하나 세 노인의 눈빛만은 다른 이들과 전혀 달랐다.

주변의 모두가 경외와 찬탄, 갈구와 기원으로 가득한 눈이었지만 세 노인의 눈은 오직 의문이란 한 가지 감정만이 담겨 있었다.

인의 장벽으로 가로막힌 틈바구니에서 세 노인은 전음을 사용하고 있었다.

"대체 이것이?"

"일공! 저곳이 바로 선사께서 거하시는 곳이라 하지 않으셨소?"

육진풍이란 노인과 죽노야의 물음에 지명 노인은 아무
런 답을 할 수 없었다.

분명 저 백탑의 지하 끝단에 선사라 하는 구대봉공의
스승이 세속과의 연을 단절한 채 스스로를 가두고 있었다.

그러한 백탑 주변에서 벌어지는 믿기지 않는 현상이니
지명 노인으로서도 당황함을 금할 수가 없는 것이다.

하나 눈에 보이는 광휘가 상서로운 기운이라는 사실만
은 틀림없었다.

또한 이 기운이 선사와 무관치 않음을 짐작하는 것도
어려운 일이 아니었다.

비록 주화입마에 빠져 무고한 양민 수백을 쳐 죽여 칠
패 중 광승이란 이름으로 불리게 되었다 하나, 선사는 그
일을 기점으로 연신(鍊身)을 넘어서게 된 존재였다.

'아미타불! 대체 무슨 일이 있기에!'

지명 노인은 속으로 연방 불호를 외칠 수밖에 없었다.

이 인파를 피해 탑의 지하로 들어가야 하는 수고로움은
차치하고라도 선사에게 대체 어떠한 변화가 있는지에 대
한 의구심이 떠나질 않는 것이다.

한데 그때 믿기지 않는 음성이 들려왔다.

수만, 아니 수십만이 넘는 인파의 속에 자리한 그들 세
노인에게만 하나의 뚜렷한 음성이 들려온 것이다.

— 마침내 명계(冥界)의 문이 열리었다. 나 또한 속죄
의 길을 갈 수 있게 되었으니!

세 노인의 눈빛이 동시에 부르르 수밖에 없는 상황!

— 나의 천명은 하나를 베어 천하를 자유롭게 하는 것
이다. 너희 또한 이로 인해 업(業)을 벗을 것이니.

*　　　　　*　　　　　*

크르르르릉!

거대한 늑대의 울음소리가 거짓말처럼 잦아들었다.

천신의 위엄이 담긴 듯한 포효에 비하자면 어딘지 애처
로움마저 느껴질 정도의 힘없는 울음이었다.

보통 장정의 머리통은 됨 직한 크기의 눈망울이 향하는
곳은 직각으로 꺾인 절벽 아래쪽이었다.

그곳에 자리한 연후를 바라보며 거대한 붉은 늑대의 눈
망울은 서서히 힘을 잃어 갔다.

삼백 년의 기다림이었다.

다시 돌아올 것이라는 떠난 주인의 말을 믿었기에 이어
진 시간.

그를 믿기에.

천하의 그 어떤 인간보다 강한 주인임을 확신하기에 주

인의 뜻을 따랐다.

주인이 지켜 주라는 여인 곁에 머물렀다.

하나 기다림은 끝이 없었다.

긴 세월 만에 여인마저 인간이길 포기하며 사라졌지만 그녀가 주인은 온다 했기에 이 자리를 지켰다.

인간의 시간으로 한계가 있으나 주인은 그마저 초월한 이라는 것을 알기에 기다리고 또 기다렸다.

그 시간은 참으로 처절했다.

그 처절한 기다림 속에서 마침내 주인의 기운이 느껴진 것이다.

수명이 다해 가는 때였기에.

마지막 힘을 쥐어짜 여인이 쳐 놓은 결계를 걷어 냈다.

하나 그곳에 있는 것은 기다리던 주인이 아니었다.

주인의 기운을 이었으나 주인은 아니었다.

하나 깨우쳐지는 것이 있었다.

주인의 천명을 이은 자, 또한 그를 기다리는 것이 자신에게 주어진 소임이었음을 온전히 받아들인 것이다.

혈랑(血狼)!

인세에 존재하는 마지막 영물인 거대한 붉은 늑대는 그렇게 자신의 일을 다 해 가고 있었다.

하나 정작 그 모든 일이 일어나게 한 연후는 너무나도 당황한 얼굴이었다.

광안을 여는 순간 왜 운무가 걷혀 버렸는지 전혀 알 수 없었다.

듣도 보도 못한 붉은 늑대의 존재 또한 어안을 벙벙하게 만드는 것일 뿐이었다.

하나 그 무엇보다도 연후를 당황스럽게 하는 것은 절벽의 끝단에 새겨진 어지러운 도해와 문구들이었다.

광안을 열고 있는 연후이기에 그 까마득한 높이에 새겨진 것들을 읽어 낼 수 있었다.

천체를 어지럽게 풀어낸 도해들.

한눈에도 그것이 별의 이동에 관한 것들임을 알 수 있었다.

대체 어찌하여 절벽 꼭대기에 저런 것을 새겨 넣을 수 있는지 이해할 수 없는 것도 그랬지만, 그 내용 또한 이제껏 알던 것과는 너무나 상이했다.

이 기괴한 상황만 아니라면, 한꺼번에 쏟아지는 수많은 시선이 없다면, 바로 옆에서 부들부들 떨고 있는 구양복이나 기괴한 붉은 늑대의 존재만 없다면 그 천문도를 해석하는 데 한참이나 시간을 보냈을 것이다.

하나 정작 연후의 시선을 가장 잡아끈 것은 천문의 도해 아래 적힌 너무나도 유려한 필체들이었다.

구름을 타고 노닐지 않았다면 절대로 행할 수 없을 것 같은 기사.

인력(引力)을 인정하지 않을 수 없네요.

또한 땅이 둥글다는 말도 모두 반 대협의 말이 맞았어요.

늦었지만 이제라도 사과할게요.

미안하고 또 고마워요.

하나 당신이라면 정말로 그를 이길 수도 있을 것이라고 생각했어요.

천문(天文)은 반 대협이 다시 이곳으로 온다고 했으니까요.

〈『광해경』 제6권에서 계속〉

광해경

1판 1쇄 찍음 2010년 5월 11일
1판 1쇄 펴냄 2010년 5월 14일

지은이 | 이훈영
펴낸이 | 정 필
펴낸곳 | 도서출판 뿔미디어

기획 | 이주현, 한성재
편집책임 | 권지영
편집 | 장상수, 심재영, 조주영, 주종숙
관리, 영업 | 김미영
출력 | 예컴
본문, 표지 인쇄 | 광문인쇄소
제본 | 성보제책사

출판등록 | 2002년 9월 11일 (제1081-1-132호)
주소 | 부천시 원미구 중동 1058-2 중동프라자 402호 (우)420-023
전화 | 032)651-6513 / 팩스 | 032)651-6094
홈페이지 | www.bbulmedia.com
E-mail | BBULMEDIA@paran.com

값 8,000원

ISBN 978-89-6359-418-7 04810
ISBN 978-89-6359-256-5 04810 (세트)

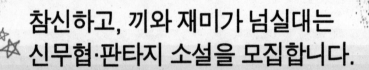

참신하고, 끼와 재미가 넘실대는 신무협·판타지 소설을 모집합니다.

참신하고, 끼와 재미가 넘실대는 신무협 판타지 소설을 모집합니다.

많은 장르 소설 작품을 보아 오며,
"나라면 이렇게 할 텐데……."
라고 생각하며 떠올렸던 기발한 소재와 아이디어가 있다면,
마음껏 지면에 펼쳐 보시기 바랍니다.

뛰어난 문장력? 정교한 구성력?
그런 건 그다지 중요하지 않습니다.
재미와 참신함으로 중무장된 작품이라면 열렬히 대환영입니다!

소재에 제한은 없으며, 분량은 한 권(원고지 850매 내외)입니다.
작성 양식은 자유이며, 보내실 때는 꼭 파일로 작성하여 이메일로 보내 주시기 바랍니다.

다만, 호환 마마에 버금가는 미풍양속을 저해하는 단락한 내용은 사절입니다.
특히 엔터 신공은 절대불가! 최고 결격 사유입니다.

저희 도서출판 뿔미디어와 함께
즐겁고 유쾌하게 작가의 꿈을 키워 나가시기 바랍니다.
홈페이지로도 많은 참여 바랍니다.

홈페이지 오픈
www.bbulmedia.com

경기도 부천시 원미구 중3동 1058-2 중동프라자 402호
도서출판 뿔미디어 작품 모집 담당자 앞
전 화 : 032-651-6513   FAX : 032-651-6094
이메일 : bbulmedia@paran.com